Julia Hoch

LEBENS WENDE

Die Schwestern Brüggemann
bleiben am Ball

ULRIKE **HELMER** VERLAG

– 1 –

HILDE
studierte die Zeilen. Spalte für Spalte. Unter die letzten Wörter des Artikels zog sie mit dem Nagel eine Rille in das Zeitungspapier. Eine Fliege setzte sich auf ihre Hand, lief bis zur Zeigefingerspitze, putzte sich, hob wieder ab. Flog in den Flur, flog ins Wohnzimmer.

»Lore! Schau dir das an!«

Schritte. Lore betrat die Küche.

Hilde schob die Zeitung über den Tisch und deutete auf die Textstelle mit der Rille darunter.

Lore setzte sich und begann zu lesen.

Hilde drehte derweil ihre Tasse hin und her. Henkel links, Henkel rechts, Henkel links, Henkel rechts. Ihr Finger fuhr über den Aufdruck, obwohl er keine Struktur besaß.

Die Fliege kam zurück und landete auf einem Apfel in der Obstschale. Hilde stellte sich vor, die Fliege könnte den Apfel schultern und losfliegen. Von Zimmer zu Zimmer. Bis sie schließlich samt ihrer Last gegen das Wohnzimmerfenster knallen und herabfallen würde. Schon als Hilde am Morgen aus unruhigem Schlaf erwacht war, hatte sie sich diffus an einen solchen Traum erinnert. Doch die Fliege lief bloß quer und kreuz über das Obst.

Lore hatte genug gelesen. Sie schob die Zeitung von sich und hieb mit der Faust auf den Tisch. Die Fliege floh.

Das Krachen ließ Hilde zusammenfahren, sie schluckte und fasste sich. »Genau! Wie kann das sein?«

Lores stumme Antwort bestand aus Naserümpfen, Kopfschütteln und Schulternzucken.

»Es gehört immer noch uns!«

Lore erhob sich, klapperte und rappelte im Nebenzimmer herum, kam mit einem Aktenordner zurück und klappte den Deckel auf, ehe sie ihn über den Tisch schob.

»Wie vergilbt die Seiten sind«, sagte Hilde. Sie begann zu blättern, das Papier knisterte und verströmte einen leicht muffigen Geruch. »Das sind ja noch die Verträge mit dem alten Hennes. Da hatten wir wirklich gut verhandelt.« Am Ende des Ordners angekommen, schlug sie die Seiten allesamt zurück und durchblätterte sie erneut im Schnelldurchgang. »Nanu? Ich kann den Grundbuchauszug nicht finden.«

Lore zog die Augenbrauen hoch.

Nun blätterte Hilde zum dritten Mal durch. »Der ist nicht hier drin. Aber er war doch immer in diesem Ordner, oder irre ich mich?«

Nachdem auch Lore die Papiere noch einmal durchgesehen hatte, seufzte sie. Ihre Lippen vibrierten. Plosiv.

Hilde schob die Zeitung zu den Akten. »Bestimmt eine Falschmeldung. Aber du, das ist mir trotzdem nicht geheuer. Holst du mir Briefpapier? Ich setze gleich ein Schreiben auf und fordere beim Amt einen neuen an.«

LORE.

Im Kistchen lagen drei Waschbärkinder, zwei Schweinswale, der Froschkönig und Loki Schmidt. Ein Waschbär sollte genügen. Sie leckte seine Rückseite an und presste ihn auf den Umschlag. Mehrmals strich sie darüber, denn sie traute der befeuchteten Gummierung nicht. Dieser Brief sollte schließlich ankommen und nicht aufgrund einer abgefallenen Briefmarke verschollen gehen. Lore malte sich aus, wie Türme von unfrankierten Briefen in dunklen Postlagerhallen auf den finalen Abtransport per Radlader warteten. Ungelesene Schicksale, die ins Feuer geschleudert wurden. Wahrscheinlich sah sie zu viel fern. Und wahrscheinlich zu viele Sendungen, die düstere und skurrile Assoziationsketten in ihr hervorriefen.

»Wo ist eigentlich der Schlüssel?«, rief Hilde aus dem Wohnzimmer.

Hilde
hatte derweil die zweite Schublade des Wohnzimmerschranks aufgezogen. Teelichter, Büroklammern, Anstecknadeln, Kugelschreiber, Schrauben, Dübel und ein Heiermann, aber kein Schlüssel.

»Lore? Schau mal bitte im Telefonschränkchen nach.«

Hilde schob beide Schubladen wieder zu, fuhr zu ihrer Schwester in den Flur.

»Nichts?«

Lore schüttelte den Kopf.

Sie suchten in der Küche, sahen in die alte Kaffeedose und öffneten nacheinander die Türen der Einbauküche. Zwischen Vorräten, Geschirr und Töpfen fanden sie ein zerbrochenes Porzellankätzchen, eine seit zehn Jahren abgelaufene Tüte mit Colaflaschen, eine zerknickte Elvis-Postkarte und einen wohlgenährten Silberfisch. Sie kramten im Schlafzimmer zwischen den Socken und der Unterwäsche und in der Medikamentenkiste. Nicht hier, nicht dort. Es fand sich kein Schlüssel.

»Lore, das gibt es doch nicht. Wieso kommt hier plötzlich alles abhanden?«

Stummes Schulterzucken.

»Ach, du wieder.« Hilde schnaubte. Sie zog Lore in den Flur, griff nach ihrer Jacke, griff nach Lores Jacke, schmiss sie ihr entgegen. »Los! Wir machen uns jetzt einfach auf den Weg und betrachten die Lage vor Ort.«

Hilde und Lore.
Das Gebäude zeigte Altersflecken. Rote, schwarze und grüne Algen, Moose und Flechten saßen auf der Fassade, als seien sie hingetupft, gepunktet, gestrichelt, gepinselt wie bei einer Aquarellmalerei. Unter dem Dachvorsprung hingen zwei Schwalbennester.

Die mächtige Linde im Hintergrund streckte ihre Äste über das Dach hinweg. Sie ließ das Haus klein und unbedeutend wirken.

Die Tür war verschlossen.

»Lore, vielleicht kannst du sie aufdrücken. Versuch's mal.«

Lore schüttelte den Kopf.

»Einen Versuch ist es wert. Na los!«

Lore kratzte sich an der Stirn.

»Jetzt mach schon!«

Lore seufzte, lehnte die Schulter schwunglos gegen das Holz, aber außer einem leisen Knacken tat sich nichts.

»So wird das nichts.« Hilde kramte in ihrer Handtasche, zog eine Kundenkarte hervor. Die hatte sie vor Jahren in einer Apotheke bekommen, aber nie benutzt. »Damit könnte es vielleicht gehen.« Sie manövrierte die Karte zwischen Zarge und Türblatt. Es war eine alte Tür, bei deren Einbau man sich keinerlei Gedanken um Schutz vor Einbrüchen gemacht hatte. Hilde fuhr mit der Karte den Schlitz hinauf, sie blieb hängen, wieder runter, noch einmal hoch und. Klack. Ein Spalt. Das Schloss war unverriegelt. Schon schwang die Tür auf.

Lore atmete auf und schloss ihre Hände um die Griffe.

Hilde hielt sich fest.

Mit Schwung zog Lore den Rollstuhl die steinerne Stufe hinauf. Im Windfang rüttelte sie an der Klinke der Zwischentür, bis die Verriegelung unter metallenem Knarzen nachgab. Rückwärts bewegten sie sich in den Raum. Drehten sich um.

Hilde.

Grau, grau, grau. Alles lag unter dicken Staubschichten verborgen. Der Lichteinfall durch die dreckigen Fenster war diffus, den Konturen fehlte jede Schärfe. Alles schlief.

Hilde rückte ihre Brille zurecht. Konzentriert ließ sie den Blick umherwandern. Links, geradeaus, rechts. Nach oben und nach unten.

Lore stand immer noch hinter ihr, wippte auf Fußballen und Fersen hin und her. Dreck knirschte unter ihren Sohlen.

Es roch muffig und abgestanden. Beinahe mit den Händen greifbar. Doch schwang in diesem Geruch eine unterschwellige Vertrautheit mit. Ein Mix kaum beschreibbarer Duftnuancen. Kein anderer Ort der Welt roch wie dieser.

Seit ihrem Treppensturz war Hilde nicht mehr hier gewesen. Etwa zwanzig Jahre. Zuerst hatte sie mit Schmerzen ringen müssen, die bald jedoch schwächer und schwächer wurden und schließlich vergingen. Krankenhaus, Reha, Therapie. Sie lernte. Tag für Tag für Tag. Sie brauchte Geduld, aber es wurde.

Dann aber gab der Arzt ihr einen Ratschlag. Für ihre Zukunft. Er riet ihr, kürzerzutreten, die Kneipe nicht mehr weiterzuführen und den Ruhestand einzuleiten. Sie solle an sich und nur an sich denken und das Arbeitsleben von nun an ruhen lassen. Vielleicht sich ein neues Hobby suchen. Häkeln. Stricken. Sticken. Das machen Frauen in ihrem Alter doch ganz gerne. Oder das ein oder andere Buch lesen. Es gibt so viel Frauenliteratur. Auf jeden Fall einfach mal zu Hause bleiben und die Beine hochlegen. Was ihr schließlich zustehe. Huch, ja, nein, Entschuldigung. So war das nicht gemeint. Hüsteln. Sie solle das Alte abschließen. Hinter sich lassen. Das habe er gemeint. Noch mehr meinte er dann nicht mehr.

Zunächst hatte sie den Gedanken weggeschoben, der Kneipe komplett den Rücken zuzukehren. Doch sie hatte viel Zeit zum Nachdenken. Tag für Tag für Tag. Lore und sie würden es schwer haben, den Laden weiterzuführen. Und das nicht bloß wegen ihrer Einschränkung. Die Umsatzzahlen hatten seit längerem nicht mehr gepasst, die Gäste waren stetig weniger geworden, Zulieferer hatten gewechselt und mehr Geld verlangt. Im Grunde war der Unfall nur der Punkt am Ende des Schlusssatzes gewesen.

Nach der Reha blieb Hilde fast ausschließlich in der gemeinsamen Zwei-Zimmer-Wohnung. Sie las und aß, sah fern, ganz gern kochte sie ab und an oder sortierte die Schränke neu. Den Zauberwürfel meisterte sie in zwei Minuten fünfundvierzig. Lore kümmerte sich draußen um das alltägliche Leben. Sie kaufte ein, ging zur Bank, begleitete sie zu Arztterminen. Erfüllte Aufträge, die Hilde ihr dezidiert aufschrieb und haarklein und eindringlich wiederholend erklärte. Auf Lore war Verlass. Sie hatte sich auch in der Gaststätte ums Aufräumen und Reinhalten gekümmert und um den Aushang – *Bis auf Weiteres geschlossen* – im Schaukasten neben dem Eingang, wo sonst ihre nächsten Veranstaltungen angepriesen wurden. Bis der Schaukasten erstarrte und in ihm nur noch Vergangenes eingeschlossen war, statt die Zukunft zu zeigen.

Nach Hildes Heimkehr hatten die Schwestern versucht, mithilfe eines Maklers einen Pächter für die Wirtschaft zu finden. Vergebens. Jede Hoffnung, die der Makler ihnen im Vorfeld machte, starb stets nach kürzester Zeit, wenn er von den Bedenken der potenziellen Pächter berichtete: Man müsse zu viel modernisieren, mit diesem altmodischen Interieur könne niemand etwas anfangen, dieses Häuschen sei so winzig, dass sich das Geschäft kaum lohne, ohnehin könne man das Gebäude doch gleich abreißen und das Grundstück anderweitig nutzen. Außerdem stehe der Baum ungünstig, sei zu groß, mache zu viel Dreck, denn im Sommer klebe es unter einer Linde. Hilde hatte die Bedingung gestellt, dass die Kneipe eine Kneipe bleiben müsse. An den festen Einbauten dürfe ebenfalls nichts Wesentliches verändert werden. Nur kleine Änderungen wie etwa ein neuer Anstrich seien erlaubt. Die Linde sei ebenso unantastbar. Niemand wollte sich auf diese strikten Vorgaben einlassen, aber das war ihr egal. Da blieb sie stur. Nach ein paar Jahren verschwand dann auch der Makler. Ohne ein Wort. Um einen neuen wollten sie sich erst gar nicht mehr kümmern. Ruhestand.

Ein unsichtbares, ein latentes Band verblieb zwischen ihnen und diesem Ort. Irgendwo im Hintergrund ihres Daseins überdauerte es, straffte sich dann und wann und transportierte Erinnerungen. Stramm und fest war es jetzt gerade in Hilde. Es zeigte, wie tief Orte und Räume den Menschen prägen können und wie sie bei Gelegenheit ihre Plätze in seinem Gedächtnis verlassen, an die Oberfläche klettern und Zeichen geben.

Lore.
»Da steht ja noch der ganze Hochprozentige im Regal. Ich dachte, du hättest damals aufgeräumt?!«

Lore zuckte mit den Schultern. Sie redete nur, wenn es sich nicht vermeiden ließ, wenn es unausweichlich war. Auch bei ihrer Schwester machte sie selten eine Ausnahme. Sie beschränkte sich fast ausschließlich auf Mimik und Gestik. Und manchmal schrieb sie Zettelchen. Wann das genau begonnen hatte, wusste sie schon gar nicht mehr. Irgendwann in der Jugend.

»Wie auch immer. Kommst du mit zur Stammtischecke?«, fragte Hilde.

Sie nickte.

Rechts am Tresen vorbei. Im Winkel stand eine geräumige Sitzecke, über der die Wand bis zur Decke mit Bilderrahmen übersät war. Das erste Bild hatten sie kurz nach der Eröffnung aufgehängt. Im Laufe der Jahrzehnte waren stetig mehr hinzugekommen. Nun hingen hier viele Dutzend, vielleicht fast hundert rechteckige, quadratische, runde und ovale Holzbilderrahmen. Die Motive verblasst unter Patina, die Glasscheiben blind vor Schmutz. Alles schlief.

»Schau mal in der Kammer nach, ob du dort noch einen Staubwedel oder einen Handbesen findest. Man kann ja gar nichts mehr erkennen.«

Lore marschierte in den schmalen Flurbereich. Vier Türen: Küche rechts, Herren links, Damen daneben sowie ein Lager am Ende des Flurs, das Hilde schon immer als Kammer bezeichnet hatte. Durch ein kleines Fenster fielen Sonnenstrahlen in den Lagerraum. Die Vorratsregale waren fast leer, nur ein Paket Würfelzucker, Bierdeckel und Servietten lagen auf einem mittleren Einlegeboden. Lore griff den Würfelzucker, klemmte das Paket unter den Arm. Hinter der Tür fand sie einen Staubwedel, ein Kehrblech mit Handbesen und einen roten Plastikpfannenwender. Sie legte alles auf den Stammtisch. Bis auf den Pfannenwender. Den reckte sie triumphierend in die Luft und schwenkte ihn wie eine Kelle.

»Da ist er ja! Das gibt es doch gar nicht. Wie lange wir den gesucht hatten!« Hilde lachte. »Wedel du doch bitte über die Bilder in der oberen Reihe, ich mache die unteren mit dem Handbesen sauber.«

Lore legte den Pfannenwender auf den Tisch und wedelte los. Eine Spinne raste von links nach rechts, um dem wilden Gefuchtel zu entkommen. Mancher Rahmen klapperte und klackerte, mancher Rahmen zitterte bloß ein bisschen, manch anderer rührte sich kein Stück.

Tiefer angekommen, merkte sie, wie Hilde auf ein Bild starrte. Scheinbar war sie über dieses eine nicht hinausgekommen. Es zeigte sie beide als junge Mädchen, vielleicht zwölf, dreizehn Jahre alt, mit dem Vater in der Mitte. Das musste Anfang der Fünfzigerjahre gewesen sein, nach dem Tod ihrer Mutter. Der Vater hatte nicht lange getrauert. Hilde und sie jedoch verkrafteten den Verlust nur langsam, aber als Zwillinge unterstützten sie einander, gaben sich gegenseitig das, was der Vater ihnen nicht geben konnte oder wollte. Erst als Erwachsene fragte sich Lore, was wohl der Grund für seine kurze Trauerphase gewesen war. Selten hatte er über sich selbst gesprochen, kaum über Vergangenes, schon gar nicht über den Tod. Wie den meisten saß ihm der Krieg tief in den Knochen, im Herzen und im Verstand. Jeder musste seinen eigenen Weg finden, um mit den Geschehnissen fertigzuwerden, um ein Leben zu führen, das diese harte Zäsur verkraften ließ. Ihr Vater arbeitete viel, steckte Kraft und Konzentration in die Kneipe. Sie war nicht nur Grundlage der eigenen Existenz, sondern auch Zufluchtsort für andere Menschen und deren Geschichten geworden. Nach dem Krieg hatte er sie mit einfachsten Mitteln und Hilfe von Bekannten auf einem kleinen Stück Land aufgebaut, das er von einem Bauern zur Verfügung gestellt bekommen hatte. Der Bauer war begeistert gewesen von der Idee, eine Gaststätte ganz in der Nähe zu haben, das käme ja auch ihm zugute. Sie errichteten das Gebäude unter einer Winterlinde. Beiden Kriegen und allen Widrigkeiten hatte dieser

Baum bisher getrotzt. Nun sollte er als Symbol für Gemeinschaft über die neue Gaststätte wachen. Das Lindenstübchen.

Im Lindenstübchen war es nicht wichtig, woher man stammte, wohin man wollte, ob man über das Erlebte redete oder nicht. Hier trank man ein Pils oder einen Korn oder beides, hier rauchten die Köpfe, flogen die Karten und ballten sich die Fäuste bei Stammtisch-Debatten.

Lore schniefte. Hilde zog ein Stofftaschentuch aus ihrem Täschchen hervor und reichte es ihr. Mit einem lauten Tröten befreite Lore sich von der Last der Erinnerung.

»Er war ein toller Mensch«, sagte Hilde.

Lore nickte und reichte ihr das zusammengeknüllte Taschentuch. Dann nahm sie den Rahmen von der Wand und legte ihn behutsam auf den Tisch. Dieses Bild wollte sie mit nach Hause nehmen.

Hilde.

Ein Mosaik aus Momentaufnahmen. An einige davon erinnerte sie sich nicht mehr, erkannte nicht mal die Leute. Andere Fotos ließen in ihr sofort Person und Situation lebendig werden wie ein Daumenkino. Blatt für Blatt für Blatt. Flip, flip, flip.

Für einen Moment glaubte sie ein Ticken zu hören. Sie sah zur großen Bahnhofsuhr hinter der Theke. Die aber stand still. Wie lange mochte sie ihre Zeiger noch Runde für Runde über das Ziffernblatt geschickt haben? Vielleicht hatte sie versucht durchzuhalten, bis endlich wieder jemand käme und die Wirtschaft in Betrieb setzte. Hilde hatte das Ticken noch genau in den Ohren, das stetige Hintergrundgeräusch der Vormittage, wenn nur vereinzelt Gäste kamen.

Lore.

Flasche für Flasche, Glas für Glas, Regalbrett für Regalbrett. Der Staubwedel zeichnete Striche in die graue Schicht. Ein Dreh und Partikel stoben in die Luft, segelten auf Bar und Boden. Kopfüber hingen Dutzende stumpf gewordene Pilstulpen an einem Eichenholzbrett über dem Tresen. Ihr Vater hatte sich damals für diese Aufbewahrungsweise entschieden. Es sähe besonders einladend aus, wenn der Gast, gerade durch die Windfangtür eingetreten, direkt auf den Ausschank mit den darüber glänzenden Gläsern schaue. So mache man Durst und Trinklust, so verkaufe man Bier.

Paarweise nahm Lore die Gläser herunter und wedelte sie ab, doch das brachte ihren Glanz auch nicht zurück.

»Ich habe noch ein frisches Stofftaschentuch, wenn du möchtest«, rief Hilde ihr zu.

Bereitwillig legte Lore den Wedel beiseite, nichts ging über ein Stofftaschentuch. Das Polieren der Gläser beherrschte sie wie eh und je. Drehen mit einem Hauch von Druck. Innen. Außen. Fuß auf die Theke. Alles klar. Glas. Glas. Glas. Bald stand die ganze Theke voll.

Hilde

entdeckte Fotos, die genau in dieser Ecke des Raums gemacht worden waren. Von den vier feinen Damen des Bridge-Clubs und den drei rauchenden Skat-Brüdern. Hilde roch die Zigarillos immer noch. Der Rauch war jahrelang in das Interieur eingedrungen. In aufnahmefähige Oberflächen. In Holz, in Polsterauflagen, in Vorhänge. Dieser Geruch verharrte hier stur. Eine der seltsam vertrauten Duftnuancen im Lindenstübchen.

Lore.

Der Spielautomat war stumm, ohne Licht und Leben. Lore feudelte die Oberseite ab, beförderte dicke graue Wolken zu Boden. Dumpfes Klacken. Etwas Festes war mit hinuntergefallen. Sie bückte sich, hob es auf, pustete und wischte die Staubflocken ab. Flach, rund, messingfarben, an einer Seite rötlich angelaufen. Ein Groschen. Jahrgang 1972. Ob der Automat noch funktionieren würde, wenn er Strom bekäme? Sie legte die Münze wieder zurück. Vielleicht würde ihn ja eines Tages noch einmal jemand zum Laufen bringen.

Jahrzehntelang war der Automat eine regelrechte Institution im Lindenstübchen gewesen. Er blinkte, er tönte, er lockte – jeder musste an ihm vorbei –, man zockte.

»Lore, schau dir mal das Foto hier an.«

Lore ging hinüber, schaute, lächelte, kicherte, wandte sich dann den Tischen zu. Ein Foto von sich selbst mit einem Blumenkranz auf dem Kopf wollte sie sich nicht ausgiebig ansehen. Jemand hatte es damals für eine tolle Idee gehalten, sie als Blumenkönigin auszuzeichnen, weil sie zuverlässig die perfekte Schaumkrone auf dem Pils fertigbrachte. So viel Aufmerksamkeit war ihr unangenehm gewesen. Aber die Wiesenblumen waren hübsch.

Eifrig fuhrwerkte sie über den ersten von sechs Tischen. Hustete. Inzwischen hatte sie einen im ganzen Raum umhertreibenden Nebel verursacht, der langsam zu Boden sank. Wie im Fernsehen, wenn getanzt wurde. Lore liebte das Tanzen. Sie sah sich mit größter Hingabe und Konzentration jede Tanzshow an. Wie gebannt starrte sie dann auf den Bildschirm, nichts und niemand war imstande, sie davon abzulenken. Standard, besonders der Walzer. Der hatte es ihr angetan. Da ging ihr das Herz auf. Als junges Mädchen war sie in einem Tanzkurs gewesen. Ohne Hilde. Denn die wollte lieber in der Kneipe helfen und brauchte den Vater darum nicht lange bitten. In der Tanzschule hatte Lore Heinz kennengelernt. Woche für Woche drehten sie ihre Runden übers Parkett (das eigentlich nur ein Linoleumboden war). Unversehens stellte er klar, dass er an ihr interessiert war. Da gab sie ihm den ersten Korb. Er machte ihr trotzdem den Hof. Lore hatte zwar brennendes Interesse am Tanzen, jedoch nicht an Heinz. Er aber blieb hartnäckig. Besuchte sie wieder und wieder im Lindenstübchen, verwickelte sie in Gespräche, machte ihr Komplimente, schenkte ihr Blumen. Aber sie wollte nicht. Eines Tages kam er ins Lindenstübchen marschiert, gab Lore einen

Handkuss, bedankte sich für ihr zauberhaftes Wesen und verließ das Lokal. Sie hatte ihn seitdem nie wieder gesehen.

HILDE.
Weiße, mit goldenen Nieten verzierte Overalls, Soldatenuniformen, Lederoutfits, mit und ohne Gitarre. Das häufigste Motiv in den Bilderrahmen waren Männer in Elvis-Aufmachung. Elvis war Hildes große Leidenschaft. Zeit und Raum bogen sich, wenn sie seine Musik hörte. Nichts anderes entfachte in ihr ein derart wohliges Glücksgefühl. Niemand sonst entlockte ihr solche Seufzer. Nie hatte sie von Elvis genug bekommen. Ins Lindenstübchen lud sie regelmäßig Imitatoren ein. Nur die besten. Wenn es sich einrichten ließ, gab es in jeder Jahreszeit einen passenden Elvis-Auftritt. Der Höhepunkt war immer die Weihnachtsshow am vierten Advent. Menschen kamen und kamen, die Tür ging ununterbrochen, das Pils floss nonstop aus dem Hahn und die Kehlen hinunter, die Gäste sangen und tanzten und Hildes Herz pochte vor Lebensfreude. Besonders häufig trat einer im Lindenstübchen auf, in dem sah sie das perfekte Double ihres Idols. Kurt. Wenn er sang, enthüllte sich in Hilde das pure Dasein. In diesen Momenten war sie voll da, war bei sich, war einfach. Zu schön, um wahr zu sein. Kurt war verheiratet, anscheinend glücklich, seine Ehefrau begleitete ihn zu jedem Auftritt. Sie jubelte am lautesten. Hilde blieb nur das Träumen. Von Kurt und dem echten Elvis. Hilde träumte davon, dass Elvis Aaron Presley sie eines Tages im Lindenstübchen besuchen käme, ihr ein Ständchen vortrüge und sie dann in sein aufregendes Leben entführen und sie auf ewig lieben würde. Richtig kitschig. Nicht dass sie sich jemals über ihr Leben im und mit dem Lindenstübchen beschwert hätte, aber bei Elvis hätte sie vermutlich nicht nein gesagt. Vermutlich, denn es gab ja noch ihre Schwester. Aber von Lore getrennt zu sein …?

Der Schrank in der Küche, darin konnte noch das Album mit ihren Elvis-Sammeleien liegen. Zeitschriftenausschnitte, Fotos, Schnipsel, ein Autogramm. Sie hatte es unter dem untersten Einlegeboden versteckt. Das tatsächliche Ausmaß ihrer Sehnsüchte und Leidenschaften bewahrte sie für sich. Das war eine Sache zwischen ihr und Elvis.

»Lore, ich schau mal eben kurz in die Küche, ja?«

Lore nickte.

»Bleib ruhig hier. Ich komme zurecht.«

Dort war noch weniger Licht als im Gastraum. Die Scheiben schimmerten milchig und wie unter einem moderigen Belag. Hilde streckte sich zum Fenstergriff hin. Packte ihn, rüttelte daran, öffnete. Die Aussicht hatte sich verändert. Ein Haselnussstrauch reckte seine Ruten in die Luft. Aufrecht, ausladend, buschig. Seine Blütezeit war schon vorüber, die Kätzchen abgefallen, die eiförmigen Blätter zappelten im auffrischenden Wind. Im Herbst war die Ernte wahrscheinlich üppig.

Zum Schrank. Der Regalboden hielt sich hartnäckig an seiner Stelle. Doch Hildes Arme waren kräftig – sie hebelte, sie zog –, lange hielt er nicht stand. Geschafft.

Elvis.

Lore

fuhr mit dem Finger die Perforation entlang. Zog an der Lasche. Unter der Pappe kristallenes Glitzern. Pur und weiß. Sie nahm ein Stück Würfelzucker, steckte es sich in den Mund. Lutschte am Würfel, bis der Speichel ihn durchdrang. Eine Ecke löste sich, dann eine weitere, der Klumpen zerfiel, verteilte sich und aktivierte alle Geschmacksrezeptoren. Süßes Glück.

Sie nahm zwei weitere Stücke. Schob sie sich links und rechts in die Backen. Frisch motiviert entstaubte sie mit dem Wedel die Kunstblumen auf den Fensterbänken. Dicke Flocken flogen, feine Partikel trieben in Lores Nase. Sie atmete ein, Staub und Zucker trafen sich in ihrem Hals, traten in Verbindung, traktierten die Schleimhäute, bis der Reiz unbeherrschbar wurde. Lore brach in heftiges Husten aus.

Sie ließ den Staubwedel auf den Boden fallen, stolperte zur

Windfangtür, weiter zur Eingangstür. Sie keuchte und japste. Setzte sich auf die Stufe, atmete, schluckte, atmete, schluckte. Endlich ließ der Reiz nach. Der Staub war weg, von der Süße des Zuckers nichts mehr zu schmecken.

Zwischen ihren Füßen entdeckte Lore einen Zweig. Vielleicht hatte ein Vogel ihn auf dem Weg zum Nest verloren. In den Platanen die Straße hinab waren zwei große Nester zu sehen. Ob die Elstern schon brüteten? Sie stocherte mit der Zweigspitze in der Treppenfuge und hebelte winzige Mooskissen heraus. Endloses wütendes Tschilpen von Spatzen. Jemand musste sie aus ihrem Gebüsch gescheucht haben. Zack, ein Moosstück flog gegen die Fassade.

»Lore?« Ein älterer Mann stand etwa zwei Meter neben ihr auf dem Gehweg.

Der Zweig zerbrach. Woher kannte dieser Mann ihren Namen? Was wollte er? Wollte sie das überhaupt wissen? Sie stand auf, wandte sich auf der Eingangsstufe um und war drauf und dran, in der Kneipe zu verschwinden.

»Warte bitte.«

Diese Stimme. Wenn man sie sich einige Jahrzehnte jünger dachte, stärker und tiefer … Im Alter verloren Stimmbänder an Elastizität, hatte sie kürzlich im Apothekenblättchen beim Arzt gelesen. Sie sah über ihre Schulter und hob die Augenbrauen.

»Lore? Bist du es?«

Er war es wirklich.

»Sag, bist du es?«

Mit einem kurzen Nicken hastete sie in die Kneipe.

Dort blieb sie mitten im Raum stehen, musterte ihre Füße. Sie setzte den linken zurück, den rechten zur Seite, schloss den linken zum rechten. Rechter Fuß vor, linker Fuß zur Seite, rechter Fuß zum linken, schließen.

»Immer noch eine zauberhafte Tänzerin!« Der Mann stand nun direkt hinter ihr.

Lore schluckte.

Er reichte ihr die Hand. »Darf ich?«

Sie legte ihre Hand in seine.

Eins, zwei, drei. Eins, zwei, drei. Eins, zwei, drei. Langsam bewegten sie sich über den Boden, wirbelten Dreck und Staub in alle Richtungen. Nach und nach und Schritt für Schritt wurden die alten rotbraunen Fliesen sichtbar.

»Lore, warte. Man erstickt hier drin ja beinahe! Ich öffne die Fenster.« Er ließ sie los, ließ Licht und Luft herein, schloss wieder zu ihr auf, setzte an zum Schritt. Im Dreivierteltakt schwebten sie durch den Raum. Der Staub tanzte mit ihnen in den Strahlen der Nachmittagssonne, die sich in den Pilstulpen spiegelte und die Bilder an der Wand wie nachkoloriert leuchten ließ.

HILDE

nahm das Elvis-Album, strich zärtlich darüber und verließ die Küche. Durchquerte den Flur. Stoppte neben der Theke. Ein Mann. Ein fremder Mann. Sie wollte etwas rufen, schimpfen oder einfach nur kreischen. Irgendeinen Laut von sich geben. Aber kein Geräusch kam aus ihrer Kehle.

Lore drehte sich mit ihm im Kreis. Sie tanzten. Sie tanzten, als hätten sie das schon immer getan. Eins, zwei, drei. Eins, zwei, drei. Hinter den gealterten Gesichtszügen erkannte Hilde den jungen Mann von damals. Den jungen Mann, der Blumenstrauß um Blumenstrauß angeschleppt, ihrer Schwester Kompliment um Kompliment gemacht hatte.

Sie drehten eine letzte Walzerrunde, dann blieben sie stehen.

Hilde klatschte laut in die Hände. »Na, das könnt ihr ja immer noch.«

Sie sahen wie ertappt zu ihr herüber.

»Guten Tag, Heinz.«

»Hilde!« Er kam auf sie zu, ergriff ihre Hand und schüttelte sie feierlich. Schüttelte. Schüttelte.

»Schön, dich zu sehen. Nach all den Jahren.« Sie zog ihre Hand zurück.

»Wie ich mich freue!«, sagte Heinz.

»Welch eine Überraschung!«

»Ja, das ist es. Ich weiß gar nicht, was ich sagen soll.«

»Was treibt dich denn hierher?«

»Die Zeitung.«

»Die Zeitung?«, fragte Hilde.

»Ja, der Artikel im *Tagesboten*. Ich musste herkommen und schauen, ob das Lindenstübchen noch steht.«

»Da erging es dir genau wie uns.«

»Ich war ganz schockiert über die Pläne«, sagte er.

»Ja, dass hier ein Einkaufszentrum gebaut werden soll, ist ungeheuerlich.«

»Aber ihr habt dem doch zugestimmt?«, fragte Heinz.

»Nein, haben wir nicht«, sagte Hilde.

»Gehört euch das Lindenstübchen überhaupt noch?«

»Ja, selbstverständlich.«

»Ich war mir nicht sicher.«

»Wir waren nur lange nicht mehr hier. Seit meinem Unfall.«

Heinz blickte genauer auf ihre Beine und ihren Rollstuhl. »Was ist denn geschehen?«

»Ich bin die Treppe hinuntergefallen, war einige Zeit im Krankenhaus und in der Reha. Danach haben wir uns gegen eine Rückkehr ins Arbeitsleben entschieden.« Sie hatte keine Lust, die komplette Geschichte zu erzählen. Fragen, Mitleid, Ratschläge. Nicht jetzt, nicht hier.

Doch er fragte nicht weiter, bemitleidete nicht, schlug nicht mit Rat.

Sie schwiegen. Draußen rauschte der Wind durch die Linde.

Hilde schaute auf ihr Album. Eine Zitterspinne stakste darüber. Immer zwei Beine gleichzeitig. Durch die langen, dünnen Glieder wirkte ihr Körper fast schwerelos. Hilde schnipste. Die Spinne hob ab, flog ein kleines Stück und landete auf Heinz' Schuh.

»Uaaah!« Er schlenkerte mit dem Fuß, schlug nach ihr, schüttelte sich.

Lore lachte. Tätschelte ihm den Rücken.

»Heinz, die Spinne ist weg. Ganz bestimmt«, sagte Hilde.

Er seufzte. »So ein Schrecken. Ihr habt nicht zufällig noch etwas von dem Genever hier, mit dem ihr damals die Leute rausgeschmissen habt?«

Hilde grinste. »Ich glaube, es könnte noch welcher im Regal stehen.«

Lore ging hinter den Tresen, griff nach drei Schnapsgläsern, die sie kurzerhand mit dem Stofftaschentuch auswischte, nahm eine Steinflasche aus dem Regal, kam mit allem zurück und reihte die Gläser nebeneinander auf. Der Wacholderschnaps rann zähflüssig aus der Flasche.

»Auf euch!«, sagte Heinz.

»Auf das Wiedersehen!«, sagte Hilde.

Die Gläser klirrten.

Prägende Erinnerungen, freundschaftliche Beziehungen, tiefe Zuneigung. Sie können über viele Jahre hinweg im Verborgenen erhalten bleiben. Und ganz plötzlich kommen sie wieder hoch. Mitunter stoßen sie übel auf. So wie der Genever, denn der war eindeutig gekippt.

– 2 –

Lore
streifte ihre Filzpantoffeln ab. Sie packte ein Kissen auf den Couchtisch und legte die Füße darauf zurecht. Fersen und Waden benötigten eine bestimmte Position, um in den nächsten Stunden nicht einzuschlafen, zu kribbeln oder zu schmerzen.

Hilde beäugte den Vorgang missbilligend. Aber sie hatte es aufgegeben, Lore für das Ablegen der Füße auf dem Couchtisch anzumeckern.

Die Titelmelodie der Tanzshow erklang. Lore erhöhte die Lautstärke und schob die Fernbedienung neben die Porzellanschale auf ihrem Schoß. Sie nahm sich eine Handvoll Salzstangen und nagte bei einer nach der anderen die Salzkörner ab. Dann setzte sie sie paarweise auf die Lippen und schob sie rhythmisch abbeißend Stück für Stück in den Mund. Den Einführungstanz der Profis mochte sie nicht so gerne, da ging ihr alles zu schnell, da kam sie nicht mit. In die Amateure dagegen konnte sie sich hineinversetzen und sich vorstellen, dass sie selbst eine Teilnehmerin wäre. Heute waren noch fünf Tanzpaare dabei. Das erste Paar tanzte eine Samba. Bei der Dame fliegende Fransen, beim Herrn halbblanke Brust. Ob es solche Kostüme auch für Damen und Herren fortgeschrittenen Alters gab? Auf den Spaß würde sie sich glatt einlassen. Wenn Heinz denn wollte. Auch wenn sie gar keine Samba tanzen konnte. Aber das Kostüm hätte sie dann schon einmal. Lore mochte Fransen. Und ja, sie mochte auch Heinz.

Hilde
war fasziniert von Lores Hingabe. Ging es ans Tanzen, freute sie

sich wie ein Kind, zappelte herum, klatschte im Takt und wackelte mit den Zehen. Hinterher applaudierte sie.

Der nächste Auftritt begann, angekündigt wurde ein Cha-Cha-Cha. Überraschende Schwingungen erreichten Hildes Ohren. Außenohr, Mittelohr, Innenohr, die Töne drangen in sie ein. Jeder einzelne versetzte ihren Nervenzellen einen Schlag. Wohlige Schauer breiteten sich im ganzen Körper aus. Bis in die Fingerspitzen fühlte sie, wie es klopfte, rauschte, kribbelte. Nur einer hatte dies mit seiner Musik jemals bei ihr bewirken können. Elvis. Sie spielten ein Lied von Elvis! Und ihr war ganz egal, wer da über den Bildschirm kreuzte. Nur mochte dieses Lied bitte niemals enden. *It's now or never.*

Wie hatte sie Elvis so lange vergessen können? In den letzten zwanzig Jahren hatte sie das Interesse verloren, an ihm und seiner Musik, die schwere Zeiten erträglicher gemacht hatte und schöne Zeiten intensiver. Mit dem Sammelalbum war ihre Leidenschaft für Elvis im Lindenstübchen zurückgeblieben, so wie ihre ganze Vergangenheit. Doch seit sie die Türen der Kneipe wieder geöffnet hatten, spürte sie ihre Wurzeln. Die familiären Hauptwurzeln und das feine Geflecht, das sich mit jeder einzelnen Erfahrung unbemerkt unterirdisch ausgebreitet hatte.

Der Tanz war zu Ende, das Lied war zu Ende. Aber Elvis hallte in Hilde nach.

»Lore?«

Die schüttelte nur den Kopf.

»Können wir gleich reden?«

Lores Zeigefinger stieg warnend in die Luft.

»Ja, ich meine später, wenn die Sendung zu Ende ist.«

Lore nickte.

LORE.

Der letzte Tanz war ein langsamer Walzer gewesen. Ein Abschluss ganz nach ihrem Geschmack. Eigentlich hätte sie jetzt ausschalten können. Es folgte bloß noch der mantraartige Hinweis auf das Anrufen und später die langwierige Prozedur, bis klar war, wer ausschied. Aber Lore schaute die Sendung immer zu Ende. Warum das nun also ändern?

Anrufen, anrufen, Werbeblock, anrufen. Die Moderatoren standen vor den Paaren, hielten schier unendliche Reden und sprachen eigentlich von nichts. Anrufen, die letzte Möglichkeit an diesem Abend! Seinem favorisierten Tanzpaar unbedingt und hier und jetzt in die nächste Runde helfen! Anrufen! Und vielleicht bekäme man sogar ein nigelnagelneues Auto. Kann sein, kann auch nicht. Endlich setzten die Moderatoren zur Entscheidungsverkündung an. Zogen und zogen und zerrten sie in die Länge. Es konnte doch niemanden geben, also wirklich niemanden, der das gerne über sich ergehen ließ. Die Menschen zu Hause, das Publikum im Studio, Jury, Moderatoren, Tanzpaare. Für alle anstrengend. Lores Augen fielen zu. Sie gähnte. Und wieder setzten sie zur Verkündung an. Lore raffte ihre Lider hoch. Geschafft. Ein Paar ausgeschieden, vier andere weiter, darunter auch ihre Lieblinge. Die Mattscheibenwelt durfte sich weiterbewegen. Die Musik spielte zum Ausklang. Salzstangenkrümel rieselten. Lore schlüpfte in ihre Pantoffeln.

»Lore?«

Nein, noch nicht. Sie schlurfte aus dem Raum.

Hilde.

Gleich käme Lore wieder. Dann konnten sie reden. Es nutzte nichts, ihr jetzt zu folgen. Sonst würde sie dicht machen und nicht zuhören. Was Hilde zu sagen hatte, war aber wichtig. Da brauchte sie Lores komplette Aufmerksamkeit.

Sie schaltete um. Nachrichten. Der Sprecher berichtete von neuen Gesetzesentwürfen, von innerparteilichen Unstimmigkeiten, von einem geplanten Treffen zweier Regierungschefs, das wahrscheinlich ohne Ergebnis bleiben würde, von Demonstrationen da und Demonstrationen dort. Derzeit gab es so viele davon, dass Hilde kaum noch hinterherkam. Wo war das noch gleich?

Und wer? Warum? Auf der ganzen Welt gingen Menschen auf die Straßen und setzten sich für ihre Sache ein. Leider kam es aber immer wieder zu gewalttätigen Übergriffen auf der einen oder auf der anderen Seite. Oder auf beiden. Von zwei Seiten ausgehend, zwei Seiten betreffend. Gebrüll auf beiden Seiten. Ohne Punkt, ohne Komma. Ohne Zuhören. Nur Ausrufezeichen. Es prallt Wort auf Wort, es fliegt Stein um Stein, es gilt Zahn um Zahn. Eine Trennlinie wird sichtbar, mit einer Mauer bebaut, von Stacheln umsäumt. Bis die Menschen einander gar nicht mehr erkennen können. Dann soll es einen Dritten geben, der sich um Vermittlung bemüht, um Annäherung. Es wird aber klar, dass der Dritte sich doch nur für eine Seite einsetzt, seine eigene. Die Dritten stehen da oder dort, hüben oder drüben, wenige in der Mitte, dem manchmal unbequemsten Ort. *So kommen müsst' es vielleicht nicht, wenn man dieselbe Sprache spricht,* machte sich Hilde ihren Reim darauf. Zuweilen flutscht, wenn die Gedanken sie drängen, ein Gedicht mit hinaus.

Der Wetterbericht. Regen und Sonnenschein im Wechsel, bei vierzehn bis achtzehn Grad. Es folgte eine Reportage über das Kneipensterben. Ausgerechnet heute? Jetzt? Eine Reportage zu diesem Thema? Ironie des Schicksals. Faust aufs Auge. Wäre solch ein unglaubwürdiger Zufall ihr in Büchern oder Filmen begegnet, hätte Hilde genervt aufgestöhnt. Kaum zu ertragen. Und jetzt geschah ihr selbst so was Plattes. Das Leben schert sich nicht darum. Es ist unser Verstand, der ihm Klischees zum Vorwurf macht.

Ein Wirt schimpfte ununterbrochen auf die Politik, auf die Kanzlerin, auf die äußeren Umstände. Er wirkte unsympathisch. Und seine Kneipe sah aus wie ein dunkles, ungemütliches Loch. Aber vermutlich war dieser Ort ebenso ein zweites Zuhause für ihn wie das Lindenstübchen für Lore und sie. Und wie es das gewesen war! Damals. Einst.

Das durfte es noch nicht gewesen sein.

»Lore! Komm jetzt doch mal bitte.«

Lore.
Nein. Zuerst wollte sie sich umziehen. Hildes Tonfall hörte sich nicht dringend genug an. Wo war nur die Schlafhose? Sie schlug die Bettdecke zurück. Keine Hose. Sie riss die Decke hoch, schüttelte sie aus. Keine Hose. Im Wäschekorb. Keine Hose. Auch unter Hildes Bettdecke war sie nicht. Ihre Beine wurden kalt. Sie hatte Gänsehaut. Das Schlafzimmer war wie ein Kühlschrank temperiert, sonst konnte Hilde nicht schlafen. Daher brauchte Lore ihren dicken Flanellschlafanzug. Unter dem Kissen lugte ein blaues Stoffstück hervor. Da war sie! Dass Hilde neuerdings ihre Schlafanzughose unter die Kissen legte! Wahrscheinlich wollte Hilde sie ärgern. Lore machte am Morgen nie ihr Bett, das regte Hilde schon ihr Leben lang auf. Sie kamen da nicht zusammen. Und wenn sie bei ihren Angewohnheiten nicht zusammenkamen, wenn sie unterschiedlicher Meinung blieben, dann ärgerte die eine die andere. So hatten sie das mit acht gemacht, so machten sie das mit zwanzig, mit neununddreißig, mit einundsechzig und so machten sie das auch jetzt.

»Lore! Komm mal bitte. Ich höre doch, dass du noch wach bist.«

Nein. Erst würde sie sich in Ruhe die Hose anziehen. Und sie würde Hildes Nachthemd unter ihr Kissen legen. Ohne dass ein Stück Stoff herausguckte.

Hilde.
»Komm her und setz dich. Wo bleibst du so lange?«

Lore zeigte auf ihre Hose.

Hilde lachte. »Das Versteck war ja nicht so schwierig, oder?«

Lore schnaufte.

»Mach morgens dein Bett, dann muss ich auch nichts verstecken.«

Lore streckte ihr die Zunge raus.

»Nicht einmal mit zweiundachtzig bist du zu alt für diesen Unsinn. Also hör zu! Wir müssen etwas tun! Wir können das

Lindenstübchen nicht seinem Schicksal überlassen und dieses geplante Einkaufszentrum ignorieren. Wir müssen herausfinden, warum wir in der Sache keine Briefe, keine Anrufe, rein gar nichts erhalten haben. Es ist doch nicht möglich, dass über unsere Köpfe hinweg entschieden wurde.«

Lore fischte das letzte Stückchen Salzstange aus der Schale.

Hilde atmete tief durch, setzte ihr Wasserglas an und leerte es in einem Zug. Mit zitternder Hand knallte sie das Glas auf den Tisch. »Verstehst du?«

Lore zuckte mit den Schultern.

»Wir müssen die Verantwortlichen ausfindig machen. Wir müssen mit jemandem sprechen. Unser Lindenstübchen darf nicht abgerissen werden. Wir müssen aktiv werden! Wir beide!« Hilde schlug sich auf die Oberschenkel.

Lore verschluckte sich vor Schreck.

»Wir müssen eine Liste machen, eine Ideenliste. Hol mir mal bitte was zum Schreiben.«

Schweigend schlurfte Lore zum Schrank und kramte in der Schublade. Hustete. Zog Kugelschreiber und Notizblock heraus. Hustete. Reichte sie zu Hilde hinüber.

Hildes Hand bebte. Sie hatte Schwierigkeiten, den Stift auf dem Papier zu halten. Ständig rutschte er weg. Nach oben, zur Seite. Tief durchatmen. Falsches Wort. Verschrieben. Durchstreichen. P statt b, a statt i, alles durcheinander. Durchstreichen. Sie riss das Blatt vom Notizblock, setzte neu an. Gestern war sie nicht so aufgeregt gewesen. Da hatte sie sich ein wenig Sorgen um das Lindenstübchen gemacht in dem unguten Gefühl, dass es vielleicht schon abgerissen war. Als sie aber schließlich davorstanden und durch die vertrauten Räume streiften, verblasste ein mögliches Abrissszenario. Als hätte es den Zeitungsartikel nie gegeben, als wären sie am Vormittag zur Arbeit gegangen, wie früher jeden Tag. Nur etwas langsamer. Und mit mehr Dreck, den sie wegputzen mussten. Obwohl, nach manch einer Veranstaltung war es auch nicht weniger dreckig gewesen, nur klebriger.

Aber jetzt hatte sie Angst.

Das Zittern kroch von der Hand in den Arm hinauf, zuckte in der Schulter, wanderte in den Hals und entwickelte sich dort zu einem kribbelnden Kloß.

Sie schrieb: *Montag nach Zuständigen forschen. Bei Zeitung anrufen. Was passiert mit Lindenstübchen*?

Dann nahm sie sich die Zeitung vor, aus der sie gestern von dem geplanten Einkaufszentrum erfahren hatten. Das Heraustrennen des Artikels erwies sich als schwierig. Das Papier hielt stand, zwang den waagerechten Riss zu Sprüngen, die aus der Abrisskante zerfransten Zickzack machten. Ein Wort hatte es nicht mit hinüber geschafft und blieb alleine zurück. Entlang der Senkrechten gelang der Riss. Ohne Widerstand und schnurgerade. Hilde unterstrich die wichtigsten Passagen und kringelte den Namen des Redakteurs ein. Bestimmt wusste er mehr.

Es gibt die einfachen Laufrichtungen. Und es gibt Wege in zerfranstem Zickzack. Mit gefurchtem Auf und Ab. Man geht sie an, geht durch und darin auf, kreuzt oder trennt, kommt nicht vorbei, ebnet sie für andere. Zeigt, verfehlt, verliert, kehrt auf halber Strecke wieder um. Fragt danach, findet sichere, schnelle oder eben die richtigen Wege. Legt sie zurück.

Lore
drückte den letzten Rest aus der Zahnpastatube.

Hilde
legte sich neben die schlafende, schnorchelnde Lore. Das Nachthemd hatte sie schnell gefunden, Lores Versteck gab wenig Rätsel auf. Es war spät, mitten in der Nacht, aber sie war hellwach. Tausend Gedanken sprangen ihr durch den Kopf. Im Lindenstübchen hatte es angefangen, dass ihr Gedächtnis die Tore öffnete. Die spontanen Erinnerungen regten sich gegenseitig an, nahmen die Gefühle an die Hand und tummelten sich auf einem gemeinsamen Fest. Laut und lärmend und blinkend und bunt. Die Feier

war in vollem Gange, an Feierabend noch längst nicht zu denken. Der Mond präsentierte sich heute als scharf leuchtende, schmale Sichel. Ein Licht kreuzte den Himmel. Hilde folgte seinem Schein. Sie könnte Flugzeuge zählen, um einzuschlafen. Zwei, drei. Vier. Da, ganz hinten, noch eins. Also fünf. Das Lindenstübchen durfte nicht abgerissen werden. Leerstand hin oder her und für die meisten Menschen spielte es keine Rolle mehr, richtig, aber ein Abriss ohne ihre Erlaubnis? Ein Bebauungsplan ohne ihre Zustimmung? Wie konnte so ein Plan zustande kommen? Auf wessen Mist war er gewachsen?

Aber was sollten sie schon tun? Sie waren alt, sie konnte kaum laufen, Lore sprach fast kein Wort, sie besaßen wenig Geld. Sechs, sieben. Dass mitten in der Nacht so viel Flugverkehr herrschte. Wie wenig Sterne man sehen konnte. Wie viele Sterne dem menschlichen Auge verborgen blieben. Millionen. Milliarden. Oder noch mehr?

Hatten sie die Fenster im Lindenstübchen wieder richtig verschlossen?

Sie mussten etwas unternehmen.

Ein Schleier schob sich vor die Sichel. Hildes Lider öffneten sich und schlossen sich wieder. Öffnen und schließen. Auf. Zu.

Schlaf.

– 3 –

Hilde.

Das dünne Papier knisterte. Sie hatte die Gelben Seiten auf das Telefonschränkchen gelegt und arbeitete sich durch den hintersten Teil des Telefonbuchs. Z. *Zahngold Ankauf. Zahnreinigung. Zaunbau. Zeitarbeit.* Da. *Zeitungs- und Zeitschriftenverlage: Bellberger Tagesbote.* Hilde notierte sich die Telefonnummer auf dem Zeitungsausriss, neben dem Namen des Redakteurs. Dann nahm sie den Hörer ab und wählte. Freizeichen. Zweimal, dreimal.

Und legte wieder auf.

Durchatmen. Eigentlich hatte sie noch gar keine Ahnung, was sie sagen oder was sie fragen sollte. Erst würde sie wahrscheinlich in einer Art Zentrale landen. Dann also um ein Durchstellen in die Redaktion bitten. Nach dem Redakteur fragen. Friedrich. Markus K. Friedrich. Und dann? Ihn fragen, was er über das Einkaufszentrum wusste. Nein. Das war zu ungenau. Vielleicht, ob er wisse, wer da bauen wolle. Und wann. Vielleicht war der Herr Friedrich aber auch gar nicht zu sprechen oder nicht im Hause. Vielleicht war die ganze Redaktion gerade verwaist. Vielleicht wurde der Verlag bestreikt? In den Morgennachrichten war davon zwar nichts erwähnt worden, aber wann berichteten sie dort schon über Bellberg? Hilde knibbelte am zerfransten Rand des Zeitungsartikels. Riss einen kleinen Fetzen ab, knüllte ihn zu einem Kügelchen, schnipste es in Lores Pantoffel.

Sie nahm den Hörer ab und wählte neu. Freizeichen. Zweimal, dreimal.

Klack, hatte sie wieder aufgelegt und fuhr schnaufend in die Küche. Dort drehte sie den Hahn auf, füllte den Wasserkocher, schaltete ihn ein. Es fauchte. Es blubberte. Das rote Lämpchen erlosch. Hilde hängte einen Beutel Ostfriesentee in ihre Tasse, übergoss ihn mit dampfendem Wasser und starrte auf die dunkler werdende Flüssigkeit. Einhundertzwanzig Sekunden. Bugsierte den getränkten Beutel in die Spüle. Ein paar Klümpchen Kandiszucker für die Nerven, ein erstes Nippen. Sie zuckte zusammen. Lippen verbrannt. Sie war wieder zu schnell, zu gierig. Bei Tee musst du Geduld haben. Erst einmal ließe sie die Tasse in der Küche.

Wieder wählte sie. Freizeichen. Zweimal, dreimal. Viermal. Es raschelte und polterte. Da war jemand vor der Wohnungstür. Hilde knallte den Hörer auf die Gabel und rollte hinaus auf den Flur.

LORE
drehte und zog, aber das Schloss klackte nicht. Ständig schlug ein Beutel an die Tür, die Tragriemen schnitten ihr in die Handgelenke. Es brauchte das zeitgleiche Zusammenspiel von Drehen und Ziehen. Dreh – zieh. Na endlich. Die Tür öffnete sich. Sie gab ihr einen Schubs.

»Lore! Hast du mich erschreckt! Geh wieder!«

Lores Körper sackte kurz in sich zusammen, die beiden Einkaufstaschen fielen zu Boden. Zwei Äpfel rollten aus einem der Beutel, ein Joghurtbecher kullerte ihnen nach, eine Packung Milch rutschte hinterdrein.

»Sofort!«

Sie streckte Hilde die Zunge heraus, so weit es ging. Schob die beiden Beutel mit der Fußspitze tiefer in den Wohnungsflur, zog die Tür am Knauf hinter sich zu, lief durch den Hausflur, durch die Haustür, auf den Bürgersteig und stürmte die Straße hinab. Wenn Hilde sich so benahm, war es besser, die Flucht zu ergreifen. Fehlte bloß noch, das die herumschrie. Aber auch so war Hilde manchmal kaum auszuhalten, herrisch und stur.

Sie würde jetzt eine Weile durch die Straßen spazieren. In einer halben Stunde konnte sie umkehren. Dann sollte Hilde sich beruhigt haben. Aus welchem Grund auch immer sie heute so aufgebracht war.

Hilde

wählte auf ein Neues. Freizeichen. Zwei, drei, vier. Empfang. Von dort aus wurde sie mit der Redaktion verbunden. Von dort aus wurde sie mit dem Redakteur verbunden.

»Guten Morgen, mein Name ist Hilde Brüggemann. Ich habe am Freitag Ihren Artikel über das geplante Einkaufszentrum gelesen und hätte dazu ein paar Fragen.«

»Ich habe sehr wenig Zeit. Bitte beeilen Sie sich.«

Hildes Hals fühlte sich an wie zugeschnürt, sie bekam schlecht Luft. »Können Sie mir bitte die Telefonnummer des dafür Verantwortlichen geben?«

Der Redakteur räusperte sich. »Nein, das kann ich nicht ohne Weiteres.«

»Können Sie mir wenigstens sagen, wer für dieses Bauvorhaben verantwortlich ist?«

»Nein. Das wird die Öffentlichkeit früh genug erfahren.«

»Aber ich habe ein persönliches Interesse daran.«

»Was Sie nicht sagen.«

»Ich bin die Besitzerin des Lindenstübchens.«

»Das kann ja jeder behaupten.«

»Es ist die Wahrheit.«

»Hören Sie, gute Frau, ich habe heute einen sehr straffen Zeitplan. Die gewünschten Informationen entnehmen Sie zu gegebener Zeit dem *Tagesboten*, wie unsere anderen Leserinnen und Leser auch. Wenn Sie nicht abwarten können, recherchieren Sie doch im Internet oder rufen jemand anderen an. Stehlen Sie mir nicht meine wertvolle Zeit! Ich wünsche Ihnen noch einen schönen Tag.« Er legte auf.

»Hallo? Herr Friedrich?« Hilde nahm den Hörer vom Ohr und starrte ihn für einige Sekunden an. Dann legte sie auf.

Um Atem ringend, fuhr sie ins Wohnzimmer. Riss ein Fenster auf, holte tief Luft und blickte auf die glänzenden Basaltsteine. Der Aprilregen fiel schnurgerade. Er rauschte und platschte und plitschte und pladderte. Er prasselte auf die Dachpfannen. Die Regenrinne des Hauses gegenüber war verbogen, das Wasser schoss über die Kante. Es sammelte sich neben der Hauswand in einer Mulde und hatte sie in einen kleinen Teich verwandelt. Die Mulde lief bereits über, das Wasser floss den Gehweg hinab. Ein Schulmädchen mit Regenschirm stapfte in Gummistiefeln in dem Rinnsal zurück bis zum Teich, blieb davor stehen und prüfte die Tiefe. Einen Schritt weiter. Noch einen. Der Wasserstrahl trommelte auf den Schirm, floss am Tornister des Mädchens hinunter und tropfte in die Pfütze. Eine Windböe riss dem Kind den Schirm beinahe aus der Hand. Hilde wehte der Regen ins Gesicht. Sie schloss das Fenster. Das Mädchen hüpfte fröhlich in der Pfütze herum.

Das Telefon klingelte. Hilde beeilte sich. Sie nahm aufgeregt den Hörer ab. »Brüggemann?«

Eine sehr freundlich, jung und dynamisch klingende Frauenstimme versicherte sich noch einmal, ob ihre Gesprächspartnerin tatsächlich Hilde Brüggemann sei, und beglückwünschte sie dann feierlich. Sie könne sich wirklich glücklich schätzen. Es sei ihr Glückstag, da sie heute ein unschlagbares Angebot erhalte. Ein Abonnement mit einem zuzahlungsfreien Fitness-Städte-Trip für ein verlängertes Wochenende. Sie könne dieses einmalige Angebot zum Zweijahresabonnement der Laufzeitschrift *Run for life* oder zum Triathlon-Magazin *Triadisch in Form* erhalten. Es sei ein exklusiv auf sie zugeschnittenes Angebot, das nur heute gelte. So ein Glückstag aber auch.

Hilde bebte. Verdruss und Grimm und Groll rumorten in ihrer Brust. Jetzt hatte sie aber genug. »Hören Sie zu, Fräulein! Ich bin zweiundachtzig Jahre alt und sitze im Rollstuhl. Es ist eine bodenlose Frechheit, dass Sie sich anmaßen, mir ein solches Angebot aufquatschen zu wollen. Rufen Sie nie wieder an!« Sie knallte den Hörer auf. Mit Schmackes. Es knackte, ein Stück

Plastik brach aus der oberen Muschel. Das brachte Hilde zum Kreischen. Sie nahm das komplette Telefon in die Hände, hielt es über den Kopf, schrie, so laut sie konnte, und warf es mit Schwung auf den Boden. Der Apparat traf die Einkäufe. Einer der Äpfel entblößte sein weißlichgelbes Fleisch, der Joghurtbecher zerplatzte, die Milchtüte schlug leck. Auf der Schwelle zur Küche lag ein Tastenquadrat, grüner Kunststoff schwamm in Milch, das Kabel lag gespannt in der Lache.

Lore
zog und drückte, die Wohnungstür öffnete sich. Hilde wimmerte. Auf dem Boden umgekippte Beutel, Äpfel, Joghurt, ein Milchsee und ein kaputtes Telefon.

Lore spürte Regentropfen an ihrer Schläfe, sie wischte sie mit dem Ärmel weg, zog ihre klatschnasse Jacke aus und hängte sie auf. Schluchzen. Ihre Hand wanderte auf Hildes Schulter. Wimmern. Sie schloss Hilde in die Arme.

Hilde
atmete.

Lore
sammelte die gröbsten Telefonteile vom Boden auf und legte sie auf das Schränkchen, die Tragetaschen und den verstreuten Rest des Einkaufs brachte sie in die Küche. Dann begleitete sie Hilde ins Wohnzimmer und half ihr auf die Couch. Sie nahm die Decke vom Couchende, entfaltete sie, schleuderte sie hoch und ließ sie auf Hilde hinabgleiten. Ihre Mutter hatte das so gemacht, als sie Kinder waren. Entfalten, hochschleudern, hinabgleiten lassen. Wenn die Decke in der Luft war, flatterte darin schon Besänftigung mit. Sank sie herab, befriedete sie die innere Anspannung, linderte Schmerz und Kummer. Wie ein großes, weiches Pflaster sich auf eine Wunde legt. Lore strich über die Decke, stopfte sie rechts- und linksseitig unter Hilde fest.

Hilde
schloss die Augen.

Lore
schob mit Küchenkrepp die Joghurtmasse zusammen. Ein kleines Erdbeerstück steckte in der brüchigen Fliesenfuge fest. Sie holte einen Zahnstocher und hebelte es heraus. Im Milchteich schwammen grüne Kunststoffsplitter, die sie herausfischte und in eine Tasse fallen ließ. Sie holte einen nassen Lappen, zog weiße Schlieren über den Boden, wischte die Spuren von Hildes Ausbruch weg. Hilde hatte bisher kein einziges Wort über ihn verloren.

Sie selbst kannte das nur zu gut. Sie war gerne mit ihren Gedanken allein, behielt ihre Worte bei sich. Ihr Ventil war das Tagebuch. Sie schrieb, was sie nicht schreien konnte, sie schrieb, damit niemand fragte, sie schrieb, was keiner wissen sollte. Hilde redete für gewöhnlich viel und redete bunt und redete wild und sie hörte ihr zu. Aber eben schien etwas passiert zu sein, das durch Reden nicht zu lösen gewesen war, sondern eine körperliche Antwort forderte: das Telefon zu zertrümmern.

Lore packte die Einkäufe aus. Sie schälte Kartoffeln, schmiss sie in einen kleinen Topf, füllte diesen mit Wasser, gab etwas Salz dazu und schaltete den Herd ein. Die Platte mit dem roten Punkt war die einzige, auf der noch etwas zum Kochen gebracht werden konnte. Die anderen drei ackerten sich nur bis zur mittleren Hitze hinauf. Das reichte aber allemal, um Weinsauerkraut zu erwärmen. Und das fein gepökelte Kasseler vom Metzger Schumann mochten sie beide ohnehin am liebsten kalt zu Salzkartoffeln und Sauerkraut.

Lore deckte den Küchentisch.

Rauschen. Schäumen.

Eilig regelte sie die Hitze der Kartoffeln herunter.

Hilde
blinzelte. Vielleicht war sie kurz eingenickt, vielleicht auch nicht.

Sie hatte Lore im Flur und in der Küche gehört, die Geräusche rückten immer weiter weg, aber ob sie tatsächlich in den Schlaf übergeglitten war, wusste sie nicht recht. Jedenfalls fühlte sie sich besser. Die Decke hatte geholfen, hatte ihre Wut zurückgetrieben, ihre Enttäuschung gemildert, Trost gespendet.

Sie richtete sich auf, streckte die Arme in die Luft. »Es riecht so gut. Ich könnte jetzt wirklich ein Mittagessen vertragen.«

Als sie in ihrem Rollstuhl in die Küche fuhr, befüllte Lore gerade die Teller.

Hilde probierte einen Bissen, dann stocherte sie im Essen herum. »Die Kartoffeln schmecken nicht. Welche Sorte hast du denn gekauft?«

Lore zuckte mit den Schultern.

»Linda? Annabelle? Gunda? Laura?«

Lore zuckte wieder mit den Schultern und zerdrückte ihre Kartoffeln mit der Gabel, um hernach das Sauerkraut unterzumengen. Obendrauf verteilte sie kleine Stückchen Kassler. Sie betrachtete den goldgelben Hügel, bevor sie ihn ringsherum abzutragen begann. Hilde verstand nicht, warum Lore auf ihrem Teller immer baute und konstruierte, bevor sie zu essen begann. Spätestens im Magen vermengt sich ohnehin alles. Wozu also diese Mühe? Sie selbst war froh, dass sie alles schön separat gehalten hatte. Wenn dieser eklige Kartoffelgeschmack auf Sauerkraut und Kassler übergegangen wäre, nicht auszudenken. Sie beförderte die Knollen, so weit es ging, an den Tellerrand. »Die muss ich liegen lassen. Tut mir leid. Das Kassler ist aber wieder mal ein Traum.«

Lore steckte sich die volle Gabel in den Mund, kaute genüsslich und schmatzte ein wenig, kaum hörbar.

Hilde aß ihr Kassler und Sauerkraut, schob den Teller zur Seite und legte die gefalteten Hände auf den Tisch.

»Gibt's Nachtisch?«

Kopfschütteln.

»Auch gut.« Eigentlich hatte sie schon gar keine Lust mehr auf Nachtisch.

Lore stand nun doch auf, aber nur, um ein Taschentuch aus der Schublade zu ziehen. Sie schnäuzte sich und legte mit einem Mal einen Briefumschlag auf den Tisch.

»Wo hast du denn diesen Brief jetzt hergeholt?«

Wieder diese unangenehmen Kratzgeräusche, weil Lore die letzten Reste von ihrem Teller schaben musste.

Hilde massierte sich die Schläfen. »Lass das doch bitte!« Sie öffnete den Umschlag, entfaltete das zweiseitige Schreiben. »Du, das ist schon der Grundbuchauszug! Hast du jemals davon gehört, dass die Ämter dermaßen schnell arbeiten?« Sie besah sich die Tabelle, las, rückte die Brille zurecht, hielt das Schreiben nah ans Gesicht, dann so weit von sich, wie ihre ausgestreckten Arme es zuließen. Da musste ein Missverständnis vorliegen. Das konnte nicht der richtige Auszug sein. Durfte es nicht. Sie starrte auf die Wörter, bis die Buchstaben vor ihren Augen zu zittern begannen, bis sie sich vermengten, bis sie bloß ein Konvolut bedeutungsloser Striche und Punkte waren.

»Alles kommt abhanden.« Hilde legte den Brief neben Lores Teller. »Schau dir das mal bitte an.«

Lore schaute. Schaute noch einmal. Ließ Gabel und Messer krachend aufs Porzellan fallen.

»Wir müssen morgen Vormittag unbedingt zum Amt, uns dort durchfragen! Der Irrtum muss aufgeklärt werden! Irgendjemand muss dort doch etwas über das Lindenstübchen wissen!« Eigentlich hatte sie keinerlei Lust auf einen Amtsgang, aber eine andere Möglichkeit fiel ihr nicht ein. Sie mussten herausfinden, wie es dazu kommen konnte, dass auf dem Grundbuchauszug nun ein anderer Eigentümer eingetragen war.

Lore nickte, verließ die Küche und schaltete den Fernseher ein.

Hilde kippte ihre Kartoffeln in den Müll. Am Herd hob sie den Deckel des kleinen Topfes an und gabelte das restliche Sauerkraut auf. Für die letzten Fäden legte sie die Gabel beiseite, fuhr mit dem Finger im Kreis und las die Reste auf. Schade, dass vom köstlichen Kassler keine Scheibe mehr übrig war. Es würde einige Zeit dauern, bis sie sich davon wieder etwas leisten konnten.

– 4 –

Hilde.
Der Busfahrer klappte die Rampe aus, Hilde fuhr in den Bus. Mit ihrem Rollstuhl passte sie gerade noch zwischen ein Baby im Hartschalenkinderwagen und ein Kleinkind im Buggy.

Lore
wartete vorne, um Tickets zu kaufen. Als der Fahrer wieder saß, stapelte sie die Münzen nach und nach auf dem Kassierbereich. Ein Türmchen für Hildes Fahrschein, ein Türmchen für ihren Fahrschein. Sie winkte Hilde kurz zu, setzte sich dann auf den freien Platz gleich hinter dem Fahrer. In der Nähe ihrer Schwester war nichts frei und in den hinteren Bereich des Busses ging Lore nie. Beziehungsweise nicht mehr. Vor vielen Jahren hatte sie sich einmal dorthin gesetzt und war durch das stetige Schwanken des Bushinterteils seekrank geworden. Bei der nächsten Haltestelle hatte sie hinausstürzen müssen, um das Äußerste gerade noch zu verhindern.

Hilde.
Das Kleinkind nuckelte an einem Löffelbiskuit, sein Händchen war mit feuchten Teigresten verschmiert, an Mund und Nase pappten kleine Krümel. Das Baby hinter ihr quengelte.

Als der Bus an der nächsten Haltestelle anhielt, stiegen fünf Jugendliche ein, vermutlich dreizehn, vierzehn Jahre alt. Oder fünfzehn. Wer konnte das an der Optik schon so genau ausmachen. Vier Jungen, ein Mädchen, allesamt mit Handy in der Hand und jeweils einem Kopfhörer im Ohr. Im Vorbeigehen sagte der Erste: »Fette Karre, Oma!«

Hilde klammerte sich an ihre Handtasche, senkte den Blick.

Der Junge ging laut lachend weiter, die anderen grölten mit, beklatschten ihn und folgten ihm auf die hinterste Sitzbank.

Das Kleinkind bekam einen weiteren Keks gereicht; mittlerweile war auch der Schutzbügel des Buggys verschmiert.

Der Bus brummte, die Jugendlichen johlten, das Baby beschwerte sich greinend.

Nächster Halt. Eine Gruppe Kindergartenkinder in orangefarbenen Sicherheitswesten stürmte herein. Nur die wenigsten von ihnen fanden einen Sitzplatz, die beiden Erzieherinnen verteilten die kleinen Hände eifrig an Stangen und Sitzlehnen.

Der Bus fuhr an.

Ein Kind purzelte in zwei andere, die lautstark meckerten.

Die Erzieherin beruhigte das Purzelchen und die Meckerchen schnell. Die drei tuschelten, kicherten, zogen Grimassen.

Der Bus bremste. Heftig.

Mehrere Kinder stolperten durch den Gang, einige von ihnen kippten auf die sitzenden Fahrgäste. Eines fiel auf Hilde. Sein kleiner, spitzer Ellbogenknochen bohrte sich in ihren Oberschenkel. Ein Schrei. Ohne Laut. Sie schluckte ihn herunter. Schob das Kind zur Seite.

Die Jugendlichen drehten ihre Musik laut auf. Deutscher Sprechgesang.

Hilde schämte sich, schämte sich fremd. Diese Musik war nicht ihre Musik, sollte sie von gar niemandem sein. Und dann erst der Text. Nichts als Gewalt und Angeberei und blöde Anmache. Transportiert unter dem Deckmantel der Kunstfreiheit. Hoffentlich schnappte keines der Kindergartenkinder ein Wort davon auf. Hoffentlich verstanden sie nichts. Ihr trieb das alles die Schweißperlen auf die Stirn. Zunehmend stickig und heiß wurde es hier drin. Hitzig. Sie sehnte die nächste Haltestelle herbei und dass die Tür sich öffnete.

Als der Bus endlich hielt, bereute sie ihren Wunsch. Die Tür ging auf, aber es drang Zigarettenqualm herein und der Mann, der sich dicht neben sie quetschte, stank nicht nur danach. Sondern auch nach kaltem alten Rauch, Schweiß und Alkohol. Hilde hielt die Luft an. So lange wie möglich. Ein, zwei Minuten würde sie noch durchhalten müssen, es war nicht mehr weit.

Die automatische Ansage kündigte ihre Zielhaltestelle an.

Das Baby begann erst zu weinen, dann schrill zu schreien, die Jugendlichen grölten den Text ihrer bellenden Musik mit, drei Kindergartenkinder brüllten sich an, ein älterer Herr beschwerte sich lautstark bei den Erzieherinnen. Hilde hielt sich die Ohren zu. Ruhe, Ruhe, irgendwie musste sie Ruhe finden. Das Ohrenzuhalten dämpfte die Geräuschkulisse, sie hörte nur noch dumpf, roch dafür aber umso mehr. Der Mann stank und sein widerlicher Geruch kroch ihre Nase herauf. Setzte, krallte sich fest. Hektisch nahm Hilde die Hände von den Ohren und hielt sich die Nase zu. Der Mann sah argwöhnisch zu ihr, dann wieder aus dem Fenster. Die Geräusche vermengten sich zu einem undurchdringbaren Gewirr, das ungefiltert auf sie einprasselte. Ihr wurde schwindelig. Grimm und Groll, da waren sie wieder. Der Schwindel wurde stärker. Und stärker. Hilde umklammerte ihre Armlehnen. Wann hielt dieser Bus? Wann? Wann?! In das Brausen hinein wiederholte die Ansage die kommende Haltestelle. Es konnte sich nur noch um Sekunden handeln. Vier, drei, zwei.

Der Bus stoppte. Senkte sich seitlich ab. Seufzend schwang die Tür auf. Die Kindergartenkinder schwirrten wie ein Schwarm Bienen hinaus, die Mutter steuerte das schreiende Baby nach draußen, die Jugendlichen sprangen ins Freie.

Lore
stand von ihrem Platz auf, ging durch den Mittelgang. Auf Hilde zu.

Hilde.
Der Vater des Kleinkindes ruckelte am Buggy, versuchte die festgestellte Bremse zu lösen. Er fluchte, hob den Buggy hinten hoch,

trat kräftig gegen einen Reifen, knallte das Gefährt dann hart auf den Boden. Das Kleinkind verschluckte sich. Es hustete. Es hustete Biskuitbröckchen.

Hilde sah sie wie in Zeitlupe auf sich zufliegen. Sie landeten auf ihrer Nase und ihrer Wange. Warm und feucht.

»Lore!!« Verzweifelt brüllte sie den Namen, stieß ihn dermaßen laut aus, dass der Vater zusammenzuckte, das Kleinkind zu schreien begann und ihr selbst fürchterlich der Hals schmerzte.

Sie wollte ihre Schwester bei sich, brauchte Beistand.

Lore
war mit weit aufgerissenen Augen zu Hilde geeilt. Stand nun bei ihr. Legte die Hand behutsam auf ihre Schulter.

Hilde
fuhr aus dem Bus hinaus und rollte ein Stück voran. Dann stoppte sie, um sich das Gesicht zu säubern. Lore half ihr, die letzten Biskuitreste wegzuwischen. Die Brille hatte nichts abbekommen.

Hinter ihnen ein anschwellendes Brummen. Der Bus fuhr ab.

Hilde atmete ein und atmete aus.

Hilde und Lore
passierten die automatische Drehtür des Amtsgebäudes. Der Informationsschalter lag am anderen Ende der Eingangshalle, die eher an eine überdimensionierte Hotellobby als an eine Verwaltungsbehörde erinnerte. Dudelsäcke. Etwa dreißig Dudelsäcke waren an kopflose schwarze Schaufensterpuppen montiert. Wie eine Armee standen sie aufgereiht an den Wänden, säumten den Weg zur Information.

Die Mitarbeiterin starrte auf den Computerbildschirm, nippte an ihrer Tasse, tippte auf der Tastatur herum. Ihr Handy brummte. Sie nahm es in die Hand, aber von den Schwestern keinerlei Notiz.

Hilde räusperte sich. Sie reckte ihren Arm und klopfte auf den Tresen. »Entschuldigen Sie bitte?«

Die Beamtin fing lauthals an zu lachen. Sie schmiss den Kopf in den Nacken, zog die Schultern hoch und stieß halb kreischend, halb schluchzend Lachgeräusche in Richtung Decke aus.

Hilde und Lore sahen einander an. Sahen wieder zu der Frau hinter dem Tresen.

Sie lachte, sie kicherte, sie gluckste, grinste, lächelte. Wischte sich über das Gesicht und drehte sich auf ihrem Bürostuhl zu ihnen herum. »Die Dudelsäcke sind nicht verkäuflich und Sie dürfen sie auch nicht ausprobieren.«

»Wir interessieren uns nicht für Dudelsäcke«, sagte Hilde.

»Das ist interessant. Denn fast jeder interessiert sich hier für die Dudelsäcke. Es handelt sich nämlich um eine besondere Ausstellung unserer schottischen Partnerstadt. Ganz exklusiv. Wir können uns glücklich schätzen.«

»Das ist ganz wunderbar. Wir hätten aber gerne eine andere Auskunft. Es geht um die Planung des neuen Einkaufszentrums. Wir würden gerne mit einem Verantwortlichen reden.«

Die Frau sah wieder auf ihren Bildschirm, hielt die Hand vor den Mund und kicherte in sich hinein. Drehte sich um. »Entschuldigung. Mögen Sie Wellensittiche?«

»Wie bitte?«

»Na, Wellensittiche.«

»Ich dachte, es ginge um Dudelsäcke?«, fragte Hilde.

»Ach, dann interessieren Sie sich also doch für die Dudelsäcke? Ich wusste es. Wie gesagt, nicht verkäuflich, nicht auszuprobieren.«

»Nein, nein. Ich dachte … ach! Das geplante Einkaufszentrum, darum geht es uns.«

»Hier, hier, das müssen Sie sehen!« Die Beamtin verließ ihren Platz und stellte sich zu ihnen, sie zeigte ihnen ihr Handy, wischte und tippte, ließ ein Video abspielen. »Achtung. Jeeeetzt. Da!« Sie klopfte sich mit der freien Hand auf den Oberschenkel, lachte mit weit aufgerissenem Mund. Zwei Backenzähne waren dunkel plombiert.

Lore kicherte.

»Das ist sooo witzig, oder? Wellensittiche sind die besten Haustiere. Haben Sie Haustiere? Ich habe selber zwei Wellensittiche. Aber die sind bei weitem nicht so witzig wie die hier.«

»Nein, wir haben keine Haustiere. Nie gehabt«, sagte Hilde.

»Falls Sie gerne Wellensittiche adoptieren möchten, meine Nachbarin betreibt eine Wellensittich-Notstation. Da könnte ich vermitteln.«

»Nein, danke.«

»Schade.« Die Frau wanderte zu ihrem Arbeitsplatz zurück.

»Könnten Sie uns nun eine Auskunft wegen der Bauplanung des Einkaufszentrums geben?«, fragte Hilde.

»Sie finden alle Informationen in der Tagespresse.«

»Das wurde mir bereits gesagt. Allerdings sind wir direkt betroffen, da uns das Lindenstübchen gehört.«

»Bitte was gehört Ihnen?«

»Das Lindenstübchen. Die Gastwirtschaft.«

»Nie davon gehört.« Die Frau nippte an ihrer Tasse.

Hilde rieb sich den Oberarm. »Wie dem auch sei. Wir müssen dringend einen fürchterlichen Irrtum aufgeklärt bekommen, von dem wir gestern per Brief erfahren haben. Es muss doch jemanden geben, der zuständig ist!«

Schulterzucken. »Vielleicht weiß oben jemand etwas. Die oben bekommen immer mehr Informationen als wir hier unten. Dort drüben sind die Fahrstühle. Sie müssen ins dritte Obergeschoss. Nehmen Sie erstmal den linken Aufzug, der bringt Sie bis ins zweite OG, fährt aber nicht weiter nach oben. Dort müssen Sie in den anderen umsteigen, der bringt Sie ins dritte. Da müssen Sie sich dann durchfragen.« Sie nippte an der Tasse, sah auf den Monitor und tippte, tippte, tippte.

Lore hob die Augenbrauen und sah Hilde an.

»Danke sehr«, sagte Hilde. Zu Lore: »Na, dann mal los.«

»Und denken Sie nochmal über Wellensittiche nach!«, rief die Beamtin ihnen hinterher.

HILDE.

Der Fahrstuhl hielt im ersten Stock. Ein Mann stieg ein.

Und eine Katze. Die Katze setzte sich.

Der Mann drückte den Knopf mit der Nummer zwei.

»Was macht denn die Katze hier?«, fragte sich Hilde.

»Wo ist eine Katze?«, fragte der Mann.

Hilde wunderte sich über die Gegenfrage. Offenbar hatte sie laut gesprochen.

»Ich sehe keine Katze. Katzen sind hier nicht erlaubt.«

Lore deutete auf das Tier.

»Aber das da ist doch eine Katze«, ergänzte Hilde.

»Also das, das ist Herr Müller. Ein sehr zuverlässiger Mitarbeiter. Er ist *Mental Health Care Manager*. Sehr wichtige Stelle. Diese Woche ist er im zweiten Obergeschoss eingesetzt, soweit ich weiß.«

Der Fahrstuhl stoppte.

Die Katze stieg aus.

Der Mann stieg aus.

Die Fahrstuhltür schloss sich hinter ihnen, der Aufzug fuhr wieder nach unten. Hilde und Lore hatten vergessen, auszusteigen. Im Erdgeschoss öffnete sich die Tür wieder. Zwei Damen stiegen zu, grüßten, drückten Taste zwei. Rumpeln.

»Ach nein, nicht schon wieder«, seufzte eine der Frauen. Sie drückte auf die Türöffnertaste. Nichts. Drückte auf die Null. Nichts. Der Fahrstuhl rumpelte erneut. Dann – nichts.

Die andere Frau drückte auf den Alarmknopf, der gab ein kaum hörbares Fiepen von sich.

»Na super, jetzt ist auch noch der Alarmknopf hinüber«, sagte die eine.

»Hallo? Susi? Hallo, Susi? Der Aufzug steckt fest!«, rief die andere und klopfte kräftig an die Tür.

»Meinst du Frau Schmidtthaler-Bauerberg?«, fragte die eine.

»Ja, die Susi vom Empfang«, sagte die andere.

»Ach was, Susi heißt die?«

»Na ja, Susanne eigentlich. Aber du weißt doch, wie das ist. Wenn sich ein Name abkürzen lässt, kürzt man ihn ab. Susi halt. Susiiiii?!«

»Vielleicht ist sie mit Wellensittichen beschäftigt«, sagte Hilde.

»Wie bitte?«, fragte die eine.

Hilde schluckte. Wieder hatte sie laut ausgesprochen, was ihr durch den Kopf schoss. Sie fühlte sich ertappt. »Wie kommen wir jetzt hier raus?«

»Jetzt?«, echote die andere. »Gar nicht. Wir müssen warten, bis jemand kommt. Leider bleiben die Fahrstühle ständig stecken. Das ist auch der Grund, weshalb dieser nur noch bis in die zweite Etage fährt. Das hat man so eingerichtet, um sein Feststecken zu verhindern.«

»Ein paar Wochen hat das auch funktioniert. Bis heute, wie es scheint«, sagte die eine.

Lore atmete lautstark durch die Nase ein und pustete die Luft aus dem Mund wieder heraus. Durch die Nase ein, durch den Mund aus. Ein, aus. Ein, aus.

»Können Sie das bitte lassen?«, fragte die eine.

Lore atmete jetzt nur noch durch die Nase. Leises Pfeifen bei jedem Ausatmen. Hilde strich ihr über den Arm, in der Hoffnung, dass sich das Pfeifen legen würde. Aber Lores Nase pfiff. Und pfiff.

Die eine räusperte sich vor Unmut.

Die andere stöhnte.

Lore pfiff.

Die Atmosphäre war zum Zerreißen gespannt. Bis es rumpelte. Das Licht flackerte. Dann fuhren sie wieder aufwärts. Der Fahrstuhl brachte sie in den zweiten Stock, erst stieg die andere, dann die eine aus, dann Lore und Hilde.

Der Aufzugwechsel klappte problemlos.

Hilde und Lore.
Im dritten Stock angekommen, studierten sie das Orientierungsschild. Jugendamt, Amt für Soziales, Amt für Stadtplanung und Wohnen. Sie nahmen den rechten Flur, passierten mehrere Glastüren, bogen links ab, dann wieder rechts. Gingen einen türlosen, sehr langen Korridor hinunter, bogen nach kurzer Unentschlossenheit links ab und befanden sich schließlich in einem riesigen Raum, der in seiner Größe den Eingangsbereich bei weitem übertraf. In der Mitte stand ein Lattenzaun, der einen Kunstrasen umschloss. Auf ihm mehrere karge, baumähnliche Kunstgebilde. Dazwischen grasten drei stumme, starre, leblose Rinder mit zotteligem Fell. Ein Schild, eingefasst von einem weißen Rautenband auf blauem Grund, informierte: Das schottische Hochlandrind (Bò Gàidhealach) in seinem natürlichen Habitat. Die schottische Flagge, blau mit weißem Kreuz. Lore trat zu einem der Rinder und streichelte es. Sie streichelte erst von vorne nach hinten, dann gegen den Strich, das Fell stand in einer Linie senkrecht empor.

Von dem Raum gingen etwa zwanzig Türen ab, es gab aber keinerlei Schilder, Hinweise oder Informationstafeln. Eine der Türen stand offen, aus ihr war eine männliche Stimme zu hören.

Hilde klopfte an den Türrahmen. »Entschuldigung?«

Der Mann beendete sein Telefonat.

»Guten Tag, wir suchen jemanden, der uns helfen kann. Die Dame von der Information hat uns nach oben geschickt.«

»Guten Tag, wie kann ich denn genau helfen?«, fragte der Mann. Der Mann war schätzungsweise Mitte vierzig. Selbst sein Gesicht trug Grau. Die Krawatte war mit einer leuchtend pinken Nadel verziert, als wäre dies der einzige individuelle Ausbruch, den er sich erlauben konnte.

»Sind Sie vielleicht für die Planung des neuen Einkaufszentrums zuständig?«

»Nein, junge Frau. Das bin ich nicht.«

»Können Sie uns denn sagen, wer dafür verantwortlich ist?«

»Herr Hauptkötter müsste zuständig sein, denke ich. Warten Sie mal eine Sekunde.« Er schwang auf seinem Stuhl herum, stand auf und verließ das Büro.

Lore
folgte ihm bis zur Türzarge und lehnte sich daran. Sie sah, wie der Mann zur gegenüberliegenden Bürotür stapfte. Er klopfte, drückte vergebens die Türklinke hinunter und tippte sich dann an die Schläfe. Als er kehrtmachte und zurückkam, huschte Lore auf ihren Platz zurück.

»Ich habe ganz vergessen, dass der Gunnar seit gestern Urlaub hat. Drei oder vier Wochen ist der weg, meine ich.«

»Gibt es eventuell eine Vertretung?«, fragte Hilde.

»Ähm, ja, könnte sein. Warten Sie nochmal eine Sekunde.«

Er ging raus.

Lore tippelte ein Stückchen hinterher.

Zwei Türen weiter klopfte er wieder, drückte auch hier vergebens die Klinke hinunter und kratzte sich an der Schläfe. »Seltsam.«

Lore huschte zurück.

Hilde und Lore.
»Im Büro ist niemand. Da muss ich mal telefonieren. Sekündchen.« Der Mann schmiss sich in den Drehstuhl, schnappte sich den Hörer. »Ah, hm ... aha ... ach was ... na so was ... Danke, Ulrike. Ja, genau. Bis gleich, Ulrike.« Er drehte sich zu Hilde und Lore herum. »Also, Frau Kottowski und Frau Aslan sind in dieser Woche leider auch nicht hier, beide krank. Wenn eine die Grippe bekommt, dann die andere meist auch. Ist halt ein enges Büro zu zweit. Da fliegen die Bazillen.«

»Kann uns denn niemand sonst eine Auskunft geben?«, fragte Hilde.

»Nein. Jedem anderen fehlt die Befugnis. Na ja, außer dem Chef, aber der ist für Sie ohnehin nicht zu sprechen. Da müssten

Sie nächste Woche nochmal wiederkommen. Oder Sie rufen an. Unsere Telefonsprechzeiten sind dienstags von Viertel vor elf bis halb zwölf sowie Donnerstagnachmittag von Viertel nach drei bis vier Uhr.«

Lore schnaubte und schüttelte den Kopf.

»Sie brauchen gar nicht zu schnauben. Wären die Telefonsprechzeiten länger, kämen wir hier im Amt zu gar nichts mehr. Dann würden hier Chaos und Anarchie herrschen. Außerdem können Sie sich auch von unseren Sachbearbeiterinnen und Sachbearbeitern anrufen lassen. Das geht allerdings nur, wenn Sie vorher bereits einen persönlichen Termin vereinbart haben.«

»Wir waren ja jetzt hier. Könnten Sie vielleicht eine Notiz hinterlegen, dass sie uns schreibt, wann sie Zeit hat?«, fragte Hilde.

»Nein, nein, werte Frau. Sie müssen den Termin mit Ihrer zuständigen Sachbearbeiterin oder Ihrem zuständigen Sachbearbeiter schon selbst vereinbaren. Ich bin in Ihrem Fall leider nicht zuständig. Tut mir leid.«

»Das ist doch nicht Ihr Ernst?!«

»Selbstverständlich! So läuft das hier bei uns im Amt. Übrigens gehen hier gleich alle zu Tisch. Punkt zwölf.«

»Also waren wir umsonst hier?«

»Tut mir sehr leid, wenn ich Ihnen nicht weiterhelfen kann. Ich für meinen Teil gehe sehr gewissenhaft meiner Arbeit nach und halte mich strikt an die Regeln.«

»Dann kann man wohl nichts machen. Vielen Dank für Ihre Mühen«, sagte Hilde.

»Ich muss jetzt in die Kantine. Den ganzen Tag habe ich noch nichts gegessen.« Der Mann stand auf, klickte die Klammer eines Aktenordners fest, ging auf Hilde und Lore zu. »Das Essen ist hier ganz fantastisch. Frau Schmitt, die Küchenchefin, sorgt dafür, dass wir kulinarisch verwöhnt werden. Der Rinderbraten, das Szegediner Gulasch und erst der fein geschmorte Spitzkohl. Ein Träumchen.« Er leckte sich flink über den Mund, Speichel blieb zurück und glänzte auf der Oberlippe. »Die Damen, darf ich Sie zum Fahrstuhl bitten? Mich erwartet ein Putenbrustragout mit Herzoginnenkartoffeln.«

HILDE.

Sie verließen das Gebäude, der kleine Marktplatz war wie leergefegt. Der nächste Bus bog soeben um die Ecke und hielt direkt vor ihnen. Haltestelle *Amtshaus/Markt*. Im Bus saß nur ein einziger Fahrgast, ein Mann in ungefähr ihrem Alter. Er hatte die Hände auf seinen Gehstock gelegt und blickte aus dem Fenster.

Der Bus fuhr an. Die Fahrt ging vorbei an leerstehenden Ladengeschäften, unsanierten Altbauten und Garagenhöfen, Reihenhaussiedlungen, einer Grundschule mit bunt verzierten Fenstern, stark austreibenden Birken und Buchen und Platanen, Wiesen voller Löwenzahn und Weiden mit grasenden Kühen. Hilde glaubte, einen kleinen Hund zwischen den Kühen umherlaufen zu sehen. Für eine kurze Weile hielt er das Tempo, begleitete den Bus. Das sonore Brummen und Schaukeln machte Hilde müde. Sie gähnte, die Augen fielen ihr zu. Von einer Einschlafzuckung schreckte sie auf. Zum Glück. Sie mussten aussteigen. Rampe. Raus. Schnell, schnell.

– 5 –

HILDE.
Die letzten Tage hatte Hilde ausschließlich zu Hause verbracht. Lore war kurz in den Supermarkt gegangen, hatte Brot gekauft, Aufschnitt, etwas Obst, ein paar Konserven und einige andere Dinge, die sie sonst noch brauchten. Am gleichen Tag erwischte sie Lore dabei, wie sie im Schneidersitz auf dem Sofa hockte, sich mit hochroten Wangen eine Kochshow ansah und währenddessen Linseneintopf direkt aus der Dose löffelte. Immer wieder schämte sie sich für ihre Schwester, für ihre manchmal so schlechten Manieren, immer wieder beneidete sie sie um ihre Einfachheit, um ihre Zufriedenheit mit den kleinen Dingen, mit einer kalten Fertigsuppe vor der Flimmerkiste.

Die bisher erfolglosen Recherchen zermürbten Hilde, stimmten sie hoffnungslos. Alle Bemühungen kamen ihr unglaublich anstrengend und die Widerstände schier unbezwingbar vor. Der rätselhafte Grundbuchauszug. Das seltsame Amt. All das saß ihr in den Knochen. Das Lindenstübchen aufgeben, selbst das spukte durch ihren Kopf. Lore hatte jedoch energisch abgewunken, als sie ihr von diesem Gedanken erzählte.

Nach einem aufrüttelnden Traum, von dem nichts als eine brennende Aufbruchstimmung blieb, war sie heute frohen und frischen Mutes aufgewacht. Nun begrüßte sie den Tag am offenen Fenster und beobachtete ein Amselpärchen. Das vom Schnabel bis zur Schwanzspitze braune Weibchen und das schwarze Männchen mit seinem gelben Schnabel. Unter den Büschen suchten sie nach Nahrung. Hüpften auf und ab, hielten inne, legten die Köpfe schräg, lauschten, lauerten auf Beute. Nacheinander setzten sie zum Flug an. Das Weibchen schlug kräftig mit den

Flügeln und flatterte in die Höhe, setzte sich auf ein Hausdach. Das Männchen hinterher. Gemeinsam hoben sie wieder ab und verschwanden hinter dem Haus.

Hilde schloss das Fenster.

Im Flur lagen immer noch die Trümmer des Telefons auf dem Schränkchen. Seit Tagen hatten sie es ignoriert. Aus, vorbei. Doch jetzt sah Hilde sich die Bruchstelle an, erkannte, dass Handeln nötig war, weil Zerbrochenes sich nicht von allein wieder zusammenfügt.

Lore

saß bei Ostfriesentee und ihrer Tageszeitung am Küchentisch. Auf den Lokalseiten standen heute ein schnell gelöschter Küchenbrand, ein Spendenaufruf für einen Tierheimanbau, eine private Triumph-Tulpenausstellung und ein Mann, der im Kino eingeschlafen war. Niemand hatte Notiz von ihm genommen, bis er mitten in der Nacht die Polizei alarmierte, um wieder herauszukommen.

Hilde betrat die Küche und schaltete den Wasserkocher ein.

Hilde.

»Guten Morgen, meine liebe Lore. Könntest du uns heute vielleicht ein neues Telefon kaufen gehen? Der Trümmerhaufen da drüben ist nicht mehr zu gebrauchen.«

Lore nickte und blätterte die Zeitung um.

Hilde holte einen Zettel aus einer Schublade. Sie klickte den Kugelschreiber dreimal und kritzelte. »Schau mal bei denen vorbei. *Radio Ehrlich*. Haltestelle Fischergasse. Dort gibt es mit Sicherheit ein gut geprüftes Gerät. Beim Fachhändler sollten wir etwas Ordentliches bekommen.«

Lore

schenkte ihrer Schwester einen flüchtigen Blick. Nickte. Sie kannte den Weg zu *Radio Ehrlich*, aber Hilde konnte es nicht lassen, ihr immerzu Beschreibungen und Erklärungen und Bezeichnungen aufzudrücken. Aber ein neues Telefon musste wirklich her.

Also klappte sie die Zeitung zu, schnappte sich den Zettel, winkte Hilde zu, trottete aus der Küche, warf sich ihre Jacke über, schlüpfte in die Schuhe und verließ die Wohnung.

Das Erscheinungsbild der kleinen Ladenstraße hatte sich verändert, Lore war schon lange nicht mehr hier gewesen. Neben der Bushaltestelle pries ein Nagelstudio seine Dienste an. *Nails, Nails, Nails*. Vielleicht hätte sie nach dem Kauf des Telefons noch ein paar Euro übrig? Dann würde sie sich die Nägel machen lassen. Zum ersten Mal in ihrem Leben! Glitzer. Mindestens den kleinen Finger mit Glitzer. Oder sie würde sich ein Fläschchen Nagellack besorgen und es zu Hause selbst versuchen. Weiter. Sie ging an einem Sportwettenbüro vorbei, an einem Handygeschäft, zwei leerstehenden Läden und einem Pizza-Imbiss, aus dem es verlockend nach geschmolzenem Käse roch. Lore musste die ganze Straße hinab, Radio Ehrlich befand sich am Ende. Frisör, An- und Verkauf, Leerstand, Selbstbedienungsbäcker, Versicherung, Apotheke, Leerstand. Hier war doch mal eine Drogerie gewesen? Eine blaue. Sie hatte den Namen vergessen. Imbiss, Fahrschule, Leerstand, Leerstand, Hundefrisör, Leerstand, Bestatter. Angekommen. *Radio Ehrlich* in roten Lettern auf vergilbtem Grund. Auf der Kante der Leuchtreklametafel saßen drei gurrende Tauben. Im verdreckten Schaufenster standen zwei alte Radios, hinter ihnen herrschte graue Leere. Quer über der Tür klebte ein Zettel: *Geschlossen*.

Sie überlegte, wo das nächste Geschäft lag, in dem sie ein Telefon kaufen könnte. Großkirchen. Da würde sie es versuchen.

Hilde
schlug ihren Krimi am eingelegten Lesezeichen auf. Sie hatte so eine Ahnung, wer der Täter war. Die Verfolgungsjagd durch den Wald setzte ihr zu. Brachte sie außer Atem. Denn sie lief mit.

Wenn Hilde las, wurden die Zeilen Wirklichkeit. Sie konnte sich die Figuren und die Schauplätze detailgenau ausmalen, sah die Szenerien vor ihrem inneren Auge wie bei einem Film.

Dreiviertel des Buches hatte sie schon durchgelesen, als ihr auffiel, dass Lore noch nicht zurück war. Fast drei Stunden waren vergangen. Eigentlich hätte dieser Einkauf nur halb so lang dauern dürfen. Mit Hin- und Rückfahrt, vielleicht Verspätung des Busses, vielleicht einigen Kunden, die vor ihr beraten wurden. Höchstens eineinhalb Stunden. Aber vielleicht hatte es einen kompletten Ausfall auf der Buslinie gegeben. So etwas kam schließlich vor. Vielleicht ein Unfall? Nein, einen Unfall, in den ihre Schwester verwickelt war, wollte sie sich gar nicht vorstellen. Ohnehin sehr unwahrscheinlich. Lore hatte immer einen Schutzengel. Hilde fand das Bild vom Schutzengel abgedroschen, aber bei Lore stimmte es irgendwie. Nie fiel sie schwer, nie hatte sie den winzigsten Knochenbruch, kaum körperliche Verletzungen, nie war sie längere Zeit oder schwerer krank gewesen. Ein Unfall war also auszuschließen. Selbst wenn Lore vorgehabt hätte, sie zu informieren, wäre das ohne Telefonapparat ja unmöglich gewesen. Zumal Lore nie reden wollte. Aber drei Stunden? Vielleicht. Vielleicht.

Hilde rollte ins Wohnzimmer und öffnete das Fenster. Sie schaute nach links und rechts. Keine Spur von Lore. Die Uhr tickte, tick, tick, tickte. Bald musste das Erbstück wieder aufgezogen werden. Möglicherweise ging die Uhr nach, möglicherweise waren es dann sogar mehr als drei Stunden. Möglich.

Sie schaltete den Fernseher ein. Da lief wieder nur Schreckliches, Dramatisches, Schicksalhaftes. Dann kamen die Nachrichten. Auch nicht besser. Warum waren Nachrichtensendungen eigentlich zumeist eine Ansammlung schlimmer Ereignisse?

Bekümmert rollte Hilde wieder zum Fenster. Ein Hund raste die Straße hinauf, mittelgroß und weiß und struppig. Die Rasse kaum auszumachen. Sie schaute ihm nach bis in die andere Richtung. Na endlich.

Lore
schlüpfte aus ihren Schuhen, drückte Hilde die Plastiktüte vom Elektroladen in die Hand, ging in die Küche und goss sich ein Glas Wasser ein, das sie in einem Zug leertrank.

Hilde fuhr hinter ihr her und packte den Tüteninhalt auf den Küchentisch. Ein Karton, ein Kassenbon, ein Prospekt. »Du bist bis nach Großkirchen gefahren?«

Lore nickte. Sie füllte das Glas noch einmal, leerte es, holte das Paderborner aus dem Brotkasten und schnitt hastig eine Scheibe vom Laib.

»Kein Wunder, dass du so lange gebraucht hast. Ich war schon in Sorge. Was war denn mit *Radio Ehrlich*? Hatten die geschlossen?«

Lore nickte. In Jacke stand sie vor dem offenen Kühlschrank und überlegte, mit was sie ihr Brot belegen sollte. Zwiebelschmalz und Gewürzgürkchen. Es matschte und glitschte so schön, wenn das Zwiebelschmalz in die Poren eindrang.

Erst nach mehreren Bissen zog Lore ihre Jacke aus. Dann holte sie ein Fläschchen aus der Jackentasche. Sie schüttelte es und sah zu, wie die silbrigen Partikel, die darin schwammen, wieder zur Ruhe kamen.

Hilde.
Der Klebestreifen war nicht abzubekommen, also ritzte sie ihn mit einem Messer, öffnete dann den Pappschuber, in dem obenauf die Gebrauchsanweisung lag, darunter mehrere in Folie verpackte Einzelteile. Sie nahm das Mobilteil heraus, befreite es von der Plastikverpackung, drehte und wendete das kabellose Ding. Ein paar Tasten mehr als auf dem alten Telefon, weniger Platz für die Finger, Buchstaben neben den Zahlen. Hilde bereute ihren Wutanfall, trauerte dem alten Telefon nach. Sie wollte sich nicht mit etwas Neuem beschäftigen.

»Lore, was hast du denn da gekauft? Das sieht ja ungeheuer kompliziert aus.«

Im Schuber lagen noch mehr Teile. Basisstation, zwei Anschlusskabel, zwei Akkus. Sie blätterte durch die Bedienungsanleitung. Begann von vorne. Betrachtete das Schaubild. Knibbelte das starre Plastik von den Akkus, setzte sie ein, wie auf dem Bild dargestellt, und stellte das Telefon in die Basisstation. Das war schon mal geschafft. Ob sie mit dem Gerät zurechtkommen würden? Zumindest mussten sie für Telefonate ab jetzt nicht mehr im Flur bleiben. Also sie, Hilde, musste nicht mehr im Flur bleiben, Lore telefonierte ohnehin nicht.

Sie entfernte die Folie und drehte den Draht von den Kabeln, wickelte sie ab und fand auf Anhieb die richtigen Anschlussstellen auf der Unterseite der Basisstation. Stolz betrachtete sie ihr bisheriges Werk. »Na ja, wir werden uns schon irgendwie dran gewöhnen.«

Lore
biss von ihrer zweiten Schmalzstulle ab und angelte eine Sauergurke aus dem Glas.

»Lass uns in den Flur gehen und es anschließen«, sagte Hilde.

Lore steckte sich den Rest der Sauergurke in den Mund, wusch sich am Spülbecken die Hände, ging in den Flur, legte das zertrümmerte Telefon auf den Boden und schob das Schränkchen zur Seite. Sie zog das alte Telefonkabel aus der Buchse. Hilde hielt ihr die beiden neuen entgegen, von denen Lore den einen Stecker in die Telefonbuchse, den anderen in die Steckdose manövrierte.

Hilde.
Das Telefon piepte und blinkte. Piep. Hilde drückte wild auf den Tasten herum, aber das Gerät ließ sich nicht bändigen. Piepen. Blinken. Blinken. Blinken. Piepen. Sie blätterte durch die Gebrauchsanweisung, fand die deutschen Seiten nicht, fand sie dann doch, drückte auf diese und jene Taste und wieder auf eine andere. Hoffnungsvoll stellte sie das Mobilteil in die Basisstation

zurück, doch es gab einfach keine Ruhe. Es blinkte, blink, blink, es piepte.

»Mistding. Ich komme mit diesem neumodischen Quatsch nicht zurecht.«

Blinken. Blinken. Blinken. Piepen. Entnervt zog Hilde den Stecker aus der Dose. Sie las erneut in der Gebrauchsanweisung, doch darin war nichts Erhellendes zu finden. Sie steckte den Stecker wieder ein.

Piepen. Blinken. Blinken. Blinken.

»Lore, lies du mal bitte, vielleicht verstehst du mehr als ich.«

Lore
las, obwohl sie nicht lesen wollte. Drückte auf Tasten herum, die sich weigerten, das Erhoffte zu vollbringen.

Das Telefon.
Piep. Blink. Blink. Blink.

Hilde.
Geduld war nicht ihre Stärke. Wenn Situationen kompliziert oder langwierig wurden, geriet sie in einen Unruhezustand. In ihr kribbelte es dann, sie konnte kaum stillhalten, reagierte gereizt, empfindlich, kopflos und konfus.

»Im Obergeschoss wohnt doch seit Kurzem ein junger Mann. Der kennt sich bestimmt mit so was aus. Lore, geh hoch und klingle. Vielleicht würde er uns kurz helfen.«

Lores
Lippen flatterten. Pfffft. Sie wollte in Ruhe fernsehen. Stundenlang war sie heute unterwegs gewesen, um dieses störrische Telefon zu kaufen, und jetzt sollte sie die Treppen hoch und den Nachbarn holen. Keine Lust hatte sie. Aber für den Moment war die Idee tatsächlich nicht die schlechteste. Das Piepen musste ein Ende haben. Sonst hatte sie auch keine Ruhe beim Fernsehen.

Sie stieg das Treppenhaus hinauf, drückte auf die Klingel. Kein Schrillen, sondern ein anderer Ton, eine Melodie. So was hatten sie bei sich nicht, ihre Klingel lärmte bloß. Schritte. Die Tür ging auf.

»Ja?«

Lore lächelte den Nachbarn breit an.

Er hob eine Augenbraue. »Ja, bitte?«

Sie zeigte die Treppe hinunter.

Hilde.

»Hören Sie bitte?« Hilde rief mit lauter Stimme nach oben.

»Äh, ja. Hallo.«

»Hallo. Wären Sie so nett und würden einmal herunterkommen? Wir benötigen Hilfe bei unserem Telefon.«

»Ähm, ja, okay. Klar. Einen Moment.«

Lore kam wieder herein, ging an Hilde vorbei in die Küche.

Die obere Wohnungstür fiel ins Schloss und der Mann stieg hörbar die Stufen herab.

»Entschuldigen Sie bitte die Störung. Unser Telefon funktioniert nicht.«

»Ich schaue mal, was ich tun kann«, sagte der Mann.

»Vielen Dank, dass Sie sich Zeit für uns nehmen. Kommen Sie doch herein.«

Er trat in den Flur.

Hilde schloss die Tür. »Schauen Sie hier. Wir haben uns ein neues Telefon gekauft, aber es gibt einfach keine Ruhe.«

»Ach, das ist ja ein altertümliches Schätzchen.« Er drückte eine Taste und noch eine, das Mobilteil blinkte nicht mehr und gab Ruhe. »Ihr habt ein KX TB 7963 MA.« Er zeigte auf die Beschriftung auf der Basisstation. »Das ist ein DECT mit AB. Nicht wirklich modern, aber starker Akku.« Dann hielt er sich das Telefon ans Ohr. »Ja, Freizeichen ist da. Müsste jetzt funktionieren.«

»Das ging aber schnell!« Hilde begutachtete verwundert das

Gerät. Sie wählte die Nummer der Auskunft, horchte, aber nichts tat sich.

»Auf diesen Knopf drücken. Dann wählt es«, sagte der Mann.

Düt, diet, düt, düt, düt, diet, diet. Tuuut. Die Ansage meldete sich.

»Fürs Auflegen wieder denselben Knopf drücken.«

Sie legte auf. »Danke sehr!«

»Gern geschehen.« Er stand und guckte und steckte die Hände in die Hosentaschen. Drehte sich nach links, schaute zu Boden, drehte sich nach rechts. »Schöner Wohnungsflur. Meiner oben ist genauso geschnitten, aber Ihrer ist höher.« Er schnalzte.

Sie konnten ihn nicht ohne Weiteres wieder wegschicken, das wäre grob und unhöflich. Geld anbieten? Davon hatten sie zu wenig. Aber eine nette Geste war mehr als angebracht.

»Dürfen wir Sie zum Dank auf einen Tee und ein paar Plätzchen einladen?«

Der Mann zuckte mit den Schultern und nickte. »Ich habe tatsächlich ein bisschen Zeit.«

Lore.

Während das Teewasser aufkochte, stellte sie drei Gläser und eine Flasche Wasser auf den Wohnzimmertisch und holte die Plätzchendose aus dem Schrank. Viele waren nicht mehr drin. Von den dänischen Butter- und Schokoladenkeksen aß sie am liebsten die Kringel und die hellen mit den Schokostückchen. Hilde mochte gerne die Brezel. Die Kekse ohne besondere Form und Verzierung ließen sie in der Dose, bis nichts anderes mehr im Haus war und sie die Lust auf etwas zu knabbern überkam. Der Wasserkocher blubberte und klackte.

Hilde.

Der Mann setzte sich auf die Couch.

»Wir heißen übrigens Brüggemann. Lore und Hilde Brüggemann. Wie ist Ihr Name nochmal?«

»Ich bin der Michael. Michael Krischke.« Er nahm ein Plätzchen aus der Dose. Biss ab. Es staubte. »Ihr habt's schön hier. Ich mag ja so alte Sachen. Das Sofa ist auch bequem.« Er testete die Federung, wippte auf und ab. Herr Krischke war ein sehr großer, recht korpulenter Mann im mittleren Alter, sein Gesicht trug überraschend kindliche Züge.

»Tee?«, fragte Hilde und schob ihm die Tasse entgegen.

»Hmm.« Kauend setzte er an und schlürfte.

»Vielen Dank nochmal, dass Sie uns geholfen haben.«

Krischke nahm die komplette Dose an sich und beförderte Keks für Keks für Keks in seinen Mund, kaute mal drei, mal vier Stück gleichzeitig. Als er alles aufgegessen hatte, spülte er die Reste mit dem Tee hinunter und knallte die Tasse auf den Tisch. Den Mund wischte er sich mit dem Unterarm ab, Krümel blieben dran kleben. »Technik ist halt mein Ding. Besonders Hi-Fi und so. Früher hab ich auch mal an Computern rumgebastelt, das hab ich dann aber irgendwann gelassen. Hab mir letztens ein krasses Highend-Gamerteil geholt, die Grafikkarte ist der Wahnsinn, sag ich euch. So was habt ihr noch nicht gesehen. Aber wahrscheinlich interessiert ihr euch eher nicht dafür.« Er knibbelte Krümel von seinem Unterarm, beförderte sie in den Mund. »'tschuldigung, ich weiß auch nicht, warum ich euch das erzähle. Ich hab's eigentlich nicht so mit Leuten. Bin gerne für mich.« Verlegen verschränkte er die Arme, holte eine Hand wieder hervor, betrachtete seine abgekauten Fingernägel. »Aber ihr habt direkt einen netten Eindruck auf mich gemacht. Als könnte man euch irgendwie alles erzählen. Klingt jetzt total komisch, ne? Ja, doch, klingt seltsam.« Er zuckte mit den Schultern.

»Völlig in Ordnung, Herr Krischke«, sagte Hilde. Sie verspürte eine gewisse mütterliche Sympathie. Obwohl sie es sonst überhaupt nicht mochte, wenn jemand zu ihnen in die Wohnung kam. Ob fremd, ob Freundin oder Freund. Andere Menschen brachten Unwägbarkeiten mit sich. Im Außen musste man das akzeptieren, im Inneren sollte alles im Gleichgewicht bleiben. Dass da ein neues Telefon im Flur stand, war schon schwierig genug, einen neuen menschlichen Kontakt einzugehen, gar zu pflegen, versetzte sie in Unruhe. Im Lindenstübchen war genau das allerdings ihr Job gewesen und selten war ihr der Kontakt zu Menschen schwergefallen. Aber zwischenzeitlich hatten sich die Dinge geändert.

Sie schlug die Handflächen auf ihre Oberschenkel. »Es war wirklich sehr nett mit Ihnen, aber die Zeit schreitet voran und wir haben noch zu tun.«

Krischke positionierte sich auf der Couch noch einmal neu, stemmte die Hände neben sich. »Ah, okay. Wie schade.«

»Wir möchten Ihnen nicht Ihre Zeit stehlen. Sie haben sicherlich auch noch andere Dinge, um die Sie sich kümmern müssen.«

Er kratzte sich im Nacken. »Och, nö, eigentlich nicht.«

Ein bisschen leid tat er ihr, wie er so dasaß, wie ein kleiner, einsamer Junge. Aber er war nicht mehr klein und sie fühlte sich unwohl. Bestimmt würde er gleich begreifen, dass er die Wohnung verlassen sollte. Dass er sie lassen sollte. In Ruhe. In ihrem Inneren. Allein. Sie wartete schweigend.

Doch Krischke ging nicht, sondern goss Wasser nach in alle drei Gläser. »Was habt ihr denn Wichtiges zu tun? Wenn ich so ganz freiheraus fragen darf?«

Was ging ihn das an? Das ging doch nicht. Wieso ging er nicht? Wie sollte es jetzt weitergehen? »Ach, das würde Sie sicherlich nur langweilen.«

»Och, bestimmt nicht.«

»Ich denke schon.«

»Ihr könnt es ja mal drauf ankommen lassen, oder?«

»Lassen Sie's gut sein, danke«, sagte Hilde.

»Aber vielleicht kann ich euch nochmal helfen?«

Lore

stützte ihr Kinn ab und sah zum Fenster, ohne tatsächlich hinauszuschauen. Bisher hatten sie nichts über den Bau des Einkaufszentrums herausfinden können. Die Zukunft des Lindenstübchens lag im Dunkeln. Vielleicht konnte dieser Mann ihnen wirklich helfen. Er machte einen hilfsbereiten Eindruck und war schon deshalb sympathisch, weil er Hilde auf die Nerven ging.

Sie nickte Hilde zu, ohne dass Michael Krischke davon etwas mitbekam.

Hilde

nippte am Wasserglas, stellte es auf dem Knie ab und hielt es mit beiden Händen. Das gab ihr Halt. In Sachen Lindenstübchen hatte niemand sie bislang auch nur einen Schritt vorangebracht. Nichts als Zweifel hatte man ihr ins Gepäck gesteckt, sie zweifelte an sich selbst, zweifelte an ihrem Vorhaben, den Anspruch auf das Grundstück zu verteidigen. Wenn sie Krischke nun die Angelegenheit erklären würden, käme dann nicht weiteres Gepäck dazu? Sie fürchtete die Last auf ihren Schultern. Andererseits. Falls sie endlich vorankommen wollten, mussten sie über ihre Schatten springen und sich Hilfe suchen. Immerhin, das Telefon hatte Krischke innerhalb weniger Sekunden zuverlässig ans Laufen gebracht.

Sie stellte das Glas auf den Tisch. »Gut, wir können es Ihnen ja kurz erzählen.«

Hilde berichtete von dem Zeitungsartikel, von ihrem Besuch in der Kneipe, vom Anruf beim *Tagesboten*, dem falschen Grundbuchauszug und dem Amt. Krischke nickte zwischendurch, kniff konzentriert die Augen zusammen, ließ Hilde ausführlich zu Wort kommen und unterbrach sie kein einziges Mal.

»So, jetzt kennen Sie den aktuellen Stand.«

»Wie heißt denn eure Kneipe?«

»Habe ich das gar nicht erwähnt?«, fragte Hilde. »Lindenstübchen.«

»Lindenstübchen ... Lindenstübchen ... Lindenstübchen. Hab ich schon mal gehört.«

»Früher war es hier in der Gegend recht bekannt. Wir hatten immer viele Gäste.«

»Ja, jetzt fällt es mir ein. Mein Vater. Ich glaube, der war öfter bei euch.« Er sah auf seine Fingernägel, drehte sich weg, knabberte am kleinen Finger, drehte sich wieder zurück. »Er müsste bei euch am Automaten gespielt haben. Zu Hause hatte er ein großes Glas voller Groschen. Das habe ich immer bewundert, wenn ich bei ihm zu Besuch war, aber ich durfte nie drangehen. Die ganzen Groschen wären toll für Kaugummiautomaten gewesen.«

LORE.

Im Lindenstübchen hatte ab den beginnenden Achtzigerjahren ein Mann regelmäßig den sich drehenden Zahlenscheiben zugesehen. Jeden Samstag pünktlich um sieben Uhr abends, mit seinem Stoffbeutelchen voller Groschen in der Hand. Eines Tages jauchzte, jubelte und johlte er vor Freude. Er rannte auf Lore zu und drückte ihr einen dicken Schmatzer auf die Wange. Das Gerät blinkte und tönte. Jackpot! Endlich! Lange hatte er auf diesen einen Moment gewartet. Endlich war es geschehen. Jahrelang hatte er draufgezahlt, der Gewinn hätte zu seinen Ausgaben keinesfalls aufschließen können. Aber er freute sich so unbändig und so außerordentlich, als feierte er den Erfolg seines Lebens. Vielleicht war das ja auch so. In den darauffolgenden Jahren nutzten die Wörter *Start* und *Stop* auf den runden, roten Tasten sich zusehends ab. Einige Groschen konnte der Mann noch erbeuten, aber die großen Gewinne wurden von anderen Spielern abgeräumt. Dennoch erzählte er jedem, der vor ihm und ebenso jedem, der nach ihm spielte, dass er einst den Jackpot geknackt hat. Er ist das gewesen. Es ist einfach der perfekte Groschen gewesen. Groschen sind für diesen Automaten ohnehin der einzig wahre Einsatz. Wer da gleich einen Heiermann reinschmeißt, nein, der gibt dem Spiel nicht die Aufmerksamkeit, die es verdient. In Ruhe und Besonnenheit und mit dem korrekten Druck des Zeigefingers, so musst du den Groschen einwerfen. Nach und nach und nach und nach. Im ganz langsamen Takt.

»Zocker-Karl!«

Hilde
und Krischke sahen Lore an. Da war er, einer dieser raren Momente, in denen sie etwas herausbekam, in denen sie plötzlich sprechen wollte. Manchmal waren die zeitlichen Abstände zwischen Lores Wortbeiträgen so groß, dass Hilde in der Zwischenzeit schon beinahe den Klang ihrer Stimme vergessen hatte. Wenn sie dann doch redete, und waren es auch nur wenige Silben, war Hilde regelrecht erleichtert.

Krischke seufzte. »Karl ist richtig. Ja. Gibt's noch Kekse?«

– 6 –

Hilde.
Lange war Krischke nicht mehr geblieben. Er hatte noch ein paar Sätze über seinen Vater erzählt und sich dann mit dem Vorsatz verabschiedet, gerne für sie ein bisschen im Internet zu recherchieren, so etwas sei nämlich auch sein Ding.

Nun war bereits eine Woche vergangen, ohne dass er sich gemeldet hätte. Hilde hatte zwischenzeitlich wieder beim Amt angerufen, aber die Zuständigen waren weiterhin krank. Zumindest funktionierte das neue Telefon tadellos. Sie überlegte, ob sie Lore noch einmal nach oben zu Krischke schicken sollte, verwarf das dann aber doch, darum bemüht, höflich und geduldig zu bleiben.

Sie schmierte für Lore eine Scheibe Graubrot mit gekochter Mettwurst und schob das Holzbrettchen zu ihr hin. Da klopfte es dreimal an der Tür.

Lore
öffnete.

»Guten Morgen, darf ich kurz reinkommen?«

Mit einer Handgeste lud sie Krischke ein, einzutreten.

Er schaute rechts ins Wohnzimmer, dann links in die Küche.

Hilde.
»Guten Morgen, Herr Krischke.«

»Guten Morgen, Hilde.«

Er setzte sich auf Lores Stuhl. »Das sieht aber lecker aus. Darf ich?« Ohne auf Antwort zu warten, nahm er die Stulle vom Holzbrettchen, genehmigte sich einen ordentlichen Bissen, kaute, schluckte und seufzte. »Ihr glaubt gar nicht, was in den letzten Tagen los war!«

Hilde faltete die Hände im Schoß.

»Als ich nach dem Besuch bei euch wieder oben in meiner Wohnung war und ein bisschen am Rechner saß, bekam ich eine E-Mail von der Frau meines Vaters. Die vierte Frau übrigens. Kommt man kaum noch hinterher.« Nochmal abbeißen, kauen, schlucken. »Mmh, da stand drin: ›Michael, dein Vater ist gestorben. Ruf mich mal an.‹ Da war ich erstmal platt.« Beißen, kauen, schlucken. »Kann doch echt nicht sein. Da spreche ich mit euch Mädels über ihn und am gleichen Tag dann so eine Nachricht. Dicker Brocken, oder?« Er drückte sich den Rest der Brotscheibe in den Mund. »Mmh, musste mich ablenken und hab dann fast die ganze Nacht gespielt. War unglaublich müde, als ich am Morgen wieder zur Schicht musste.«

»Unser herzliches Beileid, Herr Krischke«, sagte Hilde.

Lore

seufzte leise. Sie betrauerte Zocker-Karl, aber auch ihre köstliche Brotscheibe, von der nichts mehr übrig war.

»Danke! Am nächsten Abend hab ich dann die Tina angerufen. Herzinfarkt, meinte sie. War nix mehr zu machen, meinte sie. Beerdigung wird schon organisiert. Sie will mir den genauen Termin und Ort per E-Mail durchgeben. Hat sie auch ’nen Tag später gemacht. Hättet ihr mal bitte ein Wasser für mich?«

Lore nahm ein Glas aus dem Schrank und schenkte ihm Mineralwasser ein. Er leerte gierig das Glas.

»Ihr wundert euch bestimmt, warum ich nicht weine, oder?«

Weil ein leckeres Mettwurstbrot ein bisschen tröstet? Aber das sprach Lore natürlich nicht aus.

Hilde.

»Sie haben Ihre Gründe, schätze ich.«

»Schon, irgendwie. War halt nie da, mein Vater. Hatte es nicht so mit Kindern. Alle paar Monate war ich mal bei ihm zu Hause, da hatte er wohl ’nen Anfall von schlechtem Gewissen. Hat mir dann immer Currywurst Pommes geholt und mit mir zwei, drei Filme geguckt. Keine Kinderfilme oder so, meistens was für Erwachsene. Als Kind fand ich das cool. Na ja, aber oft war das nicht und meine Mutter wollte es auch nicht so gerne. Da ist nie ein richtiges Vater-Sohn-Verhältnis entstanden. Wisst ihr, was ich meine?«

»Tut uns leid, Herr Krischke. Wir wussten damals ja überhaupt nichts von Ihnen. Aber Karl war im Lindenstübchen ohnehin nie der Gesprächigste gewesen. Nur auf den Automaten hat er eingeredet, teilweise stundenlang.«

Krischke zuckte mit den Schultern. Er kehrte mit dem kleinen Finger über den Tisch, sammelte Brotkrumen, beförderte sie in die Kuhle der anderen Hand und von da aus dann zum Mund. »Mädels, auf jeden Fall brauche ich euch jetzt.«

Hilde runzelte die Stirn. Was das wohl für eine Hilfe sein sollte? Kuchen backen? Hemd bügeln? Anzug auftreiben?

»Ihr müsst mich zur Beerdigung begleiten. Ich kann da nicht alleine hin. Mein Kumpel Rüdiger hat Magen-Darm, der kann nicht. Bitte, lasst mich nicht hängen.« Er bemühte sich darum, so etwas wie einen Hundeblick aufzusetzen, brachte aber nur eine bemitleidenswerte Grimasse zustande.

Schwindel.

Mitkommen – zur Beerdigung – zu einer Trauerfeier – unter Menschen. So viele Menschen! Mit so vielen Emotionen! Reaktionen. Unwägbarkeiten. Düstere Bilder schossen Hilde durch den Kopf, überlagerten sich gegenseitig. Ein verschwommener Moiré-Effekt tanzte vor ihren Augen.

Schwindel.

Sie massierte ihre Schläfen. »Ich bin mir nicht sicher, ob das wirklich angemessen wäre, Herr Krischke.«

»Aber ihr kanntet ihn doch auch.« Krischke klang wie ein kleines Kind.

»Schon richtig. Aber das ist doch sehr lange her. Und wir kannten ihn gar nicht gut. Er war nur ein Gast und meistens am Automaten. Ich weiß wirklich nicht.«

»Bitte.« Er kippte den Kopf zur Seite, scheiterte erneut am Hundeblick. »Ich werde euch ja auch bei eurer Recherche helfen. Eine Hand wäscht schließlich die andere. Ich will da wirklich nicht alleine hin, ich kenne bis auf die Tina kaum jemanden.«

»Trotzdem wohl eher nicht.« Hilde schüttelte den Kopf. Irgendwie musste er von dieser Idee abzubringen sein. Doch in ihr wuchs das schlechte Gewissen.

»Es war schon nicht einfach, euch zu fragen. Ich hatte echt Angst davor, dass ihr nein sagt. Bitte! Es wird auch nicht lange dauern, denke ich. Gebt euch einen Ruck.«

Das Gewissen nagte und knabberte an Hilde. Sie seufzte. »Wann findet die Beerdigung denn statt?«

»Um 15 Uhr.«

»Heute?«

Krischke nickte.

Etwas in Hilde sackte zusammen. Sie begann innerlich zu fallen. Boden weg, freier Fall, Fall, Fall. In Ohnmacht kurz vor dem Aufprall. Es tönte, schwärzte, schwelte, rauchte, rauschte, rotierte. Ein Krisenherd. Zischelte, rumorte, rußte.

Lore räusperte sich. Laut und gekünstelt.

Hilde fand zu sich zurück. Schaute auf ihre im Schoß gefalteten Hände. Sie wollte helfen, wollte sozial sein. Vor allem aber hoffte sie auf Krischkes Internet-Kenntnisse. Wenn sie seine Bitte ablehnten, würde er ihnen noch helfen? Sie konnten nicht wieder und wieder seine Hilfe beanspruchen und ihn mit Plätzchen abspeisen. Er würde sich bestimmt weigern, ihnen noch einmal unter die Arme zu greifen. Seine Hilfsbereitschaft wollte sie keinesfalls aufs Spiel setzen. Sie schob ihre Angst beiseite, drückte sie weg. So gut es eben ging.

Ein harter Brocken, diese Angst. Ein Schwertransport mit

neongelbem Schild. Wo blieben die vorgeschriebenen Begleitfahrzeuge?

»Kann ich also mit euch rechnen?«

Hilde schloss die Augen. Bewegte ihren Kopf mechanisch auf und ab. Es fühlte sich nicht an wie ein Nicken.

»Dufte!« Krischke lächelte und stand auf. »Ich hol euch dann hier ab. Um Viertel nach zwo!«

Als die Tür ins Schloss fiel, eroberte sich der dicke Brocken Angst seinen Platz zurück. Hilde trommelte mit den Fingern auf ihren Oberschenkeln. »Lore, warum haben wir bloß zugestimmt? Auf die Beerdigung vom Zocker-Karl? Himmel, Himmel! Aber Krischke kann uns mit dem Internet vielleicht wirklich weiterhelfen. Und wir wollen doch wissen, was aus unserem Lindenstübchen wird, oder?«

Lore

legte die Hand auf Hildes Schulter, versuchte einen besonders zuversichtlichen Blick. Sie reckte den Daumen nach oben. Das würden sie schon meistern.

Hilde.

Zur verabredeten Zeit stand Krischke in schwarzem Shirt und schwarzer Jeans vor der Tür.

Hilde, deren Kleiderschrank nichts Schwarzes hergab, trug den dunkelgrauen Wollpullunder von Lore über ihrer weißen Bluse und dazu eine alte Grobcordhose, die am Bauch eigentlich viel zu eng war. Deshalb und weil die Hose auch zu hell war, hatte sie sich einen dunklen Seidenschal um die Hüften geschlungen und war mit ihrer Improvisation überraschend zufrieden. Lore steckte in einem anthrazitfarbenen Hosenanzug, den Hilde nicht kannte. Vor Lore wollte sie sich allerdings keine Blöße geben, also fragte sie nicht, wo er herstammte, und rätselte im Stillen.

Vor der Haustür präsentierte ihnen Krischke seinen tiefergelegten Polo. Schwarzer Mattlack, rote Felgen, böse Augen. Ein

Dreitürer. Hilde überkamen Zweifel, dass sie pünktlich bei der Beerdigung sein würden. Sie würde bestimmt ewig brauchen, um in dieses Gefährt zu gelangen.

»Hilde, darf ich dir schon mal auf den Beifahrersitz helfen? Lore, ich schieb gleich meinen Sitz nach vorne, damit du hinten einsteigen kannst.«

Unbeholfen fasste er Hilde an beiden Schultern.

»Nicht nötig. Ich packe das selbst.« Der tiefe Einstieg machte es ihr nicht leicht, doch sie schaffte es, ihren Körper vom Rollstuhl in den Sportsitz zu hieven. Rechts und links zog sie zwei feuerrote Gurte hinter dem Rücken hervor. »Was ist das?«

»Sicherheitsgurte.«

»Fahren Sie Rennen?«

»Nein, natürlich nicht. Die sehen aber schick aus.«

»Wie schnalle ich mich damit an?«

»Ich helfe dir.«

Er legte ihr die Gurte über die Schultern und ließ vor Hildes Bauch den Verschluss einrasten. Dann schloss er die Fahrzeugtür.

Hilde hätte gern gleich die Fensterscheibe heruntergelassen, fand aber keine Kurbel. Im Inneren des Wagens roch es wie in einer Kaugummifabrik. Zumindest stellte sie sich vor, dass es in einer solchen Fabrik genauso riechen musste. Sie kaute aus Reflex auf nichts. Am Rückspiegel baumelte ein pinkfarbenes Dufterfrischerbäumchen. *Bubblegum.*

Während Lore den Rollstuhl zusammenklappte, kratzte Krischke sich am Kopf. »Ähm, also in den Kofferraum wird das sperrige Ding wohl nicht passen. Da ist meine Bassröhre drin, die nehme ich nicht einfach so raus. Also muss der Rollstuhl irgendwie da rein. Nach dir.« Er zeigte auf die Rückbank.

Lore

stellte einen Fuß ins Auto. Hielt sich links am umgeklappten Fahrersitz fest, rechts an der Karosserie. Sie tauchte in den Kaugummitümpel, duckte sich unter der Halterung des ersten Hosenträgergurtes und unter der Halterung des zweiten Hosenträgergurtes hindurch. Nahm hinter Hilde auf der Rückbank Platz.

Michael manövrierte den Rollstuhl durch die Tür, ruckelte ihn vor und zurück, nach links, nach rechts. Vor und wieder zurück. Fluchte leise. Lore half von innen nach, bis der Rollstuhl endlich verstaut war.

Als Michael den Fahrersitz zurückklappte, rückte das Gestell noch weiter. Lore musste die Beine überschlagen und sich so eng wie möglich an die Innenverkleidung pressen.

HILDE.

Der Motor sprang an. Ein sonores Schnurren. Vorsichtig ließ Krischke den Wagen vom Gehweg herunterrollen, verzog das Gesicht, als der Unterboden über den Bordstein kratzte. Er wendete in zwei Zügen. Das Basaltpflaster ließ den Wagen wackeln. Im Schneckentempo schlichen sie die kleine Straße hinab, offenbar hatte Krischke Angst um seinen Lack. Links abbiegen. Auf festem Asphalt ließ er den ersten Gang aufjaulen, schaltete in den zweiten, drückte das Gaspedal durch, legte den dritten ein, dann den vierten.

Hildes Körper wurde in den Sitz gepresst, das Knie von Lore bohrte sich ihr in den Rücken. Fünfter Gang. Das Schild am Straßenrand zeigte siebzig, die weiße Tachonadel kam jedoch der Hundert gefährlich nahe. Bodenwelle. Abheben der Reifen. Ganz kurz. Ein flaues Gefühl im Bauch. Keine Übelkeit. Eher ein Kribbeln. Anregend, aufregend. Irgendein nicht ganz eindeutig bestimmbarer Bereich wurde über und über mit Leben geflutet. Nach dem Aufsetzen spürte sie dem Gefühl nach, aber es hatte sich schon wieder verloren. Sie griff die beiden gepolsterten Gurte, fuhr mit den Fingern über die weiche Beflockung. Sicher kam bald eine erneute Bodenwelle. Hoffentlich. Die Tachonadel überschritt die Hundert. Hilde schloss die Augen. Sie hoben ab. Da war sie. Die Flut. Wohlig, prickelnd, schaumig, belebend. Überströmte ihren Körper mit einem entzückenden Mehr, weitete ihr Dasein.

»Hilde?«

Das Gefühl verebbte. Sie öffnete die Augen. Wehmütig.

»Ja?«

»Musik?«

»Wie Sie meinen. Es ist Ihr Auto.«

Krischke drosselte die Geschwindigkeit, passte sie dem vorgeschriebenen Tempo an und schaltete die Anlage ein. Tönender Sonnenaufgang, Bläser, Streicher, durchdringende Paukenschläge.

»Großartig, oder?«, fragte Krischke. »Die Bassrolle im Kofferraum bringt den Sound erst so richtig zur Geltung.«

»Ist das Strauss?«

»Ja, genau.«

Strauss hätte sie ihm am wenigsten zugetraut. Er sah so gar nicht danach aus, er verhielt sich so gar nicht wie jemand, der Strauss hörte. Sie fühlte sich ertappt. Sie hielt sich normalerweise für eine, die einigermaßen vorurteilsfrei durchs Leben ging.

Klassiker. Niemand kann sich komplett davon frei machen, in Schubladen zu denken. Der Mensch neigt zur Vereinfachung. Das Gehirn schafft es nicht anders, die auf es einprasselnden Informationen einzuordnen, Schubladen sind da lebenswichtig. Aber immer dann, wenn es um besser oder schlechter geht, ums Rechthaben und Besserwissen, werden Schubladen zu Giftkästen.

»Klassik ist absolut mein Ding. Als würde man einen Film erleben.«

Hilde nickte zustimmend und schloss wieder die Augen. Sie lauschte den Oboen und den Klarinetten, den Posaunen und Trompeten, Harfen und Streichern. Die Musik ließ sie tagträumen von der großen Sehnsucht, von Freuden und Leidenschaften.

Grablied. Sie bogen in eine freie Parkbucht neben dem Eingang zum Friedhof ein.

»Ich helfe dir«, sagte Krischke. Er schob Hilde durchs Tor.

»Aber nur bis über die Rampe. Drinnen lassen Sie bitte los.«

»Jaja.«

Die kleine Kapelle war fast bis auf den letzten Platz gefüllt. Krischke schob.

»Danke. Das reicht, Herr Krischke«, sagte Hilde.

»Ich helfe gerne.« Er schob. Ließ nicht los. Sie hatten schon die Hälfte des Mittelgangs zurückgelegt.

»Es ist genug.«

Er schob weiter.

»Herr Krischke!« Hilde zischte, sie fauchte. Einige Trauergäste drehten sich zu ihnen um, schauten grimmig, schüttelten die Köpfe. Sie schämte sich. Im Gottesdienst sucht der Mensch die Stille, hier geht er in sich, sammelt und findet sich. Und sie durchzischte und befauchte die Konventionen. Sie nahm sich zurück, ließ Krischke gewähren, er wollte ja nur behilflich sein. Doch sie brauchte keine Hilfe und wollte sie nicht und fand ihn ganz und gar nicht im Recht.

Nicht hysterisch sein, ja ja, nein nein, das meinen Männer zu den Frauen, verhalt dich lieb und nett, ja ja und fein, dies gebar auch deine Mutter. Die Gedanken zirkulierten gegen den Uhrzeigersinn.

Er hielt an und parkte sie ein. Dank ihm saß sie nun in der ersten Reihe. Na fein. Sie wäre viel lieber bei

Lore

in der letzten Reihe. Sie sah Hilde im Profil, ganz weit vorne. Bemitleidete sie ein bisschen und war froh, dass sie selbst nicht dort sein musste.

Michael umarmte eine Frau, die einen kurzen Rock trug, vielleicht war das seine Stiefmutter.

Der Pfarrer kam.

Lore hatte lange Zeit keine Beerdigung mehr miterlebt. Tatsächlich waren sie und ihre Schwester in ihrem ganzen Leben bloß auf zwei Beerdigungen gewesen. Auf der der Mutter und der des Vaters. Danach hatten sie nie wieder an einer Beisetzung teilnehmen wollen. Der Abschied vom Vater war schmerzhaft gewesen. Über fünfzig Jahre waren seither vergangen. Monate vor seinem Tod hatte er immer wieder unter Bauchkrämpfen gelitten, die er allerdings nicht ernst nahm. Es sei schon nichts Schlimmes, er vertrage womöglich keine Eier mehr oder keine Milch. So was kommt vor. Der Körper verändere sich im Laufe des Lebens. Also keine Sorge. An einem besonders schlimmen Tag konnte er das Bett nicht mehr verlassen, er weinte sogar, was er sonst nie tat, also entschieden Lore und Hilde über seinen Kopf hinweg, den Arzt zu rufen. Der wies den Vater schleunigst ins Krankenhaus ein. Doch nichts schlug an, nichts verschaffte Heilung. Er wurde dünner und dünner, die Haut grau und fahl. Aus ihm wich nach und nach das Leben. Drei Wochen später erlag er seiner Krankheit. In der Zeremonie hielt Lore die Trauerrede. Satz für Satz las sie vor, was sie nächtelang aufgeschrieben hatte. Es war ihr ein Bedürfnis, diese Worte auszusprechen, laut, um vor Trauer nicht den Verstand zu verlieren. Der Schall ihrer Stimme gab den Vater frei und frei wurde auch ihr Schmerz. Er flatterte davon wie ein Vogel, landete in einer hohen Baumkrone, brach alsdann auf und verschwand.

HILDE
faltete die Hände und sprach das Vaterunser mit.

In ihrer Nähe wimmerte die Witwe. Schnäuzte sich lautstark. Es wirkte befremdlich, wie verzerrt das Gesicht dieser Frau war, was für Töne sie von sich gab. Sie winselte und jaulte wie ein Hund. So etwas hatte Hilde noch nicht erlebt.

Krischke versuchte sie zu beruhigen, aber die Witwe wehrte ab.

Hilde zog ihren Pullunder zurecht, überprüfte den um die Hüften gebundenen Seidenschal, faltete dann wieder die Hände und wartete auf die Schlussworte des Pfarrers.

LORE.
Der Sarg wurde ins Grab eingelassen.

»Karl!«

Sein hölzerner Boden hatte die Erde noch nicht berührt, da drängte die Witwe schluchzend an die Kante, knickte auf ihren hohen Absätzen um und fiel in das Loch.

»Karl!«

Sie trommelte wild auf den Deckel. Sah mit aufgerissenen Augen zu den Trauergästen hinauf. Drehte den Kopf, trommelte, jaulte, jammerte, plärrte. Stille.

In der Ferne rasselte ein Güterzug über Schienen.

Die Trauergäste sahen sich betreten an oder starrten auf die Füße oder überprüften ihre Fingernägel.

Die Witwe richtete sich auf. Ein Mann zog sie aus der Grube. Sie straffte ihren kurzen Rock, räusperte sich, fuhr sich durch die Haare. Dann stakste sie davon.

»So eine blöde Kuh«, flüsterte Michael, der neben Lore und Hilde auf der anderen Seite des Grabes stand. »Diese Schauspielerei. Wie kann man sich nur so benehmen?«

Lore mochte die Vorstellung, dass jemand sich dermaßen verstellte, nicht teilen. Aber seltsam war das Verhalten tatsächlich. Vielleicht hatte er recht.

Am Friedhofsausgang stand ein Gitarrist und spielte Blues. Ein Instrument, eine Stimme, zwölf Takte, ein Gesicht voller Leid. Auf dem Boden ein Hut und ein Pappschild. *Ich fühle Ihren Schmerz. Mein Beileid.* Er beklagte das menschliche Dasein und das menschliche Dortsein mit den traurigsten Klängen.

Ein Mann knurrte ihn an: »Das ist Teufelszeug. Teufelszeug. Teufelszeug!«

Der Gitarrist wich zwei Schritte zur Seite, blickte in den Himmel und spielte und sang weiter.

Der Mann kräuselte die Lippen und trat gegen den Hut. Die Münzen landeten auf dem Boden.

Der Gitarrist spielte weiter.

Der Mann lachte verächtlich und ging davon.

Lore griff nach dem Hut und klopfte den Dreck ab. Dann sammelte sie die Münzen ein. Vornehmlich Zehn- oder Zwanzig-Cent-Stücke, sogar ein paar Kupfermünzen. Sie legte einen Euro dazu. Lauschte, bis das Stück sein Ende fand. Applaudierte. Als Einzige. Niemand sonst war stehen geblieben, niemand sonst schien sich über Trauermusik zu freuen.

Hilde
sah nach, ob Lore endlich hinter ihnen herkam.

Lore
winkte dem Musiker zum Abschied, folgte Hilde und Michael.

Hilde.
Krischke zog einen Stuhl vom Tisch weg, um Platz für Hilde zu machen. Lore setzte sich auf ihre rechte, er auf die linke Seite.

Hilde holte ein Brillenputztuch aus ihrer Tasche.

Lore nahm Hildes leeres Trinkglas und begann es mit einer Serviette zu polieren. Sie hielt es gegen das Licht und polierte nach. Polierte, polierte. Dann ergriff sie ihr eigenes und bearbeitete es mit derselben Sorgfalt.

Die Bedienung servierte allen einen klaren Schnaps.

Mit dem Gläschen in der Hand stand die Witwe vom Tisch auf. »Danke, dass ihr alle gekommen seid! Auf Karl!«

Alle hoben ihre Gläser. »Auf Karl!«

In dem Moment, als die ausgetrunkenen Gläser auf die Tischplatte geknallt wurden, lockerte sich die Atmosphäre. Als hätte jemand einen Bienenstock geöffnet. Die Stimmen schwirrten, die Leute scherzten und lachten.

Hilde bekam den bestellten Tee.

Sie fühlte sich wohl, zumindest ein bisschen. Sie vermisste das Treiben in einer Gastwirtschaft, zumindest ein bisschen.

Trotzdem fürchtete sie sich im Moment vor direkten Kontakten mit den anderen Gästen. Gespräche würde sie nur führen, wenn sie wirklich nötig schienen. Sie war hier, um anwesend zu sein, Krischke damit einen Gefallen zu tun und ihr Abkommen zu erfüllen. Sie sah durch die Reihen. Traute sich in der lockeren Stimmung, die Gesichter der anderen Menschen zu studieren. Hin und wieder nippte sie an ihrem Tee. Beim Umherschauen blieb ihr Blick hängen. Dieser Mensch, diese Stimme, Mimik und Gestik kamen ihr bekannt vor. Sie tippte Lore an. So unauffällig wie möglich. »Sieh mal, der Mann gegenüber. Kennen wir den nicht?«

Lore
ergriff Hildes Teetasse, setzte sie an die Lippen und begutachtete über den Rand hinweg ihr Gegenüber.

Sie nippte und trank.
Beobachtete.
Konzentriert.
Observierte.

Hilde
zog Lores Arm herunter. »Meinst du, dass das Wolfgang von den Skatbrüdern sein könnte?«

Der Herren-Skat-Club hatte immer freitags die Stammtischecke in Beschlag genommen. Die Männer spielten höchst ehrgeizig und ärgerten sich lautstark. Nach einigen Stunden stand ihnen der Schweiß auf der Stirn. Und in Ringen unter den Armen. Es gab Tage, an denen beschimpften sie sich mit hochroten Köpfen, überboten einander mit Schimpfwörtern. Ein Wettbewerb. Die unmöglichsten Ausdrücke flogen den Schwestern um die Ohren. Von Aasgeier, über Grottenolm bis Zyklopenaugapfel. Jedes Mal brachten sie neue Wörter auf. Aus all den Tumulten entwickelte sich aber nie auch nur die allerkleinste körperliche Auseinandersetzung. Die Skatbrüder knurrten und kläfften, bissen aber nicht. Trotzdem entstand dicke Luft. Im Laufe des Abends bildete sich über dem Stammtisch dichter Dunst. Aber mit intensivem Bouquet. Fanden zumindest geneigte Aficionados. Zigarillos waren ihre Leidenschaft – wurden es, denn in den Anfängen ihrer Stammtischtreffen hatten sie nur die ein oder andere Gelegenheitszigarette geraucht. Dann aber pries einer der Brüder seine fantastische Neuentdeckung an und die anderen testeten. Seitdem rauchten sie Kette. Enggliedrige Kette. Für Neckereien und Beschimpfungen oder für einen Schluck Bier nahmen sie die Dinger kurz aus dem Mund. Aber für nicht viel sonst. Der braune Stängel wurde auch während eines Toilettenganges nicht abgelegt.

Lore
hob die Tasse wieder an. Der Tee war fast alle, der Rest untrinkbar, weil darin ekliges Pflanzengefussel schwamm. Sie setzte die Tasse wieder ab. Nickte mehrmals. Energisch.

Der Mann sah nun auch zu ihnen herüber. »Hilde? Lore?«, rief er laut durch den Gastraum.

Hilde
hob grüßend die Hand und setzte ein Lächeln auf. Zusammenreißen.

Der Skatfreund umrundete den Tisch, reichte ihnen nacheinander die Hand. »Das ist aber eine Überraschung! Hilde und Lore! Die Wirtinnen aus dem Lindenstübchen. Da werden Erinnerungen wach.«

»Hallo Wolfgang«, sagte Hilde.

»Bringen Sie den beiden Damen und mir bitte einen Sekt«, wies er die Kellnerin an, die gerade die Schnapsgläschen einsammelte. »Jetzt müsst ihr mich aber mal aufklären, was damals mit euch beiden passiert ist. Da kamen wir Skatbrüder wie immer zum Lindenstübchen und dann stand da ein Schild, bis auf Weiteres geschlossen. Kann doch nicht sein, dachte ich. Wo sollen wir denn hin? Wir haben uns erstmal bei Paul zu Hause getroffen, als Übergangslösung, aber nach ein paar Wochen hat seine Frau sich quergestellt, wegen der Zigarillos. Warum habt ihr denn nie wieder geöffnet?«

Hilde atmete tief durch, hob die Schultern, ließ sie wieder fallen, winkte ab. »Längere Geschichte.«

»Na, ich hab heute nichts mehr vor. Erzähl mal.«

»Ach nein, heute geht es doch um den Karl.«

»Der is' jetzt unter der Erde. Das Leben geht weiter. Also?«

Hilde knibbelte an ihrer Serviette.

»Komm schon. Wir haben uns so lange nicht mehr gesehen und ich kann doch jetzt nicht gehen, ohne dass du mir was von euch erzählt hast. Hilde!«

»Erst ein Treppensturz. Dann ab in die Rente.«

Er blinzelte.

»Viel mehr gibt es dazu nicht zu sagen.«

»Na gut, wenn du meinst.« Wolfgang schnaufte und winkte ungeduldig nach der Kellnerin, die mit dem Sekt unterwegs war. Da sie gerade einen Tisch weiter beschäftigt war, stand er auf, schnappte sich die drei Sektgläser von ihrem Tablett und setzte sich wieder. Die Frau schüttelte ungläubig den Kopf.

Er nahm einen übriggebliebenen Schnaps von der Mitte des Tisches und kippte ihn hinunter. »Hättet ihr mal eine Telefonnummer von euch in den Schaukasten gehängt! Dann hätten wir euch besuchen und unterstützen können.«

»Über so was haben wir nicht nachgedacht«, sagte Hilde.

»Sehr schade ist das!«

»Wir hatten versucht, die Wirtschaft zu verpachten. Leider war der Immobilienmensch erfolglos.«

Er hob das Sektglas. »Lasst uns auf unser Wiedersehen anstoßen. Prost!«

Sie ließen die Gläser klirren. Hilde nahm ein winziges Schlückchen, ein winziges Schlückchen ließ Lore noch übrig.

Wolfgang leerte den Sekt mit einem Schluck. »Hättet ihr mal was gesagt. Wirklich.« Er schnaufte erneut.

»Wie das halt so ist. Bald ist das Lindenstübchen ohnehin

Geschichte. Es wird wahrscheinlich abgerissen. Da soll wohl ein Einkaufszentrum hin«, sagte Hilde.

»Ich hab davon gehört. Der Typ kennt aber auch keine Grenzen. Geld, Geld, Geld will der machen. Alles andere ist dem egal.«

Hilde sah Wolfgang mit großen Augen an. »Weißt du etwa, wer da bauen will?«

»Na klar, erzählt man sich doch überall. Der Grünfeld von der riesigen Molkerei in Klein-Mächtberg. Der ganze Ort besteht nur noch aus dem Milchverein. Kennt ihr nicht die Werbung für den feinen Grünen? Diesen Joghurt in der grüngelben Packung?«

Hilde nickte. Sie kannte den Joghurt, die Becher standen auch bei ihnen im Kühlschrank. War oft im Angebot, der mit Aprikose schmeckte fantastisch. Und sie kannte auch den Namen, denn der stand in ihrem neuen Grundbuchauszug.

»Der Grünfeld will jetzt hier in Bellberg das Einkaufszentrum hinsetzen, angeblich ideale Lage. Und irgendwie noch eine Art Milchmuseum mit einbauen, über die Geschichte des Unternehmens oder so. Ach, so ganz genau weiß ich das auch nicht. Ist das, was man sich erzählt. Da fällt mir ein, einen Autobahnanschluss will er auch noch bauen. Abgehoben, der Typ.«

Lore

donnerte die Faust auf den Tisch. Hildes Tasse tanzte, fiel um und der trübe Teerest verteilte sich auf der Untertasse. Wie eine künstliche Insel lag der weiße Kegel da im schlammigen Tümpel, in dem dunkelbraune, abgestorbene Pflanzenteile umherdümpelten.

Hilde.

»Woher weißt du das denn alles?«

»Vom Bäcker«, sagte Wolfgang.

»Der Bäcker erzählt das?«

»Nein, darüber haben sich Kunden beim Bäcker unterhalten. Wer das war, weiß ich nicht.«

Krischke kam an ihren Tisch zurück.

Erst da wurde Hilde klar, dass er schon eine ganze Weile verschwunden war.

Er flüsterte ihr mit hochrotem Kopf ins Ohr, dass er jetzt und umgehend und sofort gehen müsse.

Hilde ergriff die Chance, diese Veranstaltung verlassen zu können. Sie gab Lore das Signal zum Aufbruch, verabschiedete sich höflich von Wolfgang, beteuerte, dass man sich bald bestimmt noch einmal wiedersehen würde. Ein Nicken hier, eine winkende Hand dort. Und nichts wie raus.

Hilde und Lore
kehrten zurück zum Friedhof, vor dem der Wagen stand.

Der Blues-Musiker lehnte am Tor, rauchte eine Zigarette und tippte zum Gruß an seine Hutkrempe.

Hilde rutschte auf den Beifahrersitz.

Lore klappte erst den Rollstuhl zusammen, dann sich selbst.

Krischke ruckelte den Rollstuhl, bis es passte, schob die Lehne zurück und ließ den Motor an.

»Die Tina war's, wegen der musste ich weg.« Er war immer noch hochrot im Gesicht. »Die stand im Flur vor der Toilette knutschend mit dem Kerl, der sie aus dem Grab gefischt hatte. Arbeitskollege, soweit ich weiß. Wusste ich es doch, dass die meinem Vater nicht treu war! Genau gewusst hab ich das. Diese Frau! Auf der Beerdigung des eigenen Mannes! Wo sie vorher noch so eine Show abgezogen hat. E-kel-haft.« Er schluckte das letzte Wort herunter und schwieg danach.

Auch Hilde schwieg.

Lore sowieso.

– 7 –

Lore.

Die Raufasertapete zählte zwischen Fenster und Fernseher genau zweihundertdreiundvierzig Körnchen. Die Struktur war nach mehrmaligem Überstreichen immer noch sichtbar. Die zu großen Fugen allerdings auch. Lore hatte das Wohnzimmer in den letzten zwanzig Jahren viermal gestrichen. Zwar brauchte sie jedes Mal länger, beim letzten Anstrich waren es ganze zwei Wochen, aber sie malerte stets mit voller Hingabe, stellte sich am Ende zufrieden in die Mitte des Raumes und beklatschte sich selbst. Applaus für Lore!

Aus dem Flur war in den letzten Tagen kein Ton gekommen, das Telefon schwieg. Die Zeitung vermeldete einen schnell gelöschten Küchenbrand, steigende Buspreise und die beginnenden Vorbereitungen für das alljährliche Schützenfest. Michael hatte angekündigt, sich für ein paar Tage zurückzuziehen. Er brauche Ruhe. Ohne Gesellschaft. Nur zum Zocken. Vor dem Wochenende war mit seiner Internetrecherche also nicht zu rechnen.

Das Foto aus dem Lindenstübchen hing jetzt über dem Sofa. In einem größeren, goldenen Rahmen, mit Passepartout. Es hing schief, die rechte Ecke wies nach oben, die linke nach unten. So konnte das nicht bleiben, es musste geradegerückt werden. Wenn etwas in unerträgliche Schieflage gerät, muss gehandelt werden. Lore stupste die linke Ecke an. Wie es manchmal so ist, zeigte sich nun eine Schieflage in entgegengesetzter Richtung. Rechte Ecke gestupst. Nicht perfekt, sollte aber passen. Sie ging ein paar Schritte zurück, begutachtete das Ergebnis. Ja.

Im Flur hörte sie Hilde rascheln.

»Lore, ich mache mich auf den Weg zum Lindenstübchen.

Bleib du ruhig hier. Ich komme zurecht. In zwei Stunden sollte ich zurück sein.«

Lore ging in den Flur und blickte sie irritiert an.

»Ich muss einfach hin. Ich weiß nicht, was ich suche oder was ich dort genau will. Aber ich kann gerade nicht mehr untätig hier in der Wohnung versauern.«

Lore schüttelte den Kopf, deutete auf sich, dann auf Hilde.

»Nein, du musst wirklich nicht mitkommen. Schau du gerne deine Sendung an.«

Lore seufzte.

»Mach dir keine Sorgen. Ich bekomme das hin. Wenn ich in drei Stunden nicht wieder da bin, dann kannst du ja nach mir schauen kommen.«

Lore drückte ihr einen Kuss auf die Wange und kehrte ins Wohnzimmer zurück. Gleich kam der Doktor.

Hilde

überprüfte den Inhalt ihrer Tasche, für den Notfall hatte sie ein wenig Geld dabei. Sie schloss die Jacke und rollte aus der Wohnungstür. Im Hausflur einmal um die Ecke, durch die Haustür und die niedrige Stufe hinab. Klack, klack. Draußen blickte sie in den fast wolkenfreien Himmel. Ein bisschen flau war ihr, ein wenig unsicher fühlte sie sich. So ganz ohne Lore. Außerhalb der Wohnung war sie selten auf sich gestellt, innerhalb regelte sie alles alleine. Da stand fest, was zu tun war. Aber im Außen war alles ungewiss, voller unvorhersehbarer Ereignisse. Wenn Lore jedoch mitkäme, würde sie sich womöglich zu sehr auf ihre Hilfe verlassen. Sich wieder nach innen wenden, reduzieren. Zu selten verließ sie auf eigene Faust das Haus, zu selten folgte sie ihrem Impuls, draußen sein zu wollen. Also los, lieber Himmel. Also los!

Sie fuhr den Victoriaweg hinab. Die Hausnummern auf ihrer Seite verliefen ungerade. Wurden kleiner. Einstellig. An der Hauptstraße hielt sie an. Busse, Laster, Transporter, große und kleine Autos, Motorräder rauschten an ihr vorbei. Hier war sie vor ein paar Tagen in prickelnden Aufruhr geraten, als Krischke aufs Gas gedrückt und seinen Wagen kurz zum Abheben gebracht hatte. Sie legte eine Hand auf den Bauch, wollte nachspüren, atmete tief ein. Hustete. Die Abgasbelastung an dieser Straße war hoch, das hatte vor Kurzem auch in der Zeitung gestanden.

Sie wollte weiter. An ihrer Stammhaltestelle *Im Zugfeld* vorbei. Das Wartehäuschen war entzückend bemalt. Da hatte sich jemand Mühe gegeben. Ihr brannten die Unterarme. Längere Belastung waren sie nicht gewohnt. Aber sie hatte Zeit. Zeit für eine Pause.

Auto um Auto fuhr an ihr vorbei. Auf einem Anhänger tanzte schlecht gesicherter Metallschrott hin und her, der Schwung einer Bodenwelle beförderte eine Fahrradklingel in den Straßengraben. Sie gab nicht das erwartete Geräusch von sich, sondern fiel stumpf in den Morast. Zwei sehr große, sehr beleibte, behelmte Menschen tuckerten mit einem winzig erscheinenden Motorroller am Straßenrand entlang. Drei, vier, fünf Wagen überholten sie. Auf dem Gehweg gegenüber steckte eine Krähe ihren Kopf in eine Plastiktüte, zerrte eine kleinere Plastiktüte heraus, mit der sie abhob. Das schmerzhafte Brennen war verschwunden, die Unterarme fühlten sich besser an. Weiter.

Brahmsstraße. Endlich konnte sie abbiegen. Wie ein Blockstreifenmuster präsentierte sich eine Reihenhaussiedlung über mindestens zwei Dutzend Wohneinheiten. Jedes Reihenhaus maß in der Breite vielleicht vier Meter, mehr keinesfalls. In den metallumzäunten Vorgärten lagen graue Steine. Große, mittlere und kleine. Welch eine Varianz. Neben den metallumbauten Abfalltonnen streckte sich hie und da die eine oder andere immergrüne Pflanze in die Höhe. Kirschlorbeer, Spindelsträucher, Lebensbäume. Oder Skelette von Buchsbäumen. Der Zünsler war gefräßig gewesen.

Merklindstraße. Bauvereinssiedlung. An einigen Fassaden waren Baugerüste errichtet. Bei anderen Häusern lagen sie in Einzelteilen vor den Sockeln. Diese Gebäude trugen noch ihr gealtertes Gesicht. Braun, grau, verwittert. Auf den Gerüsten balancierten Männer hin und her, kleideten die Wände mit Dämmplatten aus. In der Mitte des Straßenzuges waren vier Häuser bereits gestrichen worden. In Weiß und einem dunklen Rot, den Faschen der Fenster und Türen standen die Farben überhaupt nicht. Metallbalkone davor. Bald würde die ganze Siedlung äußerlich verkleidet, ihre Vergangenheit übertüncht sein. Irgendwann verschwänden auch die Bewohner, die den verstrichenen Zeiten wehmütig hinterhertrauerten. Es heißt zwar gute alte Zeit, aber was das genau meint, weiß keiner so recht. Stillstand vertragen die meisten Menschen aber ebenso wenig. Der Lauf der Zeit verlangt Verjüngung. Modernisierung.

Hilde freute sich über den neuen Gehweg. Alles eben.

Eine junge Frau hielt ihr Handy waagerecht vor den Mund, gar nicht ans Ohr, und führte einen Dauermonolog. An der Leine zerrte sie einen röchelnden Mops hinter sich her.

Hornweg, Feldpfad und Am Bruch. Hilde überquerte eine Nebenstraße nach der anderen. Irgendwo musste die Müllabfuhr sein, sie hörte das Poltern der Tonnen.

Gleich war sie da, das Lindenstübchen kam schon in Sicht. Der Weg stieg leicht an und erschwerte das Vorankommen, aber sie hatte ihr Ziel fest im Blick. Die Sonne schien ihr wärmend in den Nacken, als wollte sie einen zusätzlichen Schub geben. Sie konzentrierte sich. Weiter. Voran. Die Steigung wurde geringer. Lief aus. Gerades Stück. Wenige Meter. Da.

Hilde schüttelte ihre Arme aus und öffnete den Reißverschluss. Zufrieden. Mit sich und der Welt. Vielleicht auch ein bisschen stolz. In ihrem Alter einen Ausflug auf eigene Faust zu machen, sich diesen Weg im Rollstuhl zu trauen, das war schon was. Obwohl sie nicht gewusst hatte, wie weit sie wirklich kommen würde. Noch vor ein paar Wochen hätte sie alle ausgelacht, die ihr vorausgesagt hätten, du schaffst das. Hätte den Fernseher eingeschaltet oder ein Buch in die Hand genommen und das

Leben draußen Leben sein lassen. Jetzt war sie hier, mit heißen Wangen und einem pochenden Herzen.

Es raschelte. Die Winterlinde hatte schon ihr saftiges Grün hervorgebracht, Blüten zeigten sich aber noch nicht. Im Frühsommer würden sich in ihr Bienen und Hummeln tummeln. Tausende Flügel. Es hatte Tage gegeben, an denen der Baum eigentlich hätte abheben und davonfliegen müssen. Er war stehen geblieben. Jeden Sturm, jedes Gewitter hatte er überstanden. In jedem Frühjahr trieb er kraftvoll neues Laub aus, rauschte im Sommerwind und spendete Schatten, wurde im Herbst gelb und braun und ließ dann seine Blätter los, derweil die Knospen für das neue Jahr schon in ihm schlummerten. Ein Teil seiner Krone überspannte die Kneipe.

Die Tür wurde aufgestoßen. Ein Mann kam heraus, tippte auf seinem Handy herum. In der anderen Hand hielt er eine Kladde. Er steckte das Gerät ein, zog die Tür zu und trat auf den Bürgersteig. Dann sah er Hilde.

»Geht es Ihnen nicht gut?«, fragte er.

»Ähm, warum fragen Sie das?«

»Sie sind hochrot im Gesicht.«

Hilde befühlte ihre Wangen. »Nur die Anstrengung, mir geht es gut.«

»Dann bin ich beruhigt.« Er notierte sich etwas, schaute zum Dach und kritzelte weiter. Hilde versuchte einen Blick auf die Seite zu erhaschen.

Der Mann drückte die Kladde fest an seine Brust. »Tut mir leid. Das ist vertraulich.«

»Was wollten Sie in diesem Gebäude?«

»Ich möchte nicht unhöflich sein, aber ich denke nicht, dass Sie das etwas angeht.«

»Womöglich doch.«

»Wie kommen Sie denn darauf?« Der Kladdenmann musterte Hilde von oben bis unten.

»Ich bin die Besitzerin dieses Grundstücks.«

Er musterte sie erneut und lachte. »Ach wirklich?«

Sie ziepte ihren Reißverschluss hoch bis unter das Kinn. »Hilde Brüggemann.«

»Dieses ganze Gelände hier gehört Herrn Grünfeld.« Er zog mit dem Zeigefinger einen Halbkreis in die Ferne hinter dem Lindenstübchen.

»Nein, die Felder dort hinten und der Hof sind im Besitz der Familie Zippler. Und das Grundstück mit diesem Gebäude und der Winterlinde gehört meiner Schwester Lore und mir.«

»Der Hof steht schon seit Jahren leer. Genau wie die alte Kneipe hier. Alles verwahrlost und verkommen. Niemand hat sich gekümmert, niemand hatte mehr Interesse daran.«

Hilde schluckte. Der alte Zippler war vermutlich längst gestorben. Er war fünfzehn Jahre älter als sie gewesen. Seine Kinder hatten den Hof nie übernehmen wollen, in seinen ältesten Enkel setzte er aber all seine Hoffnung. Ab und an war er ins Lindenstübchen gekommen und hatte freudig von seinem Enkel erzählt. Dass er ihm so viel beibringen dürfe, dass der Junge mit so viel Eifer dabei sei. Falls es stimmte, dass auf dem Hof seit Jahren niemand mehr wohnte, musste der Enkel es sich wohl anders überlegt haben.

»Was genau wollen Sie eigentlich hier, so ganz alleine, in Ihrem Zustand, gute Frau?«, fragte der Mann mit geneigtem Kopf und zusammengekniffenen Augen.

»Ich möchte auch nicht unhöflich sein, aber ich denke nicht, dass Sie das etwas angeht.« Ihre Stimme zitterte.

Er schnalzte. »Wie Sie meinen. Dann schauen Sie sich halt eben um. Aber fallen Sie bloß nicht aus dem Rollding da raus.« Er wedelte mit dem Kugelschreiber, klickte zweimal, klickte ein drittes Mal in Zeitlupe und steckte den Stift in die Schlaufe der Kladde. »Wünsche einen guten Tag.« Damit stapfte er zu einem silbernen Auto, stieg ein und fuhr davon.

Hilde vergrub das Gesicht in den Händen. Die Sonne wärmte ihr zwar weiter den Nacken, aber Gesicht und Hände waren eiskalt. Ihre Fingerspitzen kribbelten. Ihr Körper bebte. Eine Träne tropfte hinunter. Plitsch. Hilde nahm die Hände wieder vom Gesicht und blinzelte. Ein nasser glänzender Käfer saß auf ihrem Bein. Er klappte die Vorderflügel nach vorne, entfaltete das hintere Flügelpaar und schüttelte die Feuchtigkeit von sich. Dann hob er ab, verschwand im dichten Laub der Linde.

Was hatte dieser Mann im Lindenstübchen gewollt? Er musste ein Mitarbeiter von Grünfeld sein. Eigentlich sollte sie die Polizei rufen. Das war Einbruch!

Aber war es das wirklich, wenn im Grundbuchauszug sein und nicht mehr ihr Name stand? Es konnte sich nur um einen Fehler handeln, niemals hätten sie einem Verkauf zugestimmt! Warum hatte sie sich nicht getraut, den Mann mit der Kladde so richtig auszuquetschen? Es wäre doch die perfekte Gelegenheit gewesen, um an Informationen zu kommen. Aber als er auf sie herabgesehen und in abfälligem Tonfall geredet hatte, war ihr ganzer Stolz verschwunden. Unsicherheit und Zweifel waren zurück. Sie hatten im Gebüsch gelauert, hockten jetzt links und rechts auf ihren Schultern und rieben sich hämisch die Hände.

»Hilde!«

Hinter sich hörte sie eine Männerstimme.

»Hilde.« Es war Heinz.

»Hallo.«

»Endlich treffe ich eine von euch. Wo seid ihr denn gewesen?«

Ja, wo war sie gewesen? Wo wollte sie sein? Wo war wohl der Käfer hingeflogen? Ob er in der Linde saß? Welche Art Käfer eigentlich? Er war so nah gewesen und sie hatte ihn eben nur oberflächlich betrachtet. Schwarz, glänzend. Keine Details. Unsicherheit und Zweifel, diese beiden Halunken hatten es wieder geschafft, dass sie mit anderem beschäftigt war.

»Hilde? Geht es dir gut?«, fragte Heinz.

»Ja ... ach, ich weiß auch nicht.«

»Kann ich was für dich tun?«

»Es geht gleich wieder. Schau, wie schön das Wetter ist.« Sie wollte vor Heinz jetzt nicht ausbreiten, mit welchen Gegnern sie es gerade zu tun hatte. Diesen beiden Schulterhockern.

»Ja, das ist es. Weißt du, Hilde, ich möchte Lore so gerne wiedersehen. Aber ich weiß ja nicht, wo ihr wohnt. Wusste ich nie. Wie das sein kann, ist mir bis heute ein Rätsel. Nicht mal eine Telefonnummer habe ich. Also bin ich jeden Tag hier zu den unterschiedlichsten Zeiten vorbeigekommen in der Hoffnung, euch zu treffen.«

»Entschuldige, Heinz. Das war mir nicht klar.« Sie hatten es allerdings nie darauf angelegt, dass irgendwer ihren Wohnort kannte. Solange das Lindenstübchen noch geöffnet war, gingen sie sowieso nur zum Schlafen und Duschen nach Hause. Ihr Leben fand in der Kneipe statt. Jeden Tag. Und wenn sie Ruhe wollten, bekamen sie diese daheim. Allein.

»Wie geht es euch? Ist Lore auch da?«

»Sie ist zu Hause geblieben«, sagte Hilde.

»Ist sie krank?«

»Nein, nein. Allerdings braucht sie ihren Doktor.«

»Nicht krank, braucht aber einen Doktor?«

»Sie schaut ihre Serie.«

Da lachte Heinz.

Hilde fuhr ein Stück näher ans Haus heran, strich mit der Hand über den Putz. Die Sonne hatte die Wand aufgewärmt. Sie wollte sich drinnen noch einmal umschauen. Sie kramte in ihrer Tasche, holte die Karte heraus und öffnete die Tür. Das beherrschte sie jetzt. Fernsehen war nicht immer das schlechteste.

»Du kannst Türen knacken?«

»Nur diese hier. Uns fehlt leider der Schlüssel.«

Heinz kam mit herein und klappte die Flügelfenster auf.

Hilde fuhr durch den Gastraum. Im Bodenstaub waren Fußspuren, die nicht nur von Heinz und Lore und ihrem Tanz stammten. Der Kladdenmann musste hier kreuz und quer herumgelaufen sein. Auf der kompletten Länge und Breite des Stammtischs stapelten sich Bilderrahmen. Nicht ein Foto hing mehr an der Wand, nur noch ein Muster aus leeren Stellen. Ein Dort, wo aber nichts mehr da war. Wie Erinnerungen, die man spüren kann, ohne dass ein konkretes Bild entsteht.

»Da wart ihr ja noch fleißig«, sagte Heinz.

»Wir haben die Bilder nicht von der Wand genommen.«

»Nicht? Wer dann?«

»Kurz bevor du kamst, war ein junger Mann hier. Mitte Zwanzig würde ich schätzen. Ich weiß nicht genau, was er wollte. Er meinte, dass mich das nichts angeht. Ich vermute, dass er ein Mitarbeiter von Grünfeld ist.«

»Wer ist denn Grünfeld?«

»Der vom feinen Grünen.«

»Wovon bitte?«, fragte Heinz.

»Na, von dem Joghurt.«

»Ein Mitarbeiter von einem Joghurthersteller läuft durchs Lindenstübchen?«

»Ja.«

»Warum das? Will er hier Joghurt verkaufen?«

»Vielleicht.«

»In einer Kneipe?«

»Nein, Heinz, in einem Einkaufszentrum.«

»Jetzt verstehe ich überhaupt nichts mehr.«

»Erkläre ich dir später. Ich möchte mich noch umschauen.« Die Fußspuren führten hinter die Theke. Türen und Schubladen standen offen, Gläser an ungewohnten Stellen, sogar eine Sockelleiste war abgelöst worden. Hilde folgte den Spuren in die Küche. Auch hier waren alle Schränke und Schubladen geöffnet, aber nicht leer. Auf den ersten Blick fehlte nichts, außer der alten Ordnung. Sie war froh, dass sie ihre Elvismappe schon zu Hause hatte. Elvis' Autogramm war heutzutage bestimmt einiges wert.

»Hier sind auch alle Türen aufgerissen«, rief Heinz.

»Ja, schon seltsam. Vor allem, weil nichts zu fehlen scheint.«

»Also hat dieser Kerl etwas ganz gezielt gesucht. Aber warum hat er die Bilder von der Wand genommen?«

Hilde stützte ihr Kinn, fuhr sich mit den Fingerspitzen darüber. Sie inspizierte die gesamte Kneipe, die Kammer und die Toiletten, blickte noch einmal in jede Ecke. Alles war angehoben, aufgeklappt, verschoben, verrückt, verändert. Jemand hatte an ihrem zweiten Inneren, an ihrem alten Leben gerüttelt. Die Konserve aufgerissen, ihren Inhalt angerührt. So. Hier. Bitte schön. Jetzt komm damit klar.

Konnte sie aber nicht. Ihr wurde schlecht, ihr wurde schwindelig. Fiepen in den Ohren, tanzende Punkte vor den Augen.

»Ich glaube, ihr solltet am besten die Polizei rufen.«

»Nein, Heinz, nein.«

»Aber hier wurde eingebrochen und du hast sogar eine Vermutung, wer es war.«

»Mir ist das zu viel. Es muss sich anders lösen lassen. Das muss alles ein großes Missverständnis sein.« Schwebende Punkte.

»Wie du meinst.«

»Heinz, begleitest du mich nach Hause? Das wäre mir eine große Hilfe. Dann kannst du Lore auch hallo sagen.« In diesem Moment war es ihr egal, dass Heinz somit die Adresse erfuhr. Sie wollte auf dem schnellsten Wege zurück in die Wohnung, für heute war es genug.

»Das kann ich sehr gerne machen.«

»Warte kurz, mir ist gerade etwas eingefallen.« Sie öffnete den Deckel der alten Dröppelminna auf dem Fensterbrett neben der Tür und hielt sie kopfüber. Ein Schlüssel fiel heraus. »Jetzt brauche ich keine Karte mehr zum Aufsperren.« Vor Jahrzehnten hatten sie einen Ersatzschlüssel darin versenkt, für den Notfall. Und ihn darin vergessen. Zum Aufschließen wäre das aber ohnehin Unsinn gewesen, denn was nützt ein Schlüssel drinnen, wenn man draußen vor der Tür steht?

Der Schlüssel passte nicht. Hilde versuchte es von innen und von außen, aber er ließ sich kaum ins Schlüsselloch hineinstecken. Sie inspizierte das Türschloss. Nicht nur das Schlüsselloch sah beschädigt, verformt aus, wenige Millimeter darunter befand sich ein kleines, rundes Loch. Warum war ihr das nicht schon vorher aufgefallen? Sie war so begeistert von ihrem Kartentrick gewesen, dass sie die Beschädigung nicht bemerkt hatte. Wahrscheinlich ging der Kladdenmann hier ein und aus! Oder jemand anderes? Oder beide? Was würde die Polizei dazu sagen? Nein. Das war alles zu viel für sie. Diese vielen Fragen. Sie wollte nach Hause. Tür zu und los.

Auf dem Heimweg erzählte sie Heinz von Zocker-Karls Beerdigung, davon, was Wolfgang über Grünfeld berichtet hatte, und von dem seltsamen Grundbuchauszug. Alles mit knappen Worten, denn die Punkte tanzten und der Schwindel wich nicht.

Lore

hörte alten deutschen Schlager und lag auf der Couch. Die Quarkmaske kühlte ihr Gesicht, zwei Gurkenscheiben erfrischten ihre Augen. Die Füße wippten im Takt.

»Als hätte sie es gewusst, hat sie sich für dich richtig fein gemacht«, sagte Hilde laut.

»Hallo Lore.«

Heinz' Stimme ließ Lore hochfahren. Die Gurkenscheiben purzelten von den Augenlidern. Sie griff die Gürtelenden ihres Bademantels und zurrte sie fest. Dann drehte sie sich weg. Da bestand Hilde stets darauf, dass niemand ihre Wohnung betreten sollte, und jetzt brachte sie Heinz mit! Sie hätte sie wenigstens darauf vorbereiten können. Aber nein, das war mal wieder eine wunderbare Gelegenheit für Hilde, sie zu ärgern.

Im Bademantel. Mit dicken Socken. Und beschmiertem Gesicht!

Heinz setzte sich neben Lore, schnappte sich eine der Gurkenscheiben, spachtelte damit etwas Weiß von ihrer Wange und biss ab. »Glück gehabt. Ist tatsächlich Quark.«

Lore gab ihm einen Schubs und kicherte, als wäre sie sechzehn Jahre alt.

Hilde.
»Ich habe Heinz am Lindenstübchen getroffen. Seltsame Dinge gehen dort vor sich. Ich mache mir einen Tee und erzähle dir gleich alles. Und du ziehst dir vielleicht etwas Vernünftiges an, meine Liebe.«

Das Fiepen in den Ohren verstummte, stummt, stum, st.

Die tanzenden Punkte verblassten, lassen, las, l.

Sie war zu Hause, sie war bei Lore. In Sicherheit.

Die dampfende Teetasse in der Hand, berichtete sie Lore vom gerade Erlebten. Vom Angehobenen, Aufgeklappten, Verschobenen, Verrückten, Veränderten. Vom Rütteln an ihrem alten Leben. Dabei wurde ihr wieder etwas flau.

Sie musste ins Bett, braucht Ruhe, Zeit für sich. Um alles loszulassen, was wegkonnte. Unsicherheit und Zweifel. Runter von ihren Schultern. Fort aus ihrem Kopf. Durch den Kopf. Schmiss raus. Kehrte ein. Rastete. Schlief.

Lore
hörte Heinz zu. Einige Stunden.

Er erzählte von seiner Vergangenheit, von seiner Frau, die vor zehn Jahren verstorben war, davon, dass es keine Verwandtschaft mehr gab, sein treuer Hund Mäcki vor zwei Jahren eingeschläfert werden musste, er ein halbes Jahr später einen Herzinfarkt bekommen hatte und davon, dass es ihm jetzt eigentlich ganz gut gehe.

Sie nickte, sie lächelte, schüttelte wieder und hin den Kopf, grinste, linste. Mimik, Gestik, Geschriebenes.

Sie verstanden einander.

Hilde.
Nach ihrem Nickerchen schrieb sie einen Zettel. Bat Heinz, den Zettel, wenn er ginge, in Krischkes Briefkasten zu werfen.

Recherche am Samstag um 15 Uhr? Wir bringen Kuchen mit.

– 8 –

Hilde

riss die Backofentür auf. Dichter Qualm stieg zur Zimmerdecke. Mit einem überdimensionierten Topfhandschuh versuchte sie die Springform zu packen, verschob sie aber noch tiefer in den Ofen. Dieser Handschuh war eine Farce, damit konnte doch niemand wirklich etwas greifen! Mit den Zinken einer Gabel zog sie die Springform schließlich nach vorn. Kurz bevor der Kuchen zur Hälfte über den Rost ragte, setzte sie die Handschuhhand unter den Boden und beförderte ihn mit einem schnellen, wenn auch wackeligen Ruck empor. Es schepperte, als die Form auf dem Herd landete.

Lore

putzte sich die Zähne, sah in die Küche.

Hilde.

»Glück gehabt, dein Marmorkuchen ist heil geblieben und nur an einer Seite etwas angebrannt. Den werden wir trotzdem noch essen können.«

Hilde griff nach der Eieruhr, drehte, wartete auf ein Ticken, aber nichts tat sich. Bei der nächsten Gelegenheit mussten sie eine neue kaufen. Sonst gäbe es nur noch verbrannte Kuchen im Hause Brüggemann. Vorsichtig ließ sie ein Tafelmesser zwischen Rand und Kuchen gleiten. Trennte, drehte die Form, trennte, drehte. Buttriger Geruch mit würziger Note. Dann öffnete sie den Spannhebel, lüftete den Ring und war erstaunt und zufrieden über den glatten Kuchenrand. Den Kuchen hatte Lore wieder gut hinbekommen.

Lore
stand im Türrahmen und schrubbte die Kauflächen.

Hilde.
Um kurz vor drei klingelte es an der Tür. Hilde hatte Heinz am Morgen angerufen und ihn auf ein Stück Kuchen eingeladen. Zocker-Karls Sohn käme heute auch zu ihnen zur Internetrecherche.

Heinz zeigte sich hocherfreut. Mit dem Internet kenne er sich zwar nicht aus, aber es interessiere ihn schon, was da herauskäme. Und Kuchen in Gesellschaft höre sich gut an. Er komme gerne.

Als er durch die Haustür trat, stieg Krischke gerade die Stufen herab. Hilde machte die beiden Herren miteinander bekannt.

»Mädels, Heinz, lasst uns zu mir gehen. Ich habe oben schon ein bisschen was vorbereitet, wie versprochen.«

Die Treppe. Verbindet unterschiedliche Ebenen innerhalb und außerhalb von Gebäuden. Eine Treppe kann man hinaufgehen, heruntergehen oder hinabfallen. Wie Hilde gefallen war. Und wie. Unglücklich. Treppen waren Trigger für sie. Wurde sie mit einer Treppe konfrontiert, blockierte sie. Erstarrte. Musste über die Stufen gehoben werden. Was schrecklich war.

Wenn sie nicht getragen werden wollte, würde sie laufen müssen. Sie sah niemanden an, tat so, als würde sie Krischkes und Heinz' zögerliche Blicke nicht bemerken.

Die unterste Stufe war gewölbt. Gewölbt wie ein Lächeln. Hilde kam das unsinnig vor. Jetzt entdeckte sie schon Gesichtszüge in Treppenstufen. Ein Lächeln, immerhin. Mach schon! Entweder sie blieb unten und bekäme nichts mit oder sie arbeitete sich die Treppe hinauf und konnte vielleicht bald Neues herausfinden.

Sie zählte die Stufen. Acht bis zum ersten Absatz, danach sah sie nur noch zwei, vermutete aber, dass da weitere acht oder neun Stufen sein mussten.

Lore
zog die Wohnungstür ins Schloss. Balancierte den Kuchen auf einer Hand. Sie reihte sich hinter Heinz und Michael ein wie in eine Warteschlange.

Hilde.
»Sollen wir dir hinaufhelfen?« Heinz durchbrach die Stille.

»Nein. Geht vor, ich schaffe das.«

»Aber du kannst doch gar nicht …«, sagte Krischke.

»Sagen Sie mir nicht, was ich nicht kann!«

Lore ging an den Männern vorbei die Treppe hinauf.

Heinz hinter ihr her.

Krischke zögerte einen Moment, dann stieg auch er nach oben.

Hilde konzentrierte sich, richtete sich auf. Packte das Treppengeländer, hob Stufe für Stufe die Füße, ging Stück für Stück voran und hinauf, Fuß, Fuß, Fuß, Fuß. Auf dem Absatz stoppte sie, ließ sich auf die Fensterbank sinken.

»Herr Krischke?«

Er kam die Treppe heruntergelaufen. »Hilde? Ist etwas passiert?«

»Nein. Bringen Sie doch bitte meinen Rollstuhl in Ihre Wohnung.«

Sein Gesichtsausdruck schwankte zwischen Erstaunen und Fassungslosigkeit. »Du bist gelaufen. Die Treppe rauf! Gelaufen! Ich hätte echt nicht gedacht, dass du das kannst.«

»Ist ja klar. Rollstuhl bedeutet sofort Hilflosigkeit. Stempel drauf. Aber damit ist man gar nicht so hilflos. Sondern mobil! Und vor allem sind Menschen im Rollstuhl genauso unterschiedlich wie alle anderen auch. Schubladen, Schubladen. Und wenn du obendrein alt bist, wird dir gar nichts mehr zugetraut.«

»Ich dachte, du wärst an den Rollstuhl gefesselt.«

»Haben Sie Schnüre oder dergleichen gesehen? Wer soll mich denn fesseln? Diese Sprüche immer. Sie wissen doch gar nicht, was Sie da reden.«

»Du bist so tapfer. Ich weiß nicht, wie ich das meistern würde.«

»Hören Sie auf, stellen Sie mich bitte nicht auch noch als Opfer dar. Zumindest nicht deshalb. Wegen unserer Kneipe meinetwegen. Opfer von Ungerechtigkeiten, das stimmt. Also tragen Sie nun bitte den Rollstuhl nach oben und lassen Sie uns der ganzen Sache schleunigst auf den Grund gehen. So war es schließlich besprochen.«

Er holte den Rollstuhl, trug ihn an ihr vorbei und stellte ihn neben die geöffnete Wohnungstür.

Lore
lud ihren Kuchen ab und setzte sich auf das schwarze Ledersofa. Neben der einen Armlehne lag ein Kissen mit einem Affen, der sich die Augen zuhielt, neben der anderen eines, das aussah wie eine Salamipizza. Mit Oregano. Der Kuchenduft schien sich jetzt mit geschmolzenem Käse zu vermischen.

Heinz stopfte das Pizza-Kissen hinter seinen Rücken.

Gegenüber dem Sofa wurde eine Leinwand von einem Projektor angestrahlt. Er rauschte an der Zimmerdecke.

Krischke schenkte Apfelschorle ein, schnitt den Kuchen an, verteilte vier große Stücke auf dunkelblaue, quadratische Teller. Relikte aus den Achtzigerjahren. Dieser Mann hatte wirklich ein Faible für alte Dinge.

Hilde
fuhr ins Wohnzimmer, sah die Leinwand und fühlte sich wie an einem dieser fürchterlichen Dia-Abende, an denen Nachbarn sie früher mit endlosen Urlaubsbildern und nicht endenden Vorträgen geplagt hatten. Das da links ist der schiefe Turm von Pisa, der wurde erbaut, warte mal, fällt mir gleich wieder ein, und daneben die Elfriede, also das war an dem Tag, wo wir …

»Ich hol noch eben Sahne.« Krischke drückte ihr einen Teller in die Hand und lief in die Küche.

Hilde begutachtete das Kuchenstück. Lore hatte das Malheur unter einer üppigen Puderzuckerschicht versteckt, an einer Stelle war der Zucker aber abgefallen, sodass sich die schwarze Kruste zeigte.

Krischkes Wohnung war ein starker Kontrast zu ihrer eigenen. Die Möbel waren allesamt schwarz, teils mit Glasscheiben oder Aufsätzen, teils mit verchromten Elementen. In einer Vitrine standen mindestens zwei Dutzend alte Bügeleisen. Schwarze mit holzfarbenem Griff, silberne mit rotem, gelbem oder orangefarbenem Griff und ein goldenes, das eher wie ein Eimerchen aussah. Daneben reichte ein Regal, das mit einer DVD-Sammlung bestückt war, bis hinauf zur Zimmerdecke. Nur wenige Filmtitel waren groß genug auf dem Rücken der Hülle aufgedruckt, um sie vom Sofa aus erkennen zu können. *Der Pate, Casablanca, Titanic, Bambi.* In der Ecke ein hoher Kerzenleuchter mit einer Ranke aus blaugrauen Kunstrosen. In dem Grau vermutete Hilde eine dicke Staubschicht.

Krischke kam zurück und türmte in kreisenden Bewegungen Sahne auf sein Kuchenstück, bis der Berg kippte und auf den Teller rutschte. Er nahm den Kuchen, dippte ihn in die Sahne, biss ab und leckte seine Finger ab. »Mmh, bisschen kross, aber trotzdem lecker. Da ist irgendein besonderer Geschmack dran.« Kaute. »Gut, dann lasst uns mal loslegen.« Er klatschte in die Hände, dass Puderzucker und Krümel flogen. Dann setzte er sich auf einen Drehstuhl neben der Couch, auf dem Schoß eine Art Kissen mit angeklebtem Tablett, und schob die Maus auf und ab. »Googeln wir also … Bellberg Bauprojekt.« Seine Finger huschten flink über die Tasten. Auf der Leinwand erschienen Zeilen in blau und schwarz. »Erster Treffer – nur der alte Artikel vom *Tagesboten*. Den kennen wir schon. Zweiter Treffer eine geplante Neubausiedlung im Süden, dritter passt auch nicht, vierter, Immobilien, Immobilien, Immobilien.« Er klickte. Ein anderes Bild mit anderen Zeilen. »Nee, da müssen wir nochmal anders suchen.«

Lore
schüttelte die Sahnedose, sprühte die komplette Oberfläche ihres Kuchenstücks ein. Senkrecht musste man das machen und von ganz nah, damit es eine fluffige Struktur ergab, sonst kam nur eine dürre, zerrupfte Schlange heraus. Marmorkuchen braucht Sahne wie ein Haus sein Dach, wie ein Baumstamm seine Krone.

Hilde.
Mit dem Internet war sie noch nie in Berührung gekommen. Sie hörte beinahe täglich davon im Fernsehen, im Radio, las darüber in Artikeln. Sogar in Büchern, in Romanen kam es vor. Bislang schien dieses Internet aber nicht weiterzuhelfen. Über ein Bellberger Bauprojekt wusste es auch nicht mehr als die Zeitung. Vielleicht dauerte das ein bisschen, bis es etwas gefunden hatte? Musste es buddeln?

»Suchen wir mal nach Lindenstübchen«, sagte Krischke.

Eine bunte Karte. Deutschland, Belgien, Niederlande. Die Nordsee. Rote, umgedrehte Tropfen mit Messer und Gabel, daneben *Lindenstübchen.* Und darunter eine Liste mit Lindenstübchen an verschiedenen Orten. In Essen, in Reichshof, in Legden. *Gemütlich, zwanglos, Gruppen, Sitzplätze im Freien.* Nein, draußen saßen sie nie. Weiter unten standen weitere Ergebnisse. Strausberg, Eckenhagen.

Krischke klickte.

Heiligenhaus. *Ferienwohnung Lindenstübchen.*

»Nee, das ist nicht genau genug. Lustig aber, dass es auch in so vielen anderen Orten Gaststätten mit dem Namen gibt.« Er stand auf, schnappte sein Stück Kuchen, nahm einen großen Bissen und wischte die Handflächen am T-Shirt ab.

»Vielleicht nach Molkerei Grünfeld suchen?«, fragte Hilde.

Krischke tippte.

Die Suchergebnisse erschienen auf der Leinwand. So langsam begriff Hilde, wo sie hinsehen musste. Er klickte auf die erste blaue Zeile. *DerFeineGrüne.de.* Zwei Erdbeeren tanzten miteinander, küssten sich und sprangen dann Hand in Hand in einen Joghurtbecher.

Krischke klickte.

Auf der nächsten Seite gab es einen Text zur Unternehmensgeschichte, die mit Superlativen überladen war. Pure Selbstbeweihräucherung. In den letzten Zeilen stand etwas von weiteren Ideen und Projekten, von nicht endender Expansion und zukunftsweisenden Innovationen. Aber nichts Konkretes. Vom geplanten Einkaufszentrum keine Spur.

»Steht da irgendwo eine Telefonnummer?«, fragte Hilde.

Krischke klickte auf *Kontakt*.

Ein Formular, eine 0800-Telefonnummer.

»Ich glaube nicht, dass die einem unter dieser Nummer irgendwelche Auskünfte über Bauprojekte geben. Die haben bestimmt alle einen Maulkorb verpasst bekommen.«

Vermutlich hatte er recht. Hilde wollte sich trotzdem die Nummer notieren und lieh sich von Krischke Stift und Papier.

»Vielleicht steht im Internet was über die alte Linde? Die war zumindest mal Thema in der Zeitung, weil es einen Konkurrenzkampf um die ältesten Bäume Deutschlands gab. Bei unserer Linde wurde geforscht, ob sie dazugehören könnte. Hat zwar jemand widerlegt, aber trotzdem bestätigt, dass sie sehr alt ist«, sagte Hilde.

»Machen wir dann also mal ... Bellberg bauen ... Linde«, sagte Krischke.

Neunzehn Suchergebnisse.

»Nein, nichts. Wir haben aber noch gar nicht nach dem Wort *Einkaufszentrum* gesucht.« Er tippte, klickte. Zog die Augenbrauen hoch. »Hm, das könnte vielleicht was sein.«

Der Pfeil wanderte auf die blau unterstrichene Schrift.

»Oh, ein Forum. Hm, da muss man sich erst registrieren, um weiterlesen zu können.« Seufzend schob er sich das Reststück seines Kuchens in den Mund.

»Und das können Sie nicht?«, fragte Hilde.

»Mmh, doch, ich versuche das, mmh, einfach mal.« Er tippte, er kaute. Und schmatzte dabei.

Lore
schüttelte noch einmal die Sahnedose, Luft zischte heraus. Sie drückte fester. Noch mehr Luft, dann ein sprudelndes Geräusch. Ein unförmiger Sahnefladen platschte auf den Kuchen, verlor im Nu jegliche Konsistenz und floss am Teig herunter. Lore zerlegte ihr Kuchenstück in viele, kleine Teile, die sich mit der Sahnesuppe vollsogen. Optisch war hier nichts mehr zu machen, dem Geschmack tat es aber keinen Abbruch. Ja, backen konnte sie.

Hilde
starrte erwartungsvoll auf die Leinwand.

Krischke klickte und tippte. »So, wir sind drin. Registrierung erfolgreich. Hätte nicht gedacht, dass das so schnell geht.« Tipp, klick, tipp. »Unser Login-Name ist Mihilohe. Kreativ, was?« Krischke deutete sich mit dem Zeigefinger an die Schläfe. Einen Mundwinkel riss er hoch, der andere blieb unten. Besonders clever wirkte er damit nicht.

»Was soll das bedeuten?«, fragte Hilde.

»Na, kurz für Michael, Hilde, Lore, Heinz. Ist doch schlau.«

Hilde fand es eher seltsam, aber sie wollte nicht jeden Gedanken aussprechen.

»Dann versuchen wir hier im Forum nochmal die Suche.« Er trug in das Suchfeld *Bellberg Einkaufszentrum* ein.

Hilde war überfordert. Sie wusste kaum, wo sie zuerst hingucken sollte. Sie rückte die Brille zurecht, kniff die Augen zusammen, um den schnell wechselnden Text zu erfassen. Das Lesen war eine echte Konzentrationsaufgabe. Ihre Augen bemühten sich um Fixierung der Wörter, brauchten ständig neue Anläufe. Der Beitrag ganz oben handelte tatsächlich vom geplanten Einkaufszentrum. Vom Kampf gegen den Kapitalismus. Von Umweltschutz. Und von der alten Linde.

»Ich müsste mal kurz zur Toilette.« Heinz stand auf, quetschte sich zwischen dem Couchtisch und Lores Beinen hindurch.

»Moment, da fehlt Klopapier.« Krischke verließ mit ihm das Wohnzimmer. »Lore, lies mal mit. Da steht, dass jemand die Linde neben der Kneipe beschützen will, weil die so alt sei.«

Lore
kaute und beförderte einen vollgesogenen Teig-Sahne-Brocken auf ihre Gabel. Lesen wollte sie gerade nicht. Sollte Hilde das doch erledigen.

Hilde.
Krischke kam wieder.

»Herr Krischke …«

»Stopp. Jetzt ist es aber wirklich gut!« Er sah Hilde streng an.

Sie spürte Verunsicherung. »Was meinen Sie denn?«

»Na, dieses Gesieze. Das muss mal ein Ende haben. Ich bin der Michael, okay?« Er lachte.

Hilde war erleichtert. Sie hatte schon befürchtet, dass er sie rauswerfen wollte. Dass ihm die Gesellschaft von zwei alten Damen und einem alten Herrn zu viel geworden sei. Der Vorschlag war ihr dennoch unangenehm. Sie kannten sich erst so kurz und er hatte sie dreist von Beginn an geduzt. Eigentlich hatte sie gehofft, dass er irgendwann zum Siezen überginge und nicht umgekehrt. Aber was tat das schon zur Sache?

Lore.
»Michael.« Sie sprach mit halbvollem Mund.

Hilde
kräuselte die Lippen. Das also sollte wieder einer dieser Momente gewesen sein, in denen sich Lore zu Wort meldete? Sie schwankte zwischen Erleichterung darüber, dass Lore endlich wieder mal sprach, und Empörung, dass sie sich ausgerechnet

jetzt einmischte. Aber sie wollten hier etwas erreichen, ein Konflikt war dabei sicherlich nicht zuträglich.

»In Ordnung. Michael.« Wenn er darauf bestand. »Also, da steht was von Umweltschutz und dass der Bau des Einkaufszentrums verhindert werden muss. Und dass es eine reale Chance gebe.«

»Sehr interessant. Schauen wir weiter«, sagte Krischke. Nein, Michael.

Heinz kam wieder. Quetschte sich durch. Setzte sich auf die Salamipizza. Mit Oregano.

»Da! Da schreibt einer, dass am kommenden Dienstag ein Treffen auf dem Gelände neben der Linde stattfinden soll. Was für ein Zufall ist das denn? Das ist ja wie im Film.« Michael klang ganz aufgeregt.

Hilde verengte die Lider noch stärker, linste durch schmale Schlitze. Ihre Augen fixierten, ließen ab, fixierten, ließen ab. »Tatsache. Um zehn Uhr. ›Laut unseren Informanten trifft sich dort Grünfeld mit Verantwortlichen von der Stadt.‹ Da steht wirklich *Informanten*. Wir sind hier doch nicht im Krimi.«

»Hauptsache, es gibt jetzt einen Weg, um an den Bauherrn heranzukommen und ihn zur Rede zu stellen«, sagte Heinz.

»Wohl wahr.« Da musste Hilde ihm zustimmen.

In drei Tagen würden sie also erfahren, wie es um die Zukunft des Lindenstübchens bestellt war! In drei Tagen müsste sie gut vorbereitet sein, um die richtigen Fragen zu stellen. Fragen, die ihnen Mehrwert bringen würden, Wahrheit und keinen Eiertanz. Dort würde sie sich nicht mehr so schnell abwimmeln lassen wie am Telefon durch den Redakteur oder bei denen im Amt. Ganz bestimmt. Wahrscheinlich. So hoffte sie zumindest. Ihr war schlecht. Womöglich vor Hunger. Sie hatte den ganzen Tag noch nichts gegessen. Hilde nahm sich nun auch ihr Kuchenstück, biss ab, spuckte den Brocken aber direkt wieder aus. Puderzucker stob auf ihre Hose. Sie verzog das Gesicht. »Lore, was hast du denn da reingetan? Der schmeckt ganz seltsam. Und damit meine ich nicht, dass er etwas angebrannt ist.« Sie hob den Teller zur Nase und schnupperte. Rumaroma war das nicht. »Hast du da etwa Ouzo reingekippt?«

LORE

zwinkerte ihr zu und steckte sich eine voll beladene Gabel in den Mund. Backen konnte sie.

– 9 –

HILDE.
Drei Tage lang hatte sie Morgen für Morgen mit einem Bleistift über Notizzetteln gebrütet, um ihre Fragen an Grünfeld und die Stadtverwaltung aufzuschreiben. Früh am Tag funktionierte ihr Verstand messerscharf, da kamen ihr immer die besten Einfälle. Doch sie radierte und radierte, wischte Gummiabrieb vom Tisch. Der Boden war besprenkelt mit grauen Flocken. Am Ende hatte sie mehr Gummiflocken als Buchstaben produziert. Zufrieden war sie mit ihrem Ergebnis nicht, trotzdem steckte der Zettel nun gefaltet in ihrer Handtasche. Die Armbanduhr zeigte halb zehn, aber noch war bis auf Heinz, Lore und sie selbst niemand auf dem Gelände zu sehen. Nicht um das Lindenstübchen herum, nicht auf dem riesigen Zippler-Feld. Auf der Straße war in einiger Entfernung vorhin eine Frau mit Zwillingskinderwagen vorbeigegangen, dann eine Dame mit auffallend großem Hut, ein Paketbote und eine getigerte Katze, die irgendetwas im Maul herumschleppte.

Im Wetterbericht hatten sie einen wechselhaften Tag vorausgesagt, die Sonne schickte ihre Strahlen durch die hoch aufgeschichteten Wolken, die vor dem weitläufigen Panorama wie ein Gemälde aus der Romantik wirkten.

LORE
trug eine Löwenzahnblüte an ihrer Jacke. Heinz hatte sie ihr ins Knopfloch gesteckt.

Sie strich in kreisenden Bewegungen über die dicht zusammenstehenden Blütenblätter, über das Tellerchen. Ihre Fingerspitze glänzte gelb. Aus den Blüten ließ sich ein köstlicher Sirup herstellen oder ein Gelee. Schwierig war das nicht. Vielleicht würde sie in den nächsten Tagen einen Korb Blütler sammeln.

Hilde
schob die Brille das Nasenbein hinauf. In der Ferne sah sie nicht mehr scharf. Bald war es Zeit für den Optiker. Winzig klein und verschwommen bewegten sich drei Personen über das Feld. Zügig kamen sie näher, gewannen Kontur. In einigem Abstand tauchte etwa ein weiteres Dutzend Menschen auf und folgte dem Weg der anderen.

Hildes Herz begann schneller zu klopfen. Sie vergewisserte sich zum wiederholten Male, dass sie tatsächlich den Zettel eingesteckt hatte.

Lore
wühlte in ihren Jackentaschen. Fand fünf unterschiedliche Lutschbonbons. Bot sie Heinz auf ihrer Handfläche an.

Er griff nach Eukalyptus.

Sie selbst entschied sich für das gelbe Bonbon, drehte die Plastikfolie ab, steckte es in den Mund und verzog ihn. Sauer. Die restlichen hielt sie Hilde hin.

Hilde
winkte ab. Das Dutzend schloss zu den vorderen drei Personen auf. Sie kamen näher, näher, näher. Die Gruppe stoppte. Rucksäcke wurden abgestellt, Picknickdecken ausgebreitet. Die Menschen setzten sich auf die Decken und verteilten Tassen, füllten sie mit etwas Dampfendem und holten Vorratsschüsseln mit Esszeug hervor. Plätzchen oder Apfelstücke? Hildes Magen knurrte.

»Was machen diese Leute da?«, fragte Heinz.

»Picknick? Eine Wanderpause?«

»Warum macht hier jemand Picknick?«

»Das könnten doch die aus dem Internet sein«, sagte Hilde.

»Aber Grünfeld ist nicht dabei, oder?« Heinz kniff die Augen zusammen.

»Grünfeld stelle ich mir anders vor. Der stapft bestimmt nicht zu Fuß quer über das Feld und setzt sich dann auf eine Picknickdecke. Der kommt in einem dicken Auto. Und trägt einen Anzug. Ich schlage vor, dass wir weiter abwarten.«

In der Lindenkrone rauschte der Wind. Wie alt dieser Baum wohl noch werden würde? Tausend Jahre kann eine Winterlinde stehen. Was sie in ihrem Leben alles mitbekommt! Doch sie redet nicht. Wie Lore. Tausend Jahre, das schaffen die meisten von Menschenhand geschaffenen Künstlichkeiten nicht. Tausend Jahre! Und wenn sie stirbt, geht sie in den ewigen Kreislauf ein. Bloß an anderer Stelle. In der Natur bekommt alles seinen Platz, hat alles seine Zeit.

Heinz tippte sie an. »Sag mal, Hilde, ganz was anderes, ich habe mir vor Kurzem eure kleine Buchsammlung angeschaut. Hättest du eine Leseempfehlung für mich?«

Wollte dieser Mann jetzt über Bücher reden? Was kam als nächstes? Backrezepte? »Ich lese gern Krimis oder Thriller. Carolin Schairer zum Beispiel. Lore hat mir kürzlich ein Buch von ihr gekauft.«

»Welches?«

»*Tödliche Verstrickungen*. Kann ich dir ausleihen, wenn du möchtest. Oder …«

»Guten Morgen!« Ein Mann stand plötzlich neben ihnen. Hilde hatte sein Kommen gar nicht bemerkt. Lore und Heinz ebenso wenig, zumindest ihren überraschten Gesichtern nach zu urteilen. Wie konnte jemand sich so leise bewegen?

»Hallo zusammen, sind Sie auch hier, um sich für den Schutz dieses Gebiets einzusetzen?« Er reichte ihnen nacheinander die Hand.

»Guten Morgen. Ja, im weitesten Sinne«, antwortete Hilde. »Meiner Schwester und mir gehört diese Gaststätte.«

Der Mann schaute zum Gebäude, dann zu Lore, dann zu ihr. »Ach was, das ist ja sehr interessant. Wir hatten angenommen, dass hier mittlerweile alles dem Grünfeld gehört.«

»Nein, das ist ein Missverständnis. Wir sind bloß lange nicht mehr hier gewesen. Hätten uns mehr kümmern müssen. Jetzt warten wir auf Herrn Grünfeld, um die Missverständnisse aus der Welt zu schaffen.«

»Möchten Sie zu uns rüberkommen? Vielleicht können wir uns ein wenig austauschen. Wir haben Tee und was zum Knabbern.« Er zeigte auf die Gruppe, dann auf sich selbst. »Mein Name ist übrigens Waldemar Buchholz.«

Hilde blickte Lore und Heinz an, beide nickten zustimmend. »Ja, warum eigentlich nicht. Das ist meine Schwester Lore Brüggemann und das ist Heinz Weber. Ich bin Hilde Brüggemann.«

Heinz folgte Buchholz, Lore kam mit ihr hinterher. Der Rollstuhl blieb hängen, da die ein oder andere Pflanze sich nicht beugen wollte, das ein oder andere Loch nicht durchfahren werden konnte. Aber Lore und sie ließen sich nicht aufhalten. Doch nicht davon. Insekten flogen auf. Eine Maus raschelte durch die Gräser. Eine Menge Kamille wuchs hier, verteilte ihren Duft bei jedem Schritt, bei jeder Runde, die die Räder drehten. Hilde dachte an ihren bewährten Kamillentee, den sie sich beim ersten Anflug von Krankheitssymptomen frisch aufbrühte. Er hatte schon viele Erkältungen im Keim erstickt. Der Duft erweckte in diesem Moment Zuversicht. Auch wenn sie wusste, dass sich das Problem mit Grünfeld nicht durch eine Tasse Tee lösen würde.

»Bitte einmal zuhören! Das hier sind Hilde und Lore. Den beiden gehört die alte Kneipe da vorne. Und das ist Heinz.«

Hochgezogene Augenbrauen, tuschelnde Münder, nickende Köpfe. »Aber hier gehört doch alles dem Grünfeld!«, rief eine Frau.

Hilde schüttelte den Kopf. »Nein. Ich weiß auch nicht, warum das überall erzählt wird. Meine Schwester und ich sind die Besitzerinnen des kleinen Grundstücks dort. Das Gebäude und die alte Winterlinde gehören uns.«

»Habt ihr mal mit einem Anwalt gesprochen?«, fragte Buchholz.

»Nein, wir dachten nicht, dass das nötig sei. Wir halten das Ganze immer noch für einen Irrtum. Warten wir mal ab, was Herr

Grünfeld und die Herrschaften von der Stadt zu sagen haben. Das muss sich doch irgendwie aufklären lassen.«

Eine Frau verteilte Möhrenschnitze, Kirschtomaten und Salzlakritz.

»Haben Sie einen Termin mit der Stadt oder mit Grünfeld?«

»Weder noch, wir haben aus dem Internet erfahren, dass sie heute hier sein müssten«, sagte Hilde.

»Aus dem Internet?«

»Ja, wie heißt das noch gleich? Aus einem ... Dings. Da wo man eine Frage stellt und andere Leute antworten.«

»Ich vermute mal, dass Sie das Naturschutzfreunde-Forum meinen.«

»Ja, richtig.«

Buchholz grinste. »Dann sind Sie wahrscheinlich Mihilohe?«

Hilde fühlte sich ertappt. Als wäre man ihr bei etwas Unerlaubtem auf die Schliche gekommen. »Ähm, ich glaube, ja.«

»Ich war gerade zufällig online, als Sie sich registriert haben.«

»Dort haben wir immerhin von diesem Termin erfahren. Eigentlich nicht so richtig wir drei hier. Wir hatten Hilfe von unserem Nachbarn. Das Internet ist sein Ding, sagt er.«

»Verstehe.« Der Mann nickte. »Unsere Gruppe will Grünfeld und die Stadt davon überzeugen, dass eine Bebauung dieses Geländes unbedingt vermieden werden muss. Die Bodenversiegelung ist äußerst problematisch, Überschwemmungen im Umkreis werden an der Tagesordnung sein. Und erst die Feinstaubwerte durch die vielen Fahrzeuge. Die Menschen können auch woanders einkaufen gehen. Die Innenstadt braucht neue Konzepte, nicht dieses Feld hier. Entschuldigung, ich rede zu viel. Hoffen wir mal, dass gleich jemand kommt.«

Hilde sah auf ihre Uhr. Schon kurz vor elf. Und immer noch niemand zu sehen. Die einzigen Menschen weit und breit waren in diesem Augenblick hier auf dem Feld versammelt, ihre Gespräche vermengten sich zu einem undefinierten Rauschen. Neben dem Zippler-Hof, der aus der Ferne wie ein überdimensioniertes Puppenhaus wirkte, wogten Baumkronen im Wind. Die Fichten neben der Scheune hatten eine stattliche Größe erreicht. Sie waren klein gewesen, als Lore und sie noch junge Mädchen waren. Jetzt wirkten sie wie Wächterinnen des Hofes, die sich emsig einen Überblick über das Gelände verschaffen wollten. Auch Lore und sie waren in den vielen Jahrzehnten gewachsen. An Erfahrung. Irgendwer hatte es mal Weisheit des Alters genannt, doch davon war Hilde in ihrem eigenen Fall nicht besonders überzeugt. Wie zeigte Weisheit sich eigentlich? Meldete sie sich plötzlich und sagte, hallo, hier bin ich und jetzt bleib ich? Vielleicht würde die Weisheit irgendwann auch bei ihr anklopfen und hätte eine große Portion Gelassenheit im Gepäck. Vielleicht. In einem Jahrzehnt, einem Jahr, einem Monat, morgen oder in einer Stunde. Vielleicht.

LORE

saß im Schneidersitz auf der Decke und spielte Mau-Mau. Dafür war sie immer zu haben. Acht, sie musste aussetzen. Herz Dame, ah, Pik Dame drauf. Noch drei Karten. Aber die anderen beiden Frauen hatten ebenfalls drei. Zwei ziehen. Nein, sie würde nicht mehr gewinnen.

»Letzte Karte«, sagte die Frau, die sich ihr vor dem Spiel als Rieke vorgestellt hatte. Dann legte Rieke die Karte ab und Lore musste zwei neue vom Stapel nehmen. Gegen die andere Frau hatte sie auch keine Chance mehr. Diese Runde ging klar an die anderen. Noch eine Partie! So schnell gab sie nicht auf.

HILDE.

»Wie war es denn so in Ihrer Gaststätte damals? Seit wann ist sie geschlossen?«, fragte Buchholz.

»Oh, da gäbe es viel zu erzählen.«

»Also, für den Moment hätte ich nichts anderes vor.«

Und schon flossen die Worte aus ihr heraus, Hilde konnte ihren Wortschwall gar nicht mehr eindämmen, er war wie ein rauschender Fluss nach Dauerregen. Sie erzählte von den alten Zeiten, dem Pils, der Atmosphäre. Sie erzählte vom Wegbleiben der Gäste, kurz von ihrem Unfall. Sie erzählte von den Geschehnissen der vergangenen Wochen, vom Zeitungsartikel, von ihren vergeblichen Nachfragen beim Amt und von ihrer Begegnung mit dem Kladdenmann.

Buchholz, ein anderer Mann und eine Frau, deren Namen sie schon wieder vergessen hatte, hörten aufmerksam zu, stellten die ein oder andere Nachfrage, schüttelten den Kopf oder nickten zum richtigen Zeitpunkt, sodass Hilde sich rundum gehört und verstanden fühlte.

Als sie gerade von einem besonders gelungenen Elvis-Auftritt im Lindenstübchen schwärmen wollte, stockte sie.

Unweit der Kneipe hielt ein schwarzer, luxuriöser Wagen am Straßenrand. Ein Mann mit Anzug und Krawatte stieg aus, holte aus dem Kofferraum eine Aktentasche und kramte darin herum.

LORE
ließ die Karten fallen, sprang auf und zu Hilde hinüber, drehte den Rollstuhl und schob mit voller Kraft voran über kleine Hügel, durch die Kamillenbüschel, schnaufend und keuchend.

HILDE.
Beinahe wäre sie aus dem Rollstuhl gefallen. Lore hatte es mit ihrem Tempo etwas übertrieben. Wo sie in ihrem Alter nur diese Kraft hernahm!

Atemlos standen sie nun auf dem Gehweg vor dem Mann.

LORE
keuchte.

HILDE
dröhnte der Puls in den Ohren.

»Entschuldigung?«

»Ja, bitte?«

»Hilde Brüggemann. Meiner Schwester und mir gehört das Lindenstübchen.« Es pochte, poch-te, poch-te, poch-te.

Der Mann zog die Augenbrauen hoch. »Ich weiß nicht, wovon Sie sprechen.« Er kramte weiter.

Hilde zögerte. Lore verpasste ihr einen leichten Faustsstoß ins Schulterblatt, sodass sie sich im Nu straffte und ihren Mut zusammennahm. Sie sprach ruhig, aber mit starker Stimme.

»Das wissen Sie doch ganz bestimmt. Steht sicher alles in Ihren Akten. Wie haben Sie das mit dem Grundbuch gemacht? Was ist Ihr Plan?«

»Mein Plan? Sie müssen mich verwechseln. Ich kenne Sie nicht und ich weiß auch nichts über dieses Lindenstübchen.« Er schloss die Kofferraumklappe.

Heinz kam zusammen mit zwei anderen Leuten aus der Gruppe herangeeilt. »Könnten Sie der Dame bitte ihre Fragen beantworten?!«

»Hören Sie, ich kann keine Fragen beantworten. Ich habe einen wichtigen Termin.«

»Das wissen wir«, sagte Hilde.

Er runzelte die Stirn, klemmte sich die Aktentasche unter den Arm. Gerade wollte er sich entfernen, als die Frau, die mit Heinz rübergekommen war, ihm die Tasche wegriss.

»Halt!«, rief er und wollte sie sich zurückholen, doch da schoben sich Heinz und der zweite Begleiter dazwischen.

»Ha, dann wollen wir doch mal schauen, wie Ihre Pläne aussehen.« Die Frau wühlte in der Tasche, zog mehrere Mappen und Papiere heraus.

Hilde war erschrocken über das rigorose Vorgehen, so weit wäre sie selbst niemals gegangen. Trotzdem schaute sie neugierig zu. Ein Zettel fiel zu Boden, Lore hob ihn auf und reichte ihn an sie weiter. Auf dem Briefkopf stand *Versicherungsagentur Martin Scheuer*. Weiter unten las sie: *Auszahlung Lebensversicherung an Witwe des Verstorbenen Helmut Schüssel*. Sie schlug die Hände vor den Mund. Ein leises »Oh nein« schlüpfte zwischen ihren Fingern hindurch.

Die Frau blätterte weiter, dann guckte auch sie entgeistert.

Der Mann im Anzug entriss ihr Mappen und Tasche »Eine bodenlose Frechheit! Das sind vertrauliche Unterlagen! Was wollen Sie von mir? Was soll das?«

»Sind Sie kein Mitarbeiter der Stadt oder von Herrn Grünfeld?«, fragte Hilde.

»Nein, ich bin Versicherungsmakler. Ich habe jetzt gleich einen Termin mit meiner Kundin, weil ihr Mann kürzlich verstorben ist. Aber eigentlich geht Sie das rein gar nichts an.« Seine Stimme klang schrill und zittrig vor Empörung.

Hilde gab ihm den Brief zurück.

»Entschuldigen Sie bitte«, sagte Heinz. »Das war ein ungeheures Missverständnis. Tut uns sehr leid.« Er trat ein paar Schritte zurück und stolperte dabei über die Bordsteinkante.

Der Mann eilte zum nächstgelegenen Bauvereinshaus hinüber, wo er klingelte und schnell Einlass bekam. Ehe er im Haus verschwand, drehte er sich noch einmal kurz zu ihnen um und schüttelte heftig den Kopf.

Hilde sah zu ihrer Linde. Sie suchte Halt im Geäst. In ihrem Bedürfnis, das Lindenstübchen zu retten, hatten sie eine wildfremde Person in eine derart unangenehme Lage gebracht. Wohinein hatten sie sich da verstiegen? Was für eine willkürliche Jagd auf einen Anzugträger, nur weil er für sie ins Bild passte. Teures Auto, Haken dran, Anzug und Krawatte, Haken dran, Aktentasche, ins Horn geblasen. Sie hätten einfach abwarten sollen, wohin der Mann wollte. Sie fühlte sich miserabel und schuldig. Halali. Ende der Jagd.

Hinter dem Blattwerk der Linde verdunkelte sich der Grund. An manchen Stellen beinahe schwarz, an anderen Stellen grünlich. Weit entfernt blitzte es.

»Wie viel Uhr haben wir?«, fragte Hilde.

»Viertel nach elf«, antwortete Heinz.

»Das Treffen sollte doch um zehn stattfinden, oder?«

»Das war zumindest die Info aus dem Amt«, sagte die Frau.

»Sie haben Kontakt zum Amt?«, fragte Hilde.

»Nicht offiziell. Es gibt eine Person, die uns einen Tipp gegeben hat. Offenbar war dieser Tipp aber falsch. Oder es hat sich eine kurzfristige Änderung ergeben.«

Eine kräftige Windböe pustete durch die Blätter. Düstere Wolken zogen heran. In der Ferne verband ein langer, dichter Regenschleier den Himmel mit der Erde. Es blitzte. Dauerte aber noch bis zum Donnergrollen. Die Böen wurden stärker, Hilde fiel ein dicker Tropfen auf den Kopf.

»Ich denke, wir sollten lieber aufbrechen«, sagte Heinz. »Wenn es richtig losgeht, kommt sowieso keiner mehr.«

Hilde war auf der einen Seite froh über den Wetterwechsel, der sie zum Aufbruch zwang. Auf der anderen Seite wollte sie standhaft bleiben und Grünfeld zur Rede stellen.

Sie fuhr den Gehweg hinab. Als sie an der nächsten Straße angelangt war, hielt sie an und schaute nach hinten.

Lore und Heinz liefen eng nebeneinander her.

Lore
spürte zwei Finger. Ein Hauch von Berührung in der Schwebe, kein festes Hand-in-Hand-Gehen. Ihre Wangen wurden warm, ihr Gang federte. Es prickelte.

Hilde
überquerte die Straße. Die Renovierung der Häuser war noch nicht viel weitergekommen. Dinge brauchten eben ihre Zeit. In naher Zukunft würde es sich ergeben, dass sie mit Grünfeld sprechen konnte. Oder mit den Zuständigen. Mit irgendwem, der mehr wusste. Der Zettel wartete in ihrer Tasche.

– 10 –

Hilde.

Am Tag zuvor hatte sich das kräftige Gewitterband über ganz Bellberg geschoben. Kurz vor dem Wolkenbruch war sie mit Lore zu Hause eingetroffen, Heinz auf seinem restlichen Heimweg vermutlich ziemlich nass geworden. Das Licht in der Küche hatte geflackert und beide waren zusammengezuckt, als ein durchdringender Donner krachte.

Vom Unwetter war nichts mehr zurückgeblieben, die Straßenrinne trocken, die Bäume standen schnurgerade, ohne dass ein Lüftchen sie bewegte, und die Sonne war das einzige, was den blauen Himmel unterbrach. Hilde brütete erneut über Papier, diesmal aber nicht, um Fragen aufzuschreiben. Sie wollte sich eine Strategie zurechtlegen. Am Vortag hatte sie einmal mehr gespürt, wie wichtig ihr die Kneipe war. Dass ein Abriss sie ungeheuer schmerzen würde. Es ging ihr nicht aus dem Kopf. Vielleicht würde sich ja jemand finden, der sich mit Herz und Verstand um die Gaststätte kümmern und den Gästen einen Ort des lockeren Zusammenseins, der Alltagsflucht und Gemütlichkeit zurückgeben könnte.

Es hatte Zeiten gegeben, in denen ihr das Lindenstübchen fast egal gewesen war. Aber nur fast, denn da war noch diese Wut, die sie davon abhielt, in die Gleichgültigkeit abzugleiten. Sollte es doch einfach vom Erdboden verschluckt oder von einer Windhose davongeweht werden. Dieser Klotz am Bein, um den sie sich nicht mehr kümmern wollte. Diese ständigen Enttäuschungen, wenn der Immobilienmakler schlechte Nachrichten brachte. Eine ewige Verpflichtung. Wütend war sie gewesen. Auf sich selbst und auf die ganze Welt. Mit Höchstgeschwindigkeit vor eine

Wand zu prallen, das hatte es vorher für sie nie gegeben. In der Kneipe hatte der ein oder andere Gast von Extremsituationen in seinem Leben berichtet, von Unmöglichkeiten, von unsteuerbaren, unerträglichen Gefühlen, die sogar zu Ohnmachtsanfällen führen konnten. Die vom Körper kompletten Besitz ergriffen. Sie hatte verständnisvoll reagiert, zugehört, in sich nach Empathie gesucht, fand sie aber doch nicht.

Die Tode ihrer Eltern, ja, die hatten sie tieftraurig und auch wütend zurückgelassen, aber Emotionen, dass dir die Augen vor lauter Tränendruck fast platzten, die waren ihr lange fremd geblieben. Möglicherweise bestand da ein unterirdisches System. Ein System, das tief unter dem Lindenstübchen all ihre Wut aufgenommen und sie gespeichert und angereichert hatte, um sie nun, da es bedroht war, vervielfacht herauszuschleudern.

Dann gab es Zeiten, in denen sie gar nicht an das Lindenstübchen gedacht hatte, sondern ihre Tage mit Büchern, Fernsehen und dem Zauberwürfel verbrachte. Kochrezepte ausprobierte oder sich über ihre Schwester aufregte, die beim Kartenspiel mal wieder schummelte.

Und dann gab es Zeiten, in denen dachte sie sehnsuchtsvoll und ohne Gram an das Lindenstübchen zurück. Schwelgte in Erinnerungen an die Zeit, als der Laden brummte, und an das laute Lachen der Leute, das die Gaststätte beinahe zum Platzen brachte. Das war ihr größtes Glück gewesen. Und Lores. Mit hochroten Wangen und glänzenden Augen hatte sie Pils um Pils gezapft. Mit perfekter Blume. Wer weiß, womöglich hatte Lore das Lindenstübchen sogar noch mehr geliebt als sie selbst? War es falsch gewesen, die Kneipe aufzugeben? Nicht weiterzumachen? Nicht zu kämpfen? Und den Menschen einen gemeinsamen Platz zu nehmen, den es eine halbe Ewigkeit gegeben hatte?

Möglicherweise waren die Gäste voller Wut gewesen, weil die Schwestern Brüggemann ihnen diesen Lebensbereich vor der Nase versperrt hatten. Hilde hatte nie einen Stammgast wiedergesehen, so seltsam ihr das auch bis heute vorkam. Als wenn jeder einzelne auf einmal einen komplett anderen Weg eingeschlagen hätte oder vom Boden verschluckt worden wäre. Erst in den letzten Wochen waren für sie ein paar Gäste des Lindenstübchens wieder lebendig geworden. Oder eben nicht. Heinz, Zocker-Karl, Wolfgang.

Notizen. Sie schrieb auf, dass sie noch einmal mit dem Amt telefonieren musste. Sie schrieb auf, dass sie Krischke – sie korrigierte, Michael – um eine weitere Internetrecherche bitten wollte. Sie schrieb auf, dass sie ab jetzt öfter beim Lindenstübchen vorbeischauen und sich vor Ort Einblick verschaffen wollte. Aber heute hatte das Amt leider keine Sprechzeiten, Michael war für ein paar Tage auf einer Fortbildung und zum Lindenstübchen würde sie erst am nächsten Tag wieder fahren.

Sie schrieb auf, dass die Polizei und ein Anwalt zunächst keine Optionen waren. Sie unterstrich das Wort *keine*. Doppelt.

Hilde legte den Kugelschreiber hin. Sie wollte es für diesmal gut sein lassen und lieber in Ruhe bei einem Tässchen Ostfriesentee ihrer Mörderthese nachgehen.

– 11 –

Hilde
wählte die Rufnummer des Amts, hielt das Telefon ans Ohr und wurde umgehend mit einem Besetztzeichen konfrontiert. Sie legte auf. Nach einer Minute rief sie wieder an. Besetzt.

Zwei Minuten später. Besetzt.

Drei Minuten später. Eine freundliche Ansage vom Band. »Liebe Anruferin, lieber Anrufer, derzeit sind leider sämtliche Mitarbeiterinnen und Mitarbeiter im Gespräch. Bitte bleiben Sie in der Leitung, wir sind gleich für Sie da.« Jazz, ein Saxophon, das unangenehm knarzte. »Bitte bleiben Sie in der Leitung, wir sind gleich für Sie da.« Knarzen. Rauschen. Kurze Stille. Besetztzeichen. Hilde nahm das Telefon vom Ohr, blickte auf das Display, lauschte wieder.

Besetzt. Sie legte auf.

Alle paar Minuten wählte sie die Nummer neu, dreimal landete sie in der Warteschleife, unzählige Male ertönte das Besetztzeichen. Bei ihrem letzten Versuch lief eine andere Ansage. »Liebe Anruferin, lieber Anrufer, Sie rufen außerhalb unserer Telefonsprechzeiten an. Unsere Sprechzeiten sind …«

Hilde drückte den Knopf, stellte das Mobilteil in die Aufladeschale. Ganz behutsam. Sachte. Telefone waren für stärkere menschliche Aufregungen nicht gerüstet. Sie hielt die Luft an, blies ihre Backen auf und prustete dann so stark, dass sie husten musste. »Das gibt es doch gar nicht! So was kann es doch nicht geben. Wie mich dieses Amt nervt!«

Einen Moment verharrte sie vor dem Telefonschränkchen, dann rollte sie in die Küche und schaltete den Herd ein. Auf der Platte stand ein Topf Gulasch, den sie am Morgen bereits vorbereitet hatte. Dazu sollte es heute Spätzle und einen Gurkensalat geben.

LORE
legte einen Zettel auf den Küchentisch. Sie hatte auf den richtigen Zeitpunkt gewartet, um ihn Hilde zu zeigen.

HILDE
rührte im Gulasch und sah kurz darauf. »Was ist das?«

Lore tippte zweimal auf den Schrieb.

Sie las. Lores Handschrift war das nicht.

Liebe Lore, liebe Hilde, kommt doch zur Feier unseres 20-jährigen Jubiläums am kommenden Samstag. Wir treffen uns um 10 Uhr am Trauchtal 1.

»Wo hast du den denn her?«

Lore gestikulierte. Deutete mit dem Zeigefinger nach hinten über die Schulter, nahm imaginär etwas aus ihrer Handfläche und legte es auf den Tisch. Wiederholte dies mehrere Male.

»Wie bitte? Könntest du vielleicht zwei, drei Worte sagen? Ausnahmsweise?«

Lore schüttelte den Kopf und spulte ihre Gestensprache noch einmal neu ab.

»Karten spielen, meinst du?«

Lore nickte.

»Die Frau, mit der du vorgestern Karten gespielt hattest?«

Lore klatschte.

»Sie möchte uns also einladen? Am Samstag?«

Lore nickte erneut.

»Willst du da hingehen? Wir wissen doch gar nicht, was und wer uns dort erwartet.«

Lore nickte so stark, dass sie kurz schwankte. Sie fing sich mit den Händen auf dem Tisch ab.

Hilde rollte die Augen. Wieder so ein Haufen Leute. Wieder ein Treffen, bei dem sie keine Ahnung hatte, was passieren würde, wem sie über den Weg liefen. Und was für eine Feier sollte das überhaupt sein? Ein zwanzigjähriges Jubiläum konnte doch alles bedeuten. Zwanzig Jahre Kartäuser-Katzenzüchter, zwanzig Jahre Kleingartensiedlung, zwanzig Jahre Kreissägensammler. Kreissägen. Sie stoppte die Assoziationskette, bevor sie ins Groteske abglitt.

Buchholz und die anderen waren eigentlich sehr nett zu ihnen gewesen. Und Lore hatte großen Spaß beim Kartenspiel gehabt. Vielleicht war es ein Kartenspielvereinsjubiläum! Oder das Zwanzigjährige eines fähigen Salzlaktritzherstellers! Salzlakritz machte ihr Menschen sympathisch. Menschen, die Salzlakritz aßen oder sogar kunstvoll selbst herstellten, konnten nur ein gutes Herz haben und ihren Mitmenschen gegenüber wohlwollend sein. Über diesen Gedanken musste sie kichern.

Lore strahlte sie an. Sie wirkte entschieden optimistisch.

»Trauchtal Nummer eins. Kommt mir bekannt vor, ich weiß gerade aber nicht genau, wo das sein könnte. Und ob wir da so einfach hinfinden.«

Lore.

Auf der Stadtkarte würden sie schnell feststellen können, wo sich die Adresse befand. Sie zog die Karte zwischen Inselkrimi und Streuselkuchenbackbuch hervor und ging damit zurück in die Küche. Faltete sie auf. Klappte hin und her. Klappte wieder zu. Klappte in andere Faltrichtungen auf. Fand eine Straßenliste und fuhr mit dem Zeigefinger über die Zeilen. Trauchtal. G1.

Während des Mau-Mau-Spielens hatte sie sich wunderbar unbeschwert gefühlt. Leicht und sorgenlos. Sie hoffte, diese Unbeschwertheit bei der Feier wiederzufinden. Wenn Hilde sich nicht durchringen konnte, würde sie alleine hingehen.

Hilde.
»Das ist gar nicht so weit weg. Wenn wir den kleinen Weg zur Eifelstraße nehmen und dann hinten am Wendehammer in die Hunsrückstraße einbiegen, sind wir fast da. Fünfzehn Minuten, würde ich schätzen.«

Lore machte einen beängstigend entschlossenen Eindruck.

Hildes Zweifel ließen deshalb nicht locker. Aber Geschichten kommen nicht voran, wenn sich niemand bewegt. Zumindest zeigte ihr der Zweifel, dass sie existierte.

»Gut, dann lass uns hingehen. Jetzt muss ich mich aber um das Essen kümmern.«

Lore
küsste Hilde auf die Wange.

Hilde
schälte eine Gurke. Bereitete ein Dressing mit saurer Sahne zu. Rührte im Gulasch. Setzte Wasser für die Spätzle auf.

Das Mittagessen gelang ihr fantastisch. Es schmeckte so gut, dass sie sich ausschließlich darauf konzentrierte. Die zarten Fleischstücke zerfielen im Mund, die Nudeln harmonierten mit der sie locker umspielenden Soße, der Gurkensalat war erfrischend knackig und säuerlich, aber nicht sauer. Abwechselnd kitzelten die Speisen ihre Geschmacksnerven. Umami, salzig, sauer, entfernt süß, noch entfernter bitter. Der Geruchssinn komponiert. Eine Ballade. Zufrieden. Gegessen.

Samstag um zehn Uhr stand sie mit Lore am angegebenen Treffpunkt. Die Adresse gehörte zu einer Fabrikhalle. Oder hatte gehört. Die Fabrik war verlassen, verwittert, gebrochen. Kein besonders hohes Gebäude. *Bauschreinerei* stand in verblassten Großbuchstaben auf der Mauer. Die meisten Fensterscheiben waren kaputt. Das einzige noch intakte Glas umgab die beiden Außenleuchten. Brombeerhecken lagen in hohen Wellen als lebendiggrüner Stacheldraht vor den Mauern. Die Natur eroberte sich das Gelände zurück. Sträucher flankierten alle Seiten des Gebäudes, eine Birke hatte ihre Äste auf dem Hallendach abgelegt.

Hilde konnte sich nicht erinnern, schon einmal an diesem Ort gewesen zu sein. Gerne hätte sie die Schreinerei mit Leben gefüllt gesehen. Das frisch bearbeitete Holz gerochen. Und vielleicht auch etwas gekauft. Damals. Einen schön gedrechselten Barhocker für das Lindenstübchen. Der ein oder andere hatte alle Jahre ersetzt werden müssen. Wie sehr diese Stühle beansprucht wurden!

Lore und Hilde.

Es raschelte im Gebüsch. Eine Frau tauchte auf. »Lore! Wie schön, dass ihr es geschafft habt! Ich war mir nicht sicher, ob ihr wirklich kommen würdet.«

Lore ging auf die Frau zu und umarmte sie.

»Guten Morgen«, sagte Hilde.

»Guten Morgen. Hilde, nicht wahr? Ich bin Rieke.«

Hilde nickte.

»Dann kommt mal hinter mir her. Wir müssen ein bisschen durch den Wald.«

Rieke bog Äste und Zweige zur Seite. Dahinter zeigte sich ein Weg aus Basaltsteinen, der ein paar Meter weiter in verdichteten Waldboden überging.

Hilde.

Die Büsche hatten sich hinter ihnen geschlossen. Motoren- und Reifengeräusche wurden schwächer und verloren sich ganz. Laubrauschen. Vogelgezwitscher. Trällern. Hämmern. Ein Specht. Hilde prüfte die Stämme. Sie konnte ihn nicht entdecken.

Ein Waldspaziergang, das war lange her. Wenn sie mit Lore unterwegs war, gingen sie für gewöhnlich am Feld entlang. Nur selten hatten sie variiert, vielleicht einmal den Weg durch den kleinen Baumbestand am Ende des zweiten Feldes genommen. Die paar Bäume konnte man allerdings nicht Wald nennen.

Das Blätterdach war fast lückenlos. Dicht. Behütend. Wie Säulen in einer Kathedrale ragten die riesigen Buchen empor, ihre grauen, glatten Stämme wirkten unerschütterlich. Beinahe wie aus Stein. Standhaft. Fest. Hilde erinnerte sich an eine erstaunliche Dokumentation über Bäume. Sie bilden geheime Netzwerke, alles hängt zusammen. Mit Pilzen und Bakterien. Jeder Baum hat ein inneres Kommunikationssystem, die Krone spricht mit der Wurzel, Nachrichten gehen rauf und runter. An den Wurzelspitzen erkennt ein Baum, ob ein anderer in der Nähe ist, drosselt sein Wachstum, um ihm nicht in die Quere zu kommen. Bei Wind federn die schwankenden Kronen einander ab. Menschen fühlen sich unter Bäumen geborgen und kommen gesünder aus dem Wald, als sie hineingegangen sind.

Der Weg war nun so breit, dass ein Auto ihn hätte befahren können.

LORE
stolperte. Fiel hin. Ihr Fuß war an einer Wurzel hängen geblieben, die wie eine kleine Brücke über den Boden ragte.

Sie krempelte die Hose hoch und begutachtete ihr Schienbein. Aufgeschürfte Haut, rot, ein kleiner Kratzer. Aber nichts Ernstes.

Hilde hielt ihr ein Taschentuch hin, mit dem Lore einen Blutstropfen aufnahm. Anschließend gab sie ihr nicht nur das Taschentuch zurück, sondern präsentierte in ihrer Handfläche einen glitzernden Stein.

»Der ist aber hübsch. Wo hast du den denn jetzt her?«

Lore wies nach unten.

»Na, dann hatte das Stolpern immerhin etwas Gutes.«

Zu Hause lag ihre ganze Fensterbank im Schlafzimmer mittlerweile voller Steine. Lore sammelte Steine. Der kleinste war gerade mal doppelt so groß wie ein Stecknadelkopf und lag mit ein paar anderen auf einer Untertasse. Der größte war so groß wie eine Faust, kantig und scharf. Dieser Stein hier hatte die Größe eines Daumennagels, an der einen Seite war er abgerundet, an der anderen Seite mit Bruchkante. Daran glitzerte es. Genau das war bei ihr das Hauptkriterium. Glitzer. Funkelte ein Stein nicht in der Sonne, bekam er keinen Platz auf der Fensterbank. Sie konnte sich stundenlang mit ihrer Sammlung beschäftigen. Bei ungetrübtem Sonneneinfall kniete sie vor dem Fenster, drehte und wendete jeden Stein und legte ihn dann exakt wieder so hin, wie er vorher gelegen hatte. Glitzernd.

Lore steckte den Stein in ihre Hosentasche.

Weiter. Sie überquerten eine alte Holzbrücke, die über einen Bach führte.

Hilde

stoppte. Unbedingt musste sie in den Bach hinuntersehen. Als Kind war sie auf jeder Brücke stehen geblieben, hatte eine Weile ins Wasser geschaut, Besonderheiten gesucht, Strukturen entdeckt.

Der Bach war ungefähr einen Meter breit. Große Steine saßen darin, die Schlangenlinien in die stetige Bewegung zogen. Ein paar Meter weiter brach ein Ast ab und klatschte ins Wasser. Blätter und aufgewirbelte Sedimente trieben auf die Brücke zu. Für einige Sekunden war der Grund nicht mehr zu erkennen. Doch der stete Fluss trug die Trübungen davon. Nach und nach. Hinweg. Das Wasser wurde wieder klar.

Lore

nahm zwei salzige Lakritzfische aus Riekes Dose.

Hilde

verließ die Brücke.

Hilde und Lore.

Ahorne, Eichen und Birken mischten sich unter die Buchen. Das Blätterdach lichtete sich, der Weg verlief in einer Biegung. Wie ein sich langsam öffnender Theatervorhang wich der Wald zu beiden Seiten und gab von ihrer Anhöhe aus den Blick frei auf das tiefer liegende Gelände. Ein Dorf wie aus dem Mittelalter – Jurten, Holzhütten, Lehmhäuser, eine Scheune und ein Bauernhaus. Der Anschein des Historischen wurde nur durch ein paar Bauwagen gebrochen. Eine Frau hob eine Axt über einem Holzscheit, das sie mühelos spaltete. Ein Junge verfolgte eine Katze, das Tier war schneller.

»Kommt!«, sagte Rieke.

Hilde.

In der Mitte des Dorfes befand sich ein großer Platz. Ein Gitarrenspieler hockte auf einem Birkenstamm und verlieh der vormodernen Atmosphäre die passende Hintergrundmusik. Neben ihm saß eine sehr alte Frau und strickte an einem sehr langen Schal. Neben der sehr alten Frau saß ein sehr alter schwarzer Hund mit grauer Schnauze und gestricktem Mäntelchen. Neben dem sehr alten Hund schälte ein Mann Kartoffeln.

»Hallo!«

Hilde wurde aus ihren Beobachtungen gerissen. Buchholz stand vor ihnen wie aus dem Boden gewachsen. Wie schon auf dem Feld war er auf einmal da. Er klang fröhlich und schüttelte Lore und ihr feierlich die Hände.

»Wie schön, dass ihr tatsächlich gekommen seid! Rieke war da etwas zuversichtlicher als ich, muss ich gestehen. Darf ich euch ein wenig herumführen? Wir sind derzeit noch mitten in den Vorbereitungen für unser kleines Fest.«

»Gerne«, sagte Hilde.

Buchholz führte sie zum Bauernhaus. Aus der offenen Tür drangen Küchengerüche, die umso intensiver wurden, je näher man kam.

»Riecht fantastisch, oder?«, fragte Buchholz.

Sie überquerten die Schwelle. In der Küche waren sechs Leute beschäftigt. Rührten, streuten, zerkleinerten, kneteten. Flink, aber ohne Hektik. Alle vier Herdplatten waren besetzt, die Töpfe standen eng aneinandergerückt und ragten über die Platten hinaus. Es brodelte und dampfte. Buchholz nahm sich aus einem Weidenkorb drei kleine Brote, gab eines ihr und eines Lore.

In der Wohnstube wurden Schalen mit Rohkost und Salaten gefüllt, Stullen geschmiert und mit daumendicken Käsescheiben belegt. Buchholz stibitzte drei Scheiben Käse vom Brett. Niemand störte sich daran.

Sie verließen das Bauernhaus wieder.

»Schön hier. Und wie toll alle zusammenarbeiten.«

Er nickte. »Derzeit wohnen hier achtundvierzig Personen im Alter von zwei Monaten bis achtundachtzig Jahren. Wir leben in gegenseitiger Toleranz und Wertschätzung, auch wenn es häufig Diskussionsstoff gibt. Dafür hat jeder seinen eigenen Rückzugsort. Niemand würde wieder in die Stadt ziehen wollen.«

Hilde war überrascht. In diesem Dorf wurde Hand in Hand gearbeitet. Solidarität und Gemeinschaft hatte sie auch im Lindenstübchen gekannt, aber das hier war etwas ganz anderes. Dieses Leben wirkte zeitlich entrückt. Wie in einem Historienfilm. Irreal.

»Das Grundstück war mal ein alter Gutshof, der sehr lange leer stand. Wollte keiner kaufen, weil die Verkehrsanbindung ziemlich schlecht ist. Ihr seid ja durch den Wald aus Bellberg gekommen. Aus Richtung Zinnsheim führt eine lange, kaum befestigte Straße her. Für die Erschließung wollte niemand Geld in die Hand nehmen. Die Gemeinde hatte unserem Kaufangebot schnell zugestimmt. Die waren froh, dass sich endlich jemand kümmert.«

»Sind Sie der Eigentümer des Grundstücks?«

»Wir alle. Zwar haben manche mehr Geld hineingesteckt als andere, wir sind aber genossenschaftlich organisiert.«

Lore

hörte Waldemars Ausführungen über die Besonderheiten eines Lehmhauses interessiert zu. Er führte Hilde und sie zu einer Jurte, ließ sie einen Blick hineinwerfen. Sie fand dieses große, feste Zelt ganz zauberhaft. Fantasierte, wie es wäre, selbst darin zu leben. Bescheiden lebten sie ohnehin. Aber so eine Jurte, das wäre was. Sie hatte nicht gewusst, dass sich solch eine Wohnform für die hiesigen Breitengrade eignete und dass man so etwas hier überhaupt kaufen oder errichten lassen konnte.

»Ich zeige euch noch unser Meditationshaus.«

An der Tür der Lehmhütte hing ein Schild. *Meditation. Bitte Ruhe.* Neugierig drückte Lore die Türklinke herunter und öffnete.

Drinnen drehte sich eine Frau zu ihr um, schaute grimmig.

Waldemar zog Lore zurück und schloss die Tür wieder. »Nein, das geht so nicht! Wir dürfen nicht stören, wenn das Schild hier hängt.«

Lore lächelte zerknirscht, sie kannte sich mit Meditation nicht aus. Früher konnte sie den Schneidersitz, das war aber alles. Im Fernsehen hatte sie Leute meditieren sehen, die sahen aus, als ob sie schliefen, hielten die Finger wie Ringe und gaben langgezogene Töne von sich. Oooohhhhmmmmm. Aber hier hatte sie keine Geräusche gehört. Hinter der Tür war es ganz still gewesen.

Hilde.

»Was ist das dort für eine Hütte?«

»Da vorne? Das ist unsere Sauna«, sagte Buchholz.

»Wie im Urlaub!«

»Mehr oder weniger. Man muss hier aber auch ordentlich anpacken.«

Hinter der Sauna glitzerte ein Weiher, an dessen flachem Ufer ein Reiher entlangstakste.

»Ich würde mir gerne den Teich dort ansehen«, sagte Hilde.

»Ja, natürlich. Nur zu. Ich muss jetzt schauen, ob ich jemanden bei den Vorbereitungen unterstützen kann. Hat eh schon alles länger gedauert als geplant. Ach, und wäre es in Ordnung, wenn wir uns duzen? Wir machen das hier alle.«

»Sicher. Ich bin Hilde, das ist Lore. Aber das weißt du ja schon.«

»Gut. Waldemar. Bis gleich.«

Bei Krischke, also Michael, hatte sie sich mit dem Duzen schwergetan, bei Waldemar und auch schon bei Rieke fühlte es sich richtig an. Baute sie nun schneller Distanz ab?

Langsam schob Lore sie auf den Weiher zu. Libellen tanzten über die Wasseroberfläche. Der besondere Flugapparat der Libellen ermöglicht es ihnen, abrupt die Richtung zu wechseln oder sogar in der Luft stehen zu bleiben. Manche Libellenweibchen werfen ihre Eier ins Wasser, andere tauchen über eine Stunde ab. Leider leben viele Libellenarten nur einige Wochen. Das hatte Hilde sich aus einer Fernseh-Dokumentation gemerkt, die Lore so gerne schaute. Sie freute sich, wie gut ihr Gedächtnis funktionierte.

Die Tür der Saunahütte wurde aufgestoßen, Dampf entwich in einer mächtigen Wolke, der ein Mann folgte. Er streckte sich, sprang in den Weiher, rieb sich ab und kam wieder heraus. Er tropfte von Kopf bis Fuß.

»Oh, neue Gäste! Fein!«, rief der Mann.

Lore
rannte davon.

Hilde
schaute beschämt in eine andere Richtung. »Guten Tag«, sagte sie ganz leise.

Der Mann trat ein paar Schritte auf sie zu. »Mehr Gäste zu unserer Feier sind wirklich wunderbar! Da freuen wir uns.«

Sie linste aus dem Augenwinkel zu ihm hinüber. Ganz jung war er nicht mehr. Grau. Nicht nur auf dem Kopf.

Er kam noch näher. So wie er war.

Hilde widerstand dem Drang, einfach abzuhauen. Sie wollte nicht flüchten. Hier nicht. Sie blieb da und wandte den Kopf ab.

»Hilde?«

Woher kannte er ihren Namen? Wer war das? An der Stimme erkannte sie ihn nicht. Richtig betrachten konnte sie ihn allerdings auch nicht. Nicht so.

»Du bist es doch, stimmt's?« Er fasste sie bei der Schulter.

»Ich, ich … Tut mir leid.« Sie starrte in den Himmel.

»Oh, entschuldige. Warte.« Der Mann verschwand, war aber gleich wieder zurück. »So, jetzt müsste es besser sein. Entschuldigung. Die Bewohnerinnen und Bewohner machen sich hier nichts aus nackten Menschen. Ich hätte dran denken müssen, dass heute vielleicht Leute kommen, denen das unangenehm ist.«

Hilde lugte vorsichtig. Ein Handtuch. Weißes Brusthaar. Das Gesicht kam ihr überhaupt nicht bekannt vor. Die halblangen Haare, ein Vollbart, der Wangen, Mund und Kinn verdeckte. Und doch, doch, sie hatte diese Augen schon einmal gesehen …

»Und? Heißt du Hilde?«

Sie nickte.

»Ich hab's doch gewusst. Du scheinst allerdings keine Ahnung zu haben, wen du vor dir hast, oder?«

»Nein.«

»Ich bin's doch, schau.« Er deutete auf seine Füße.

Hilde wollte keine Nacktheit mehr sehen.

»Ich weiß es nicht.«

»Na, der Theo!« Er lachte. »Der ohne Schuhe und ohne Socken bei euch in der Kneipe immer Pils getrunken hat.«

»Perfekt gezapft von Lore«, ergänzte sie. Der Theo. Ja, er war es tatsächlich. Trotzdem kam er ihr fremd vor. Was ihn so fremd machte, waren aber weder der Bart noch die langen Haare. Die Lachfalten um die Augen und die sonnige Ausstrahlung, die passten nicht zu dem damaligen Theo.

Der hatte früher immer Anzug getragen. Gestriegelt und gescheitelt, Hornbrille, weißes Hemd, Krawatte. Über viele Jahre war er von Montag bis Freitag nach Dienstschluss ins Lindenstübchen gekommen. Im Anzug, aber ohne Schuhe und Socken.

Er fühle sich in seinem Alltagsleben und bei seiner monotonen Büroarbeit zwischen Aktenordnern und Angestellten wie eingesperrt. Also waren nackte Füße die einzig logische Folgerung für seinen wohlverdienten, seinen herbeigesehnten Feierabend. Das Gefühl, dass die Füße machen können, was sie wollten. Dass sie jeden Weg einschlagen könnten. Dass sie ihn Freiheit und Unabhängigkeit spüren ließen. Barfuß-Theo. Wer ihn so getauft hatte, war unklar. Der Name war eines Tages durch die Kneipe geschwebt, am Tresen entlang. Er störte sich nicht daran, fühlte sich eher verstanden. Auf seinen Stammplatz am Ausschank hatte er bestanden. Das Bier durfte nicht zu weit getragen werden, sonst litt unter Umständen die Schaumkrone. Es sollte auch immer derselbe Barhocker sein, der mit der gedrechselten Querleiste. Das sei Sohlenmassage und waren seine Füße entspannt, war auch der Theo entspannt. Er blieb jedes Mal exakt neunzig Minuten in der Gaststätte. Zu jeder halben Stunde ein Pils. Von Lore perfekt gezapft.

LORE

hatte der Neugier nicht länger widerstanden und war wieder zurückgegangen.

»Barfuß-Theo!«

»Lore! Wie schön, dass du auch da bist!«

Sie fiel ihm um den Hals, schrak jedoch zurück, als sie seinen nackten Oberkörper berührte.

»Ich ziehe mir kurz was über. Bin sofort wieder da. Ihr müsst mir so viel erzählen!« Damit verschwand Theo in einem Bauwagen.

HILDE.

»Lore, das ist ja kaum zu glauben! Barfuß-Theo. Ich habe ihn überhaupt nicht erkannt.«

Lore schüttelte nur den Kopf.

Noch jemanden aus den alten Zeiten des Lindenstübchens

zu treffen, das hätte Hilde nie erwartet. Erst recht nicht in diesem Dorf mitten im Wald. Allerdings hatte sie das auch auf der Beerdigung vom Zocker-Karl gedacht und wurde eines Besseren belehrt. Aber hier? Und dann Theo? In einem Ökodorf? Bis auf seine entblößten Füße war der damals der größte Pedant. Und er arbeitete im Amt. Größer hätte der Kontrast nicht sein können. Inzwischen musste er um die siebzig Jahre alt sein, einen guten Schlag jünger als sie beide.

Theo kam zurück. Seine Haare hatte er zu einem Knoten zusammengesteckt, wie ein Krönchen, wie bei einem Samurai, wie auch immer. Hemd und Hose waren aus naturfarbenem Leinengewebe. Alles locker. Er wirkte frisch und beschwingt. Weit entfernt von seinem damaligen Erscheinungsbild. Paradoxerweise jünger als vor Jahrzehnten.

»Gehen wir dort drüben hin? Ich hole uns schnell noch was zu trinken.«

Er verschwand in einer der Hütten, holte einige Flaschen und präsentierte sie Hilde und Lore, die sich neben der Feuerstelle eingerichtet hatten.

»Zum Wohl, die Damen. Ach, wie lange ist das her?!«

Hilde trank einen Schluck Schorle. Sie seufzte schwer.

»Ich weiß nicht, warum ihr damals das Lindenstübchen dichtgemacht habt, aber mir hat das ganz schön zugesetzt. Ich war der Verzweiflung nahe. Ihr glaubt gar nicht, wie wichtig mir die Zeit bei euch war. Plötzlich war mein Ritual weg. Mein Freiheitsritual! Nach der Arbeit wusste ich gar nicht wohin mit mir.«

»Wir haben nicht gewusst, dass dir das Lindenstübchen so wichtig gewesen ist.« Hilde fühlte sich schlecht. Sie hatten ihren Gästen den Ort zum Rückzug, zum Lachen und Weinen, zum Reden und zum Schweigen genommen! Darüber hatte sie nie nachgedacht. Waren sie damals kein Stück besser gewesen als Grünfeld?

»Hilde?« Theo legte seine Hand auf ihre. »Ist alles in Ordnung?«

Sie trank noch einen Schluck und streckte den Nacken. »Ja, alles gut. Ich war in Gedanken.«

»Schade, dass das Lindenstübchen bald abgerissen wird. Jemand müsste diesem Kerl das Handwerk legen.«

»Das ist wirklich ein Ding! Eigentlich ein Unding, dass jemand unser Lindenstübchen in Besitz nehmen und abreißen darf. Ohne unser Einverständnis.«

»Wie meinst du das?«

»Na ja, es gehört ja uns. Wir haben es nie verkauft. Wir wussten von nichts. Entweder war das alles ein großer Irrtum oder Grünfeld hat sich unser Lindenstübchen unter den Nagel gerissen.«

Lore
zog die Mundwinkel herunter und brummte. Sie wurde sauer, wenn sie nur den Namen hörte.

Der sehr alte Hund stand auf und lief davon.

Hilde.
»Ihr seid immer noch die Eigentümerinnen? Ich dachte, dass das Grundstück schon lange Grünfeld gehören würde. Dass ihr an ihn verkauft hättet. Oder an jemanden anderen, von dem wiederum er das Grundstück übernommen hat. Wie kann das denn sein, dass ihr von nichts wusstet? Bekommt man das nicht mit?«, fragte Theo.

»Ich war nicht viel draußen. Die meiste Zeit wollte ich meine Ruhe haben. Ich bin nicht mehr zum Lindenstübchen hin. Ich weiß auch nicht, wie das alles geschehen konnte. Wir tappen im Dunkeln.«

»Habt ihr keinen Brief bekommen?«

»Nicht, dass ich wüsste.«

»Seltsam. Habt ihr mal mit einem Anwalt geredet?«

»Nein, so weit waren wir noch nicht. Wir dachten bislang auch nicht, dass uns da jemand betrügt. Bis auf die Seltsamkeit, dass in dem neuen Grundbuchauszug Grünfeld steht. Und wir wissen nur aus der Zeitung und von anderen Leuten, dass die Kneipe abgerissen und dort ein Einkaufszentrum gebaut werden soll. Als wir im Amt waren, konnte uns auch keiner weiterhelfen. Da waren alle krank oder nicht zuständig. Und anrufen kann man die nicht. Niemanden bekommt man zu sprechen. Wir sind ratlos.«

»Wie bitte, im Grundbuchauszug steht Grünfeld?«

»Ja, als aktueller Eigentümer. Wir sind nur noch historisch. Aber das kann nicht stimmen. Wir waren und sind die Eigentümerinnen.«

»Ich sag euch was. Lasst uns gemeinsam zum Amt gehen! Ich habe ein paar Kontakte. Am Montag werde ich mich drum kümmern, dass wir einen Termin kriegen. Versprochen.«

Hilde hatte vom Amt so langsam genug, allerdings hörte sich Theos Vorschlag gut an. Ein paar Kontakte. Die konnten sie gebrauchen. Nun versuchte ihnen doch jemand zu helfen. Wenn auch noch nicht abzusehen war, was herauskommen würde.

»Danke, Theo. Wir nehmen deine Hilfe gerne an.«

»Wunderbar!« Er hielt sein Glas zum Anstoßen hin. Es klirrte.

Der sehr alte Hund kam wieder und lehnte seinen Kopf an Hildes Fuß. Sein Strickmäntelchen hatte einen Zugfaden.

Rieke und Waldemar kamen mit beladenen Tabletts aus dem Bauernhaus, andere Frauen und Männer folgten mit dampfenden Töpfen und überquellenden Schüsseln. Wie Ameisen transportierten sie ihre Fracht zu den eben aufgestellten Tischen, wo schon Teller, Besteck und Gläser warteten und Vasen mit frischen Wiesenblumen. Sie brachten nicht nur Speisen und Getränke, sondern dazu auch Gitarren, Trommeln, Flöten, Glockenspiele. Sie brachten strahlende Gesichter und helles Lachen. Die Kinder kamen im Hopserlauf mit Stöcken in den Händen. Ein Feuer wurde entfacht. Winzig klein züngelte es die Holzscheite hinauf. Fraß sie an, wurde größer. Zog über sie hinweg, wuchs in die Höhe. Leises Rauschen. Knacken. Klicken. Die Kinder ummantelten die Stockspitzen mit Teig und hielten sie über die Flammen. Die meisten Leute suchten sich jetzt ein Plätzchen am Feuer. Für eine Weile wurde es ganz still. So still, dass man die Entschleunigung, die Ruhe, die Entspannung beinahe mit Händen greifen konnte.

Lore.
So musste es im Schlaraffenland zugehen. Speisen, die duftend heranflogen, Musik und glückliches Beisammensein.

Ein Junge kam mit frisch gebackenem Stockbrot auf sie zugelaufen, drückte ihnen zwei Stöcke in die Hände. Rannte zurück ans Feuer.

Lore zupfte ein Stückchen Kruste ab. Es dampfte. Es roch. So gut. Sie hielt es sich einige Sekunden genießerisch unter die Nase, biss dann langsam ab. Schloss die Augen.

Hilde
pustete erst und fuhr dann vorsichtig mit den Lippen über die heiße Kruste. Sog den Duft ein. Dann riss sie ein großes Stück ab. Innen hatte das Brot eine feine Struktur, beinahe wie eine grob gestrickte, kuschelige Decke, nur nahe am Stock schimmerte es feucht, da war der Teig noch nicht komplett durch. Sie aß alles, schmeckte die Symbiose der Backstufen. Wie aufregend ein einfaches Stockbrot sein konnte!

Hilde und Lore.
Die Gitarre erklang. Es war der gleiche Mann, der bei ihrer Ankunft gespielt hatte. Eine Frau nahm sich ein Tamburin. Zwei Kleinkinder tanzten und klatschten. Nicht im Takt. Entzückend.

»Die Damen. Ich habe euch mal was vorbereitet.« Hinter Hilde und Lore stand Theo und präsentierte einen großen Teller mit Leckereien. »Eine kleine Variation von fast allem. Ich hoffe, es mundet.« Er drückte Lore den Teller in die Hand, setzte sich neben Hilde.

Lore
legte ihren inzwischen leeren Stock auf den Boden und bewunderte, was sich da vor ihr auftat. Köstlicher Käse, Graubrot mit goldener Butter, geraspelter Möhrensalat, Drillinge mit Kräutern, Gurkenröllchen, kleine Teigtaschen, aus denen eine dunkelgrüne Füllung herausquoll.

»Probiert die Spinattaschen, die sind ein Gedicht. Überhaupt schmeckt hier alles aus Teig einfach traumhaft. Unsere Resi ist eine Meisterin des Teiges. Da muss man sich ranhalten, denn alles was sie backt, ist sehr begehrt«, sagte Theo.

Lore biss in eine Teigtasche, der Inhalt platschte auf den Teller hinunter. Sie kostete, nickte und strahlte über das ganze Gesicht. Resi war wirklich eine Meisterin!

Hilde
knabberte noch an ihrem Stockbrot, sie hatte ein besonders großes abbekommen.

»Wie gefällt es euch hier bei uns? Fühlt ihr euch wohl?«

Lore
reckte den Daumen nach oben. Bislang war alles nach ihrem Geschmack.

Hilde.
»Sehr schön ist es hier. Und eure Gemeinschaft gibt es also schon zwanzig Jahre?«

»Genau. Wir feiern heute Dorf-Jubiläum. Unglaublich, dass schon so viele Jahre ins Land gezogen sind.«

»Wie kamst du eigentlich hierher und wie lange wohnst du schon hier?«, fragte Hilde.

»Na ja, im Grunde führte mich meine Krise hierhin«, sagte Theo. »Nachdem das Lindenstübchen zu war und keine andere Kneipe in Laufnähe, saß ich abends zu Hause herum. Ich trank mein Bier alleine. Aus Protest ließ ich sogar meine Socken an.«

Er lachte. »Und ich las Zeitung. Erstmal nichts Verwunderliches. Aber ich las sie von vorn bis hinten, jedes einzelne Wort. Das Impressum, sogar die Werbung. Alles, jeden Tag. Es wurde zwanghaft. Über Monate ging das so.« Er klaute ein Gurkenröllchen von Lores Teller. Prostete ihr damit zu. Kaute. »Uhm, eines Tages las ich eine ganz winzige Anzeige unter Sonstiges oder Vermischtes. Weiß ich nicht mehr so genau. Da stand also was von einem neuen Gemeinschaftsprojekt, ›Hilfe zum Aufbau gesucht‹, ›zusammen leben und arbeiten‹ und so weiter. Bei der Telefonnummer rief ich dann an. Warum, wusste ich nicht wirklich. Manchmal macht man Sachen, über die man gar nicht nachdenkt. Ich hatte Waldemar am Apparat. Er hatte eine so beruhigende und einnehmende Stimme, da musste ich gleich herkommen. Es passte direkt. Zwischenmenschlich. Waldemar, Maria und Josef haben den Grundstein dieser Gemeinschaft gelegt.«

»Maria und Josef?« Hilde fühlte sich auf den Arm genommen. Kam Theo ihr jetzt noch mit unbefleckter Empfängnis?

»Ja, so reagiert jeder Mensch, dem ich davon erzähle. Manche Zufälle klingen sehr unwirklich. Es ist aber tatsächlich so. Waldemar hatte Maria und Josef über Bekannte kennengelernt. Die Details bekomme ich gerade nicht mehr zusammen, da müsstet ihr sie selber noch einmal fragen, bevor ich hier etwas durcheinanderschmeiße.«

Lores

Teller war leer. Sie gab Hilde und Theo ein Zeichen, dass sie sich einen Nachschlag holen wollte.

»Ja klar, iss so viel du magst, Lore«, sagte Theo.

Hilde

hörte weiterhin zu.

»Auf jeden Fall hatten alle drei keinerlei Familie mehr. Eltern gestorben, Einzelkinder und nie selbst Kinder bekommen. Sie suchten eine Gemeinschaft und einen Ausweg aus ihrem unerfüllten Berufsalltag. Maria und Josef hatten zwar groß Karriere gemacht, viel Geld verdient, Statussymbole angehäuft, waren damit aber nicht glücklich. Sie sind übrigens kein Paar, falls du das denkst. Sie haben ihr Angespartes hier investiert und uns allen damit letztlich den Weg geebnet.«

»Sind Maria und Josef auch da?«, fragte Hilde und sah sich um.

Lore

kam mit einem frisch aufgefüllten Teller zurück, setzte sich, reichte Hilde eine Käsestulle und biss herzhaft in die nächste Spinattasche. Resi, die Teigmeisterin.

Hilde.

»Maria ist dort hinten. Die mit den kurzen, grauen Haaren und dem schwarzen Oberteil. Josef – nein, Josef sehe ich gerade nicht. Zeige ich euch später«, sagte Theo.

Jemand rief: »Theo? Kommst du mal bitte?«

Er stand auf, stellte sich auf Zehenspitzen. »Ja, klar!« Er winkte. »Entschuldigt mich bitte. Wir sehen uns.«

»Bis dann«, sagte Hilde. »Lore, ich hole mir einen eigenen Teller, mal schauen, was es alles gibt. Ich bin gleich wieder da.«

Sie fuhr im Bogen um den Gemeinschaftsplatz herum, damit sie nicht ständig um Durchlass bitten musste. Als sie an den Büfetttischen ankam, war nicht mehr viel übrig. Mehrere Teller, Platten und Körbe waren leer, aber es gab noch genügend Speisen, die ihre Geschmacksnerven und ihren Magen glücklich machen würden. Eintopf, eingelegte Champignons, glasierte Tomaten, Kartoffeln, Eier, Käse, Brot. Leider kein Fleisch. Weder Schnitzel noch Bratwürstchen, nicht mal Aufschnitt. Ein Stückchen Wurst – Salami vielleicht – hätte sie schon vertragen.

Ein Apfel rollte zwischen die Teigtaschen.

»Die Teigtaschen sind echt köstlich«, sagte eine Frau. Sie legte den Apfel zurück auf den Turm.

»Ich hörte davon«, sagte Hilde und musste darüber grinsen, wie oft in kurzer Zeit das Wort Teigtaschen gefallen war.

»Und die eingelegte rote Bete. Falls du sie magst. Es ist ja bei weitem nicht jeder ein Freund davon. Entweder man liebt oder man hasst sie.«

»Ach, ich mag rote Bete eigentlich ganz gerne. Ich sehe gerade gar keine Teller.«

»Dort, an der anderen Seite. Moment. Hier. Bitte.«

Hilde wählte die vielgepriesenen Teigtaschen, ohne die hier scheinbar gar nichts ging, und rote Bete, ein bisschen bunten Eintopf und noch etwas Brot zum Dippen. Dann fuhr sie den großen Bogen zurück.

Lore war nicht mehr da. Zumindest nicht an ihrem alten Platz. Sie saß gegenüber, neben einem Mädchen, etwa sechs oder sieben Jahre alt, und schaute dem Kind beim Blockflöte spielen zu.

Lore.

Der Gitarrist stand auf, schlug virtuos die Saiten an und spielte ein fröhliches, schnelles Tanzlied. Die Tamburinspielerin sprang auf, das Blockflötenmädchen sprang auf, Lore sprang auf. Das Mädchen tanzte und wirbelte neben dem Feuer herum, dass die langen, geflochtenen Zöpfe flogen. Ein paar Leute klatschten im Takt. Lore klatschte mit. Klatschte auf ihre Oberschenkel, stampfte, steppte, schaukelte. Sie lachte, tat, als spiele sie Flöte. Dann Luftgitarre. Streckte die Arme nach oben, legte den Kopf in den Nacken. Drehte und drehte und drehte und drehte sich. Nahm ein Kind an die Hand. Und sie drehten und drehten und drehten sich beide. Bis sie taumelte. Und fiel. In einen Stuhl. Sie lachte, sie lachte, sie lachte. Das fühlte sich an wie pures Lebensglück.

Das Flötenmädchen hörte auf zu tanzen und setzte sich zu ihr.

»Ich mag dich. Du bist lustig«, sagte das Mädchen.

Lore strahlte.

»Du redest nicht so viel, oder?«

Lore schüttelte den Kopf.

»Kannst du nicht reden? Ich meine, bist du krank und hast keine Stimme mehr oder so?«

Lore schüttelte den Kopf.

»Aber warum sprichst du dann nicht?«

Lore zuckte mit den Schultern.

»Hier, magst du mal versuchen?« Das Mädchen reichte ihr die Blockflöte.

Lore setzte das Mundstück an die Lippen, platzierte ihre Fingerspitzen auf den Löchern, schloss jedes einzelne und pustete. C. Finger hoch. D. Noch ein Finger hoch. E. F. G. A. H. C. Die Töne kamen wie von selbst. Rein und klar. Ein simples Kinderlied.

Das Mädchen klatschte. »Das war schön! Du kannst auch gut spielen.«

»Danke. Lange her, dass ich das letzte Mal ein paar Töne herausgebracht habe.« Sie wunderte sich darüber, wie gut ihr die Wörter über die Lippen gingen.

»Du hast aber nix verlernt.«

Lore strich zärtlich über die Blockflöte. Was machte dieses Instrument mit ihr? Sie setzte es erneut an, spielte noch ein paar Töne, dann reichte sie die Flöte dem Mädchen zurück.

»Nein, behalte sie bitte. Du hast seit langer Zeit wieder Töne herausbekommen. Vielleicht brauchst du sie noch.«

»Das kann ich doch nicht annehmen.«

»Doch. Ich leihe mir einfach die von meiner Schwester.«

Lore griff in ihre Hosentasche. Sie zog den Stein hervor und zeigte ihn.

»Der ist aber schön!« Das Mädchen nahm den Stein, drehte ihn, hielt ihn gegen das Licht, dann ging sie mit ihm näher ans Feuer, betrachtete ihn von allen Seiten. Als sie wieder neben Lore saß, sagte sie: »Der glitzert an ganz vielen Stellen. So einen hab ich noch nie gesehen. Der ist wunderschön!« Sie hielt Lore den Stein hin.

»Behalte ihn. Er passt zu dir. Niemand sonst kann so viel Glitzern aus etwas herauslocken.«

»Ein guter Tausch.« Das Mädchen schloss die Hand um den Stein, drückte die Faust an ihr Herz.

»Ja, ein guter Tausch«, sagte Lore.

Da umarmte das Mädchen sie. Es stand auf und lief in Richtung Weiher.

Lore umklammerte die Flöte. Warum hatte sie zu schweigen begonnen? Wann genau war das passiert? Jedenfalls schon in frühen Jahren. Sie konnte keinen konkreten Auslöser erkennen. Es musste etwas Tiefes, etwas Unterbewusstes gewesen sein. Hatte es an ihrer Mutter gelegen, die selbst wenig redete? Lag beim eigenen Verhalten nicht so vieles in der Geschichte der Eltern verborgen? Jetzt gab es keine Antworten mehr auf diese Fragen. Sie waren ohnehin überflüssig. Denn nun bekam sie endlich Lust zu sprechen, zu plaudern, zu quatschen und zu schwafeln.

Sie hielt nach Hilde Ausschau. Da. Sie war immer noch am selben Platz, sprach mit Rieke. Langsam ging sie zu den beiden hinüber, ging direkt auf Hilde zu, umarmte sie so fest, wie das Mädchen sie umarmt hatte.

Hilde.

»Ist etwas passiert?«

Lore zeigte ihr die Blockflöte.

»Welch eine schöne Flöte. Du hast sie von dem Mädchen, das eben gespielt hat, oder?«

»Sie hat sie mir geschenkt. Damit ich weiter Töne herausbekommen kann.«

Hilde starrte Lore an. Zwei Sätze. So viele Wörter direkt aneinandergereiht. So viele Silben, so viele Laute aus Lores Mund.

»Damit ich Töne herausbekommen kann«, wiederholte Lore.

»Damit sie Töne herausbekommen kann!«, rief Hilde in den Himmel. Sie lachte und kicherte und schluchzte.

Lore lachte und kicherte und schluchzte mit.

Beide und zugleich. Im Duett.

Theo näherte sich vorsichtig. »Ihr beiden, ich kann gerade nicht ausmachen, ob es euch gut oder schlecht geht.«

»Lore spricht!«

»Lore spricht?«

»Ich bekomme wieder Töne heraus. Wie lange ich das nicht so recht konnte!«

»Ganze Sätze!«, rief Theo. Laut betonte er das zweite Wort.

Hilde und Lore lachten. Auch sehr laut.

Waldemar kam herbeigelaufen. »Theo, was rufst du da?«

Theo umarmte Waldemar. »Sie spricht. Lore spricht! Sie kann es wieder.« Er küsste ihn.

– 12 –

LORE
lief seit dem Fest jeden und den ganzen Tag über mit ihrer Blockflöte in der Hand herum. Sie redete und redete und redete, als wollte sie Jahrzehnte des Schweigens innerhalb von ein paar Tagen wettmachen. Sie redete auch weiter, wenn Hilde duschte, auf der Toilette war oder aus irgendeinem anderen Grund nicht zuhörte. Wenn Hilde ihr keine Aufmerksamkeit schenkte, sprach sie mit sich selbst, mit ihren Steinen, ihren Pantoffeln oder einer Dose Linsensuppe. Mittlerweile war sie etwas heiser, trotzdem genoss sie die wiedergewonnene Ausdrucksart.

HILDE.
Es war nun Dienstag. Theo hatte gestern angerufen und erzählt, dass er tatsächlich einen Termin im Amt erhalten habe. Kontakte. Beziehungen musste man haben, dann gehen die Dinge schneller voran. Vermutlich hätten sie ohne ihn auch in zwei Monaten noch keine Auskunft erhalten, wären immer wieder an Besetztzeichen, Ansagebändern, eingeschränkten Öffnungszeiten oder kranken Mitarbeiterinnen und Mitarbeitern gescheitert.

Hilde sah Theo schon durch die Fensterscheibe des Busses vor dem Eingang warten. Lore winkte ihm zu. Der Bus hielt an, der Fahrer klappte brummend die Rampe aus, verdrehte die Augen, als sie den Bus verließen. Diesmal bedankte Hilde sich nicht auch noch. Sie hatte genug von Leuten, die von Rollstühlen genervt waren. Denn sie waren im Unrecht. Er schenkte schließlich Mobilität und damit Freiheit. Ihr Rollstuhl trug sie nach Norden, nach Westen, nach Süden, nach Osten. Und weil er ihr so wichtig war und sie einfach Lust darauf hatte, hatte sie ihrem Rollstuhl kürzlich einen Namen geschenkt. Rüdiger. Und Rüdiger nervte nicht. Er war da und wurde gebraucht.

»Einen wunderschönen Vormittag wünsche ich den Damen«, sagte Theo.

»Einen wunderschönen Vormittag auch dir«, sagte Lore. Nein, sie trällerte.

»Hallo Theo.«

Der Drehtür hatte man ihre Funktion geraubt. Sie stand offen, nichts rotierte.

HILDE UND LORE.

In der Lobby standen Menschen in drei langen Schlangen. Wie Passagiere am Flughafen warteten sie auf ihre Abfertigung am Schalter.

Hilde, Lore und Theo entschuldigten sich einmal, zweimal, dreimal. Die Schlangen teilten sich, um sie durchzulassen, schlossen sich im Nu wieder.

Vor den Fahrstühlen stand heute eine Informationstafel. ASSESSMENT CENTER. BLAU EG RAUM 034. GELB 1. OG 155. GRÜN 2. OG 209. Menschen mit blauen Kärtchen liefen an ihnen vorbei. Die mit gelben und grünen Kärtchen warteten an den Fahrstühlen oder öffneten die Tür zum Treppenhaus. Eine äußerst korpulente Frau stellte sich hinter ihnen an. Sie wippte auf den Fußballen. Ferse hoch. Runter. Klack. Ferse hoch. Runter. Klack. Sie fächerte sich mit ihrem gelben Kärtchen Luft zu. Pustete. Schnaufte. Atmete tief ein. Tief aus. Klack. Schnauf. Klack. Schnauf.

Ein Mann ging zum rechten Fahrstuhl und klebte einen Zettel an die Türe. DEFEKT. »Sie müssen bitte den linken nehmen. Dieser hier fährt erst ab dem zweiten OG weiter nach oben.«

Die Frau wimmerte vor Ungeduld.

»Möchten Sie vielleicht vor?«, fragte Hilde.

Die Frau erschrak. Sie hatte offensichtlich nicht damit gerechnet, angesprochen zu werden. »Das wäre sehr nett.« Sie umrundete Hilde, Lore und Theo. Wippte auf den Fußballen. Klack. Schnauf. Klack. Als der Lift zum dritten Mal wieder heruntergefahren kam, konnte sie endlich einsteigen.

»Viel Erfolg«, rief Lore.

Die Frau drehte sich nicht einmal um. Bedankte sich nicht. Schnaufte nur.

Die Tür schloss sich. Die digitale Anzeige zählte hoch. 1. 2. Nach ein paar Sekunden zählte sie wieder herunter. 1. 0. Die Tür ging auf, vier Personen stiegen aus. Hielten Bratwürste in den Händen. Kauten.

In einer Bratwurstduftwolke fuhren Hilde, Lore und Theo ins zweite Stockwerk. Warteten auf den anderen Fahrstuhl. Die Tür öffnete sich. Ein Hund saß darin und sah sie an.

»Arbeiten hier jetzt auch Hunde?«, fragte Lore.

»Ach, das ist bestimmt Herr Schmidt von der Wurstkontrolle.« Hilde lachte.

»Was macht denn der Hund hier? Ist das Ihrer?«, rief eine Frau, die mit einem Stapel Aktenordner auf dem Arm stehen blieb.

»Nein. Aber der gehört doch bestimmt zum Amt, oder?«, fragte Hilde.

»Wollen Sie mich auf den Arm nehmen?« Die Frau legte die Ordner auf dem Boden ab, ging zum Fahrstuhl, packte den Hund am Nackenfell und zog ihn heraus. »Dieses Tier ist hier völlig fehl am Platz. Das gehört nicht in ein Verwaltungsgebäude.«

»Ich dachte, dass bei Ihnen auch Tiere arbeiten.«

»Also wirklich. Doch nicht bei uns auf dem Amt! Wie respektlos von Ihnen.« Die Frau zerrte den Hund über den Gang. »Willi! Willi! Hilfe! Willi!«

Ein Mann kam aus einem Büro herbeigeeilt. »Wo kommt denn der Hund her?«

»Ich habe keine Ahnung. Hilf mir bitte. Dieses Tier muss weg. Sofort!«

Theo hatte mit dem Fuß die Fahrstuhltür blockiert. Alle drei sahen dem Mann zu, wie er versuchte, das Tier auf den Arm zu nehmen. Der Hund zappelte und wand sich aus dem Griff. Er sprang weg und rannte in einen Gang.

»Willi!«, kreischte die Frau.

Willi lief hinter dem Hund her. Seine Bewegungen waren eher behäbig, nicht agil, es sah aus, als hätte er zu lange geruht. Hilde, Lore und Theo betraten den Fahrstuhl.

Im dritten Stock nahmen sie den rechten Flur, passierten mehrere Glastüren, bogen links ab, dann wieder rechts. Sie passierten einen türlosen, sehr langen Korridor, bogen nach kurzer Unentschlossenheit erneut links ab und befanden sich schließlich in dem riesigen Bürovorraum. Die schottischen Hochlandrinder waren verschwunden. Es roch nach Gebratenem. In der Mitte stand eine lange hölzerne Bank. Eine sehr lange. Geschätzte zehn Meter. Eine Sitzbank in Wurstform, am vorderen Ende lachte ein fröhliches Gesicht. Ein Schild informierte: Die längste Bratwurstbank der Welt. Eine freundliche Leihgabe des Bratwurstmuseums. Rundherum standen Ausstellungskästen mit präparierten Würsten, nach Kontinenten geordnet. Es gab sogar einen Antarktiskasten: Bratwürste an den außergewöhnlichsten Orten der Welt. Auf einem Foto war ein dick angezogener Mann abgebildet, der mit eingefrorenem Bart in eine Bratwurst biss und den behandschuhten Daumen hochreckte.

Hilde

bemerkte in einem Bereich der Bratwurstausstellung eine Menschentraube. Sie fuhr näher ran, sah, als zwei Personen aus der Traube heraustraten, was der Grund für den Auflauf war. Ein großer Automat, der Bratwürste briet. Man hatte die Wahl zwischen drei verschiedenen Soßen. Curry, Ketchup, Senf. »Senf ist jetzt leider aus!«, rief ein junger Mann, der neben dem Automaten stand. In passendem Outfit. Käppi mit einer fröhlich lachenden Bratwurst, Schürze mit einer fröhlich lachenden Bratwurst. Sein eigenes Lächeln hatte er offenbar dem Bratwurstlächeln angepasst. Oder er sah von Natur so aus wie eine lächelnde

Bratwurst. Vielleicht eine Henne-Ei-Thematik. Dann und wann schlug er an die Seite des Kastens, wenn ein eingeworfenes Zwei-Euro-Stück im Inneren stecken blieb.

»Ha, das ist mal 'ne Ausstellung nach meinem Geschmack«, sagte ein Mann, der gleich zwei Bratwürste aus dem Gemenge heraustransportierte.

LORE.

»Vor dem Rückweg hätte ich auch gerne eine Bratwurst«, sagte Lore. Sie stand hinter Hilde und sah dem hungrigen Treiben zu. Eine Bratwurst hatte sie schon lange nicht mehr.

»Die Damen, wir haben einen Termin!« Theo deutete auf eine der Bürotüren.

HILDE UND LORE.

Der Bratwurstgeruch war nicht mit in das Zimmer gekommen.

»Guten Tag, Hilde Brüggemann mein Name.«

»Lore Brüggemann.«

»Das ist Frau Aslan. Danke, dass du dir Zeit für uns nimmst, Neslihan«, sagte Theo.

»Ich war dir ja noch einen Gefallen schuldig, Theo.«

»Hast du Informationen für uns?«

»Die Akte habe ich hier. Ich habe sie kurz durchgesehen und mir einen Überblick verschafft.«

»Vielen Dank! Das ist hier alles immer ungeheuer kompliziert«, sagte Hilde.

Frau Aslan blätterte in der Akte.

»Im Grundbuch wurden vor ein paar Wochen Änderungen vorgenommen. Sie sind nicht mehr die Eigentümerinnen des Grundstücks und des Lindenstübchens. Es hat ein Aufgebotsverfahren gegeben. Ein solches erfolgt immer dann, wenn die Eigentümer verschollen sind und kein Rechtsnachfolger zu ermitteln war. Durch Zuschlagserteilung wurde dann Herr Grünfeld zum Eigentümer.«

Hildes

Magen zog sich zusammen, die Bauchdecke folgte ihm ins innerliche Nichts, ins schwarze Loch. Der komplette Torso krampfte. Das Lindenstübchen gehörte tatsächlich nicht mehr ihnen! Der Name, der im Grundbuchauszug stand, war kein Fehler! Aber sie hatten doch niemals ein Schreiben erhalten. Sie hatten allerdings auch nie bemerkt, dass die Steuern für die Immobilie nicht mehr eingezogen wurden. Oder bezahlten sie weiter? Würde das nicht noch weniger Sinn ergeben? Was konnten sie jetzt noch tun? Außer in ihre Wohnung zurückkehren und sich geschlagen geben?

Frau Aslan blätterte durch die Akte.

»Der Vorgang scheint sehr schnell gegangen zu sein. Der Chef persönlich hat das Ganze unterschrieben.«

»Ich verstehe das nicht«, sagte Hilde.

»Verschollenheitsstatus bedeutet, dass Sie für tot erklärt wurden.«

Lore.

Tot. Sie war tot. Hilde war tot. Von vorne wie von hinten. Ohne ein körperliches Ableben. Ihre Lebensfunktionen für erloschen erklärt. Der Tod war absolut. Es gab kein Dazwischen. Aber sie saß hier, sie existierte und sie fühlte sich seit dem Fest erst so richtig lebendig. Und sie konnte, sie wollte wieder sprechen. Wie sollte sie dann tot sein?

Hilde und Lore.

»Haben Sie denn keine Briefe vom Gericht bekommen?«

»Nein, nur den Grundbuchauszug, den wir selbst vor Kurzem angefordert hatten. Den wir für fehlerhaft hielten.«

»Vorher kam nichts?«, fragte Frau Aslan.

»Nein, wir haben nie etwas erhalten«, sagte Hilde. »Oder, Lore?«

Die schüttelte den Kopf. »Nein. Es war nie etwas vom Amt in der Post.«

»Haben Sie eventuell Briefe nicht als Amtsschreiben erkannt und ungeöffnet weggeworfen?«

»Möglich«, sagte Lore.

»Möglich?« Hilde fragte das in spitzem Tonfall.

»Manche hatte ich direkt in die Papiertonne geworfen.«

»Hattest du?«

Lore nickte.

»Warum schmeißt du Briefe weg?«

»Nur Werbung. Wie sollte ich denn mit so etwas rechnen?«

»Lore, vielleicht bist du schuld an diesem Desaster.«

»Ich?«

»Ja, du!«

»Du hättest dich selbst kümmern können. Seit Jahren übernehme ich fast alles. Du bist genauso schuld!«

»Das führt doch zu nichts. Beruhigt euch bitte«, sagte Theo.

»Kommen Sie eigentlich noch an Geld?«, fragte Frau Aslan.

»Wie meinen Sie das?«, fragte Hilde.

»Können Sie noch Geld bei der Bank abheben? Ist Ihr Konto noch aktiv?«

»Lore?« Hilde sah sie an.

»Ja. Ja, da gibt es keine Schwierigkeiten. Ich war gestern noch am Bankautomaten.«

Frau Aslan schaute wieder in die Akte. »Erklären kann ich mir das auch nicht. Die Unterlagen sind alle korrekt ausgefüllt. Seltsam ist nur, dass der Chef sie persönlich unterschrieben hat. Normalerweise guckt er nur drüber. Aber ob das nun ein Hinweis auf irgendwas ist, weiß ich auch nicht.«

»Was machen wir denn jetzt?«, fragte Hilde.

»Das weiß ich ehrlich gesagt auch nicht so genau. Aber solange Herr Grünfeld nicht mit dem Bau begonnen hat, haben Sie vielleicht eine Chance. Ich sehe den Vorgang noch einmal genau durch. Falls ich etwas finden sollte, gebe ich dir Bescheid, Theo.«

»Das ist lieb von dir!«

»Ach, und vielleicht sollten Sie sich einen Anwalt nehmen.«

»Wir denken darüber nach«, sagte Hilde. »Was mich wundert: Wenn alles so schnell ging und das Grundstück nun schon seit einiger Zeit auf dem Papier Herrn Grünfeld gehört, warum lässt er sich dann eigentlich mit dem Baubeginn Zeit?«

»Da sind so viele Vorgänge zu durchlaufen, bis der konkrete Bau losgeht.« Frau Aslan klappte die Akte zu. »In fünf Minuten habe ich Telefonsprechstunde.«

»Danke, Neslihan«, sagte Theo.

Sie verließen das Büro.

Lore
wählte Ketchup.

Hilde
kochte vor Wut.

»Ich kann es nicht fassen, dass du Briefe entsorgt hast!«

Sie hätte sich selbst um die Post kümmern müssen. Wieso hatte sie sich auf Lore verlassen?

Lore
steckte das Ende der Wurst in den Mund, kaute, schluckte.

»Wir wissen doch nicht, ob wirklich wichtige Briefe dabei waren. Solche, die eindeutig nach Werbung aussehen, wandern hin und wieder in die Papiertonne. Wie gesagt, du hättest dich auch selbst kümmern können.«

In ihr brodelte es. Und das war nicht die Bratwurst. Hilde machte es sich zu Hause bequem und sie kümmerte sich um alles, worum man sich im Alltag zu kümmern hatte. Die Verantwortung auf sie abzuwälzen war ungerecht. Wenn es schwierig wurde, war sie für Hilde der perfekte Sündenbock.

Lore und Hilde.
»Ungeöffnete Briefe entsorgt man nicht. Du hast uns in diese Schwierigkeiten gebracht.«

»Hörst du jetzt mal auf damit?«

»Nein, das wirst du dir schon noch eine Weile anhören müssen.«

»Ich rede nicht mehr mit dir.«

»Das wäre nichts Neues. Damit bin ich lange zurechtgekommen.«

»Lasst uns einen Kaffee trinken gehen, ja?«, fragte Theo.

»Ich trinke keinen Kaffee«, sagte Hilde.

»Dann einen Tee oder Saft. Aber lasst uns gemeinsam überlegen, was möglich wäre. Und diese Streitereien ruhen lassen. In Ordnung?«

Lore nickt.

Hilde.
Das Café war gefüllt mit jungen Leuten, die auf ihre Handys starrten. Niemand sah auf, als sie sich ihren Weg zum letzten freien Tisch bahnten. Ein Pappaufsteller warb für eine Flasche Tee. Wie albern. Seit wann gab es Tee in Flaschen? Was gab es hier wohl noch alles? Kuchen in der Tasse? Schokolade am Stiel?

»Was kann ich euch bringen?«, fragte der Kellner.

Briefe vielleicht? Eine neue Schwester? Erleuchtung? Sie war immer noch sauer. »Einen schwarzen Tee bitte.«

»Darjeeling, Earl Grey, ostfriesische Mischung?«

»Ostfriesisch, bitte.«

»Eine heiße Schokolade«, sagte Lore.

»Einen Milchkaffee und ein Stück Kuchen des Tages, bitte«, sagte Theo.

Der Kellner nahm die Bestellungen elektronisch auf und huschte davon. Es war das erste Mal, dass Hilde in Realität ein solches Speichergerät sah. Bislang kannte sie das nur aus dem Fernsehen.

»Also. Wir brauchen Aufmerksamkeit«, begann Theo.

»Und wie sollen wir die bekommen?«, fragte Hilde.

»Wir starten eine Demonstration.«

»Ja, genau!«, rief Lore.

»Nein!« Hilde schüttelte vehement den Kopf.

»Aber das wäre eine Möglichkeit«, beharrte Theo.

»Das ist eine Möglichkeit, noch mehr Schwierigkeiten zu kriegen«, sagte Hilde.

»Dann machen wir eben ein Video.«

»Ein Video?«, fragte Lore.

»Ja, das machen doch alle heute. Mit ihren Smartphones.« Theo deutete auf die jungen Leute im Raum. Dann legte er sein Handy auf den Tisch.

»Ich dachte, du führst ein einfaches Leben?«, fragte Hilde.

»Reduziert, aber nicht rückständig. Außerdem ist das Teil nicht mehr das neueste.«

Der Kellner brachte vier Tassen. Tee, dampfende Milch, neben der ein Keks und ein Stück Schokolade am Stiel lagen, Milchkaffee und Kuchen. »In der heißen Milch rührst du die Schokolade, bis sie sich aufgelöst hat«, sagte er zu Lore und stellte die letzte vor Theo ab. »Unser Kuchen des Tages ist heute ein Käsekuchen, in der Tasse gebacken.«

Hilde fühlte sich wie in einem schlechten Film oder bei der versteckten Kamera. Eine Geschichte, in der so viele ungewöhnliche Zufälle aufeinandertrafen? Zwei alte Damen, die tot und verschollen sein sollten, obwohl sie in diesem Moment lebendig hier saßen und seit Jahrzehnten ihren Wohnort nicht mehr verlassen hatten? Und dann dieser Kuchen in der Tasse. Als ihr die Idee durch den Kopf gespukt war, hätte sie nie im Leben für möglich gehalten, dass es so was gab. Konnte jemand ihre Gedanken lesen? Sie steuern?

Lore

rührte in der heißen Milch. Die Schokolade schlierte Bahnen in das Weiß, dehnte sich aus, das Weiß strudelte sich ein, bis nur noch ein cremiges Braun übrig war. Mit dem Dampf stieg der Duft in ihre Nase. Sie dippte den mitgelieferten Keks in die Tasse, zog ihn heraus, die Flüssigkeit tropfte wie in Zeitlupe hinunter.

Dann aß sie den Keks und trank den ersten Schluck. Die Schokolade verteilte sich umgehend im ganzen Mundraum, der Keks zerfiel. Lore musste an Würfelzucker denken.

Hilde
nahm das Teesieb aus der Tasse.

Theo
löffelte den Käsekuchen.

Hilde und Lore
schoben ihre leeren Tassen simultan in die Tischmitte.

Ein junger Mann klopfte Theo auf die Schulter.

»Nils! Wie geht es dir?«

»Alles fein, Theo, alles fein. Wie geht es dir? Was treibst du hier mit den beiden jungen Damen?«

»Wir wollen ein Video machen.«

»Ach, was. Darf ich?« Er deutete auf einen leeren Stuhl.

»Bitte«, sagte Hilde.

»Worüber macht ihr ein Video?«

»Über die beiden Damen und ihre Kneipe.« Theo zeigte sein Handy.

»Mit dem Teil willst du ein Video machen? Theo, Theo. Dir ist schon klar, dass Bildschirme mittlerweile eine hohe Auflösung haben? Ihr wollt doch Klicks, oder?«

Theo nickte.

Lore zuckte mit den Schultern.

Hilde zuckte zusammen, als jemand seinen Löffel auf den Boden fallen ließ.

»Hier. Damit kann man Videos machen. Ist das neueste Modell mit drei Kameras.«

Theo pfiff. »Könntest du uns vielleicht helfen?«

»Wo wollt ihr das Video denn machen?«

»Gleich hier?«

»Theo, das geht nicht, das geht nicht. Ihr müsst in die Kneipe, über die ihr das Video machen wollt. Ist doch logisch.«

»Eigentlich schon«, sagte Hilde.

»Dann auf zum Lindenstübchen!«, sagte Theo.

Lore seufzte.

»Nils, könntest du uns begleiten und das Video machen?«

»Ehrlich gesagt, passt mir das gerade schlecht. Ich muss mich um 'ne neue Bude kümmern. Mein Vermieter hat Eigenbedarf angemeldet.«

»Vielleicht kann ich dir dabei helfen«, sagte Theo.

»Echt? Du musst mir aber versprechen, dass wir uns heute noch drum kümmern. Will nicht bald auf der Straße sitzen.«

»Hand drauf.«

»Ich greif mir eben etwas to go und dann los.« Er marschierte zur Theke.

»Welchen Bus können wir nehmen?«, fragte Theo.

»Den 36er«, sagte Lore.

»Ich zahle.« Hilde holte ihr Portemonnaie hervor.

Hilde.

Jemand am Nachbartisch nieste lautstark. Sie fühlte, wie die Tröpfchen auf ihrer Wange landeten.

Hilde und Lore

positionierten sich vor der Eingangstüre des Lindenstübchens.

»Erzählt einfach mal in die Kamera«, sagte Theo.

»Ähm, was sollen wir denn erzählen?«

»Na, dass euch das Lindenstübchen genommen wurde. Dass es für ein Einkaufszentrum abgerissen werden soll.«

»Lore, mach du das«, sagte Hilde.

»Ich?«

»Ja, ich mache das nicht.«

»Ich kann aber nicht so gut formulieren wie du. Das weißt du genau.« Lore schmollte.

»Papperlapapp.«

»Ich will nicht.«

»Ich hab nicht ewig Zeit«, sagte Nils.

»Hilde, mach du das doch«, sagte Theo. »Und los.«

Hilde verdrehte die Augen. »Guten Tag. Also wir sind Hilde und Lore Brüggemann, das hier ist das Lindenstübchen, es soll abgerissen werden, für ein Einkaufszentrum, das jemand bauen will, soll es abgerissen werden, eigentlich wissen wir nicht viel.«

Lore prustete.

Hilde schlug ihr auf den Arm.

»Ich glaube, das müssen wir noch mal machen«, sagte Nils.

»Hilde, rede doch ganz einfach mit mir und denk nicht an die Kamera. Komm, los«, sagte Theo.

»Ich kann das nicht.«

»Du kannst das«, sagte Theo. »Auf, nochmal.«

»Nein.«

»Theo, dann eben du. Stell dich zwischen sie und rede«, sagte Nils.

»Sollen wir das so machen?«, fragte Theo.

Hilde zuckte mit den Schultern.

Lore nickte.

Hilde

zitterte auf dem Weg nach Hause. Gleich würde sie sich eine Wärmflasche schön heiß füllen, die Decke ihrer Mutter über die Schultern ziehen und wahllos durchs Fernsehprogramm zappen, bis sie die blödeste Sendung gefunden hätte, eine, die ihr nichts mehr abverlangte. Von Anforderungen hatte sie für heute genug.

Lore

entdeckte einen alten Kaugummiautomaten.

Sie zog einen Regenbogenflummi.

– 13 –

Hilde
fröstelte, als sie am Morgen erwachte, ihre Glieder schmerzten, der Hals kratzte. Sie nieste. Und nieste. Nieste. Viertes Mal.

»Wie du geschnarcht hast!« Lore hatte die Schlafzimmertür geöffnet.

»Ich bin erkältet. Ich kann nichts dafür. Machst du mir einen Tee?«

Lore
nahm sich vor, Blockflöte zu spielen, die Steinsammlung zu entstauben und die Tagebucheinträge nachzuholen, die sie in den letzten Wochen ausgesetzt hatte. Es gab eine Menge zu schreiben, dafür würde sie eine Weile brauchen.

Hilde
lag auf der Couch, trank Tee, drückte die Wärmflasche an sich und sah sich einen Film mit Doris Day an. Alte Schinken, die sie schon etliche Male gesehen hatte, beruhigten sie.

Lore.
Es klingelte an der Tür. Wer das wohl sein konnte? Michael? Heinz? Theo, Waldemar und Rieke hatten ihre Adresse gar nicht. Oder ein Überraschungspaket?

Lore öffnete, vor der Wohnungstür war niemand. Sie drückte den Knopf an der Gegensprechanlage. »Ja, bitte?«

Es tat sich nichts. Das Ding war schon wieder kaputt.

Sie ging an die Haustür.

»Guten Tag. Mein Name ist Stefan Akricher, Ihre Schwester

und ich sind miteinander bekannt. Hätten Sie ein paar Minuten Ihrer wertvollen Zeit für mich? Es dauert auch nicht lange.«

Hilde kannte jemanden, den sie nicht kannte?

»Was möchten Sie denn?«

»Es geht um das Lindenstübchen.«

Lore ließ den Mann ein, wies ihm den Weg.

Lore und Hilde.
Im Wohnzimmer hatte Hilde sich bereits aufgesetzt, sie zog die Decke im Schoß zurecht.

»Guten Tag, Frau Brüggemann. Stefan Akricher mein Name. Wir sind uns bereits am Lindenstübchen begegnet. Entschuldigen Sie meinen spontanen Besuch.« Er reichte Hilde die Hand.

»Ich bin erkältet und will Sie lieber nicht anstecken.«

Er zog seine Hand zurück. »Herr Grünfeld möchte Ihnen gerne eine kleine Entschädigung für Ihre ehemalige Gaststätte anbieten. Er müsste das eigentlich nicht tun, da er das Grundstück ja erworben hat. Er kümmert sich aber um seine Mitmenschen und möchte Sie beide gerne unterstützen.«

»Warum sollte er uns unterstützen wollen?«, fragte Lore.

»Er ist ein guter Mensch.«

»Ein guter Mensch stiehlt?«, fragte Lore spitz.

»Seien Sie vorsichtig mit solchen Anschuldigungen.«

»Wie ist er denn sonst da drangekommen?«

»Es ging alles auf korrektem Wege. Das kann ich bezeugen.«

»Wir wollen kein Geld. Wir wollen unsere Gaststätte«, sagte Hilde. Sie räusperte sich. Ihr schmerzte der Hals.

»Das ist leider zu spät. Sie haben sich nicht gekümmert.«

»Das bedeutet nicht, dass man uns einfach unser Hab und Gut wegnehmen kann«, sagte Hilde.

»Alles geht eben seinen Gang«, sagte der Mann.

»Richten Sie Herrn Grünfeld aus, dass wir auf sein Angebot dankend verzichten. Wir lassen uns nicht so einfach abspeisen«, sagte Lore.

»Sie verstehen mich falsch. Es gibt da keinen Raum für Verhandlungen. Die Sache ist klar. Herr Grünfeld ist der rechtmäßige Eigentümer und wird die alte Kneipe mitsamt dem hässlichen Baum bald niederreißen. Und zwar sehr bald. Es muss vorher nur noch was geklärt werden, dann rollen die Bagger an.«

»Wir werden sehen«, sagte Lore.

»Lassen Sie Ihre Ambitionen fallen. Wir wissen von Ihren Umtrieben und Ihrem albernen Video. Hören Sie auf damit!«

Hilde hustete und legte die Hand an ihren Hals.

»Nein!« Lore stand ihm gegenüber. Entschlossen. So hoch aufgerichtet, wie es nur ging.

»Sie. Nehmen. Jetzt. Dieses. Geld. Und. Sind. Ruhig. Bis. Sie. Sterben.« Er fuchtelte mit einem Bündel Geldscheinen vor ihrer Nase herum.

Lore trat einen Schritt zurück. »Gehen Sie. Auf der Stelle!«

»Und Sie halten sich ab heute von der Kneipe fern. Das ist Hausfriedensbruch!« Er war sehr laut.

»Raus!«, keuchte Hilde.

»Sie sind doch eh viel zu alt und gebrechlich, um sich da draußen herumzutreiben. Sehen Sie sich nur an, Sie können nicht mal laufen. Und was eine Erkältung in ihrem Alter anrichten kann. Sie sollten lieber schön in Ihrer Wohnung bleiben und beten.«

Ein Hund bellte. Wie Hunde das in Geschichten manchmal tun.

Hilde bibberte.

Der Mann grunzte missmutig.

Immer lauter bellte der Hund. Knurrte. Er schien ganz nah zu sein. Doch niemand im Haus hatte einen Hund.

»Haben die Damen mich verstanden?!«

Hilde zuckte zusammen.

Der Hund bellte und bellte und bellte.

»Habt ihr kapiert?!« Sehr laut.

Es klingelte Sturm, jemand hämmerte an die Wohnungstür. »Hilde? Lore?«

Lore sprang an dem Mann vorbei, hastete durch den Flur. Öffnete. Michael stürmte herein.

»Geht es euch gut? Ich habe einen Kerl rumbrüllen gehört.«

Lore deutete auf die Wohnzimmertür.

Michael sah den Mann an, der immer noch im Wohnzimmer stand. »Hilde, ist alles in Ordnung?«

Sie hustete. »Dieser Mann will einfach nicht gehen.«

»Oh, das möchte er jetzt aber ganz sicher. Nicht wahr …? Raus hier!« Michael schob den lästigen Besucher durch den Flur und knallte die Wohnungstür hinter ihm zu.

Gleich darauf knallte die Haustür.

Bellen. Knurren.

»Scheißvieh!«

Dann war es ruhig.

Michael setzte sich neben Hilde auf das Sofa. »Wie geht es dir?«

Hilde heulte bitterlich, japste, wimmerte und keuchte.

Lore setzte sich auf die andere Seite, streichelte ihr über den Kopf. »Er ist weg, du kannst dich beruhigen.« Flüsternd.

»Lore. Lore, wie soll das alles nur weitergehen? Wir müssen Theo sagen, dass er das Video wieder löschen soll.«

»Was für ein Video?«, fragte Michael. »Erzählt. Ich habe euch seit unserer Internet-Recherche überhaupt nicht mehr gesehen.« Dann sah er Lore an. »Und du redest mehr als zwei Wörter am Stück?! Was war bei euch los?«

Lore holte sich einen Küchenstuhl, Michael wechselte in den Sessel, sodass Hilde sich auf der Couch wieder hinlegen konnte.

Dann erzählte Lore bei Tee und Keksen von den letzten Tagen, in denen so viel passiert war.

Es klingelte erneut.

»Wir machen nicht auf«, flüsterte Hilde.

»Ich glaube nicht, dass es wieder dieser Mann ist«, flüsterte Lore zurück.

»Und wenn doch?«

»Dann bin ich da«, sagte Michael.

Lore stand auf. Er ging mit ihr mit.

HILDE.

Ein Pudel tapste ins Wohnzimmer, schnupperte an ihrer Hand.

»Lore? Hier ist ein Hund!«

Lore und Michael kamen zurück, eine Frau folgte ihnen.

»Guten Tag Frau Brüggemann. Ich bin Monika Grünfeld.«

»Lore, wie konntest du diese Frau reinlassen!«

»Lassen Sie sich bitte von meinem Namen nicht abschrecken. Ich bin geschieden. Und es lief nicht im Guten. Von mir haben Sie nichts zu befürchten.«

»Wie kommen Sie darauf, dass wir etwas zu befürchten hätten?«, fragte Hilde.

»Ich kenne meinen Exmann.«

»Warum sind Sie hier?«

»Ich habe Ihr Video in den sozialen Medien gesehen. Sie kämpfen da für eine gute Sache. Auch wenn Ihr Kampf ausweglos sein wird. Mein Exmann bekommt immer, was er will.«

»Wieso erzählen Sie uns das?«, fragte Lore.

»Weil ich ihn kenne. Wie ich schon sagte, ich habe eine langjährige Schlammschlacht hinter mir. Und Sie tun mir leid.«

»Ich sehe nicht, wie Ihr Mitleid uns helfen sollte«, sagte Hilde.

»Vielleicht ist Folgendes trotzdem für Sie von Interesse.«

Hilde musste husten und versuchte zu schlucken. Spucke und Schmerz glitten die Speiseröhre hinab. »Dann lassen Sie hören.«

»Ich vermute, dass Sie sich nicht mehr an mich erinnern. Ich bin damals mit dem Bridge-Club einige Male in Ihrer Gaststätte gewesen. Allerdings nur als Zuschauerin.«

An den Bridge-Club konnte sich Hilde gut erinnern. Jeden Donnerstag um halb vier hatten die Damen die Schankwirtschaft betreten und sich in die Stammtischecke gesetzt. Auf die Bank abgestellt wurde ein mit rosafarbenem Kissen ausgestatteter Weidenkorb. Mit Yorkshire-Terrier. Ein winziges Tierchen. Stets am Zittern. Dieses Hündchen trug ein Schleifchen auf dem Kopf, das perfekt auf die Kleidung seines Frauchens abgestimmt war. Der Hund bekam ein Schüsselchen Wasser auf den Tisch gestellt. Dort hinab müsse ihre Tiffany doch bitte nicht, näselte das Frauchen, als Hilde das Gefäß erst unter den Tisch gestellt hatte. Ihr Hund sei schließlich adliger Abstammung. Tiffany von Eschenbaum. Schon Prinzessinnen hätten Hunde aus dem Zwinger derer von Eschenbaum besessen. Also sei dies kein einfacher Hund. Sondern eine erhabene Persönlichkeit.

Es gab Zeiten, in denen Hilde diese Frauen für ihre Leben bewundert hatte. Sie hörte ihnen gelegentlich zu, während sie den Korken der Sektflasche löste oder einen auf exakt neun Grad gekühlten Riesling servierte, den sie nur für diese Damen beim Lieferanten bestellte. Alles Frauen von angesehenen, mächtigen und gut betuchten Männern. Sie selbst nannten sich *die Gattinnen*. So stolz waren sie auf ihre Männer. Auch auf die Kinder, aber die waren nun aus dem Haus und gingen ihre eigenen Wege. Um Häuser und Gärten kümmerten sich andere und so konnten die Gattinnen die Annehmlichkeiten des süßen, feinen Nichtstuns genießen.

Eine erzählte, dass sie montags zum Frisör gehe, der ganze Salon sei für sie drei Stunden exklusiv reserviert, ihr Gatte wünsche sich seine Gattin stets im adretten Zustand. Dienstags mache sie in der schicken Ladenstraße der Großstadt Besorgungen, man gibt sich nicht mit ordinärer Kleidung zufrieden, Qualität sieht man. Mittwochs treffe sie sich mit ihrer Tochter im Caféhaus Gartenkännchen zu Schwarzwälder Kirschtorte – der perfekte Tränkungsgrad des Schokoladenbiskuits mit Kirschwasser sei im Übrigen von außerordentlicher Wichtigkeit – und einem exquisiten Röstkaffee. Die gute Kinderstube endet nicht mit dem Flüggewerden. Es braucht Feinschliff. Knigge. Knigge ist das A und O. Donnerstags gehe sie eben zum Bridge – dem einzig daseinsberechtigten Kartenspiel – ins Lindenstübchen, das so entzückend einfach und gutbürgerlich sei. Sie wolle sich schließlich unter das gemeine Volk mischen und den kleinen Leuten mit ihrer Anwesenheit etwas Niveau bieten. Ihr obliege qua Stand eine gewisse Verantwortung und sie sei sich ihrer Vorbildfunktion durchaus bewusst.

Hilde hatte danach nicht weiter zugehört. Sie streichelte den Hund und ging die Herrentoilette putzen.

»Frau Brüggemann?«

»Hilde, ist alles in Ordnung?«, fragte Michael.

Hilde kehrte in die Gegenwart zurück und rieb sich die Augen. »Ja. Die Erkältung setzt mir zu.« Sie wusste immer noch nicht, was diese Frau hier eigentlich wollte.

Lore verteilte Teetassen.

»Worauf ich eigentlich hinauswill. Ich habe meinem Exmann einen kleinen Streich gespielt.«

»Wie soll das helfen?«, fragte Michael.

»Es hat schon geholfen.«

»Aber doch nicht Hilde und Lore!«

»Doch, doch. Er sucht verzweifelt nach der alten Taschenuhr seines Vaters. Ich habe ihm erzählt, dass ich sie im Lindenstübchen versteckt hätte. Die Idee kam mir, als ich von seinen Plänen mit dem Einkaufszentrum erfuhr. In Wahrheit habe ich die Uhr schon vor Ewigkeiten versetzt. Ich wollte ihn noch einmal so richtig ärgern. Für all seine Schandtaten. Darum habe ich ihm diese Lüge aufgetischt. Wahrscheinlich hat er die Kneipe nur deshalb noch nicht abreißen lassen.«

»Wegen einer Uhr?«

»Für ihn ist es nicht nur eine Uhr. Der Anzeiger des Erfolgs. Er sprach sogar mit dem Ding, als hätte er seinen Vater in Gestalt vor sich. Er werde ihm schon beweisen, was er alles aufbauen könne, und so weiter. Bald wird er den ganzen Laden abgesucht haben und dahinterkommen, dass ich geblufft habe. Dann wird er alles dem Erdboden gleichmachen und sein Vorhaben umsetzen.«

»Und warum sind Sie zu uns gekommen?«, fragte Lore.

»Weil ich Ihnen zeigen möchte, dass Sie nicht alleine sind. Und weil ich Sie warnen muss, dass er zu Schlimmerem fähig ist, als nur seinen Lakaien zu schicken.«

»Sie kennen den Mann, der eben bei uns war?«

»Nicht persönlich, nur vom Sehen. Mein Schneckchen dreht immer völlig durch, sobald sie auch nur seine Stimme hört.« Sie streichelte ihren Hund. »Gerade eben konnte ich sie gar nicht mehr stoppen. Als er aus dem Haus kam, riss sie sich los und knapste ihn ins Bein.«

Hilde fror. Sie hatte schon ewig kein Fieber mehr gehabt, aber gerade schien es heranzukriechen. Sie konnte sich auf kein Wort mehr konzentrieren. Ihr Körper war im Verteidigungsmodus und schaltete alle für den Moment überflüssigen Funktionen auf ein Minimum herunter.

»Du bist ganz blass«, sagte Lore.

»Wir lassen euch jetzt alleine«, sagte Michael. Er stand auf und deutete Frau Grünfeld an, es ihm gleichzutun.

»Alles Gute, die Damen Brüggemann. Und gute Besserung.«

»Sagt Bescheid, wenn ihr Hilfe braucht.«

Die Tür fiel ins Schloss.

LORE
setzte sich an den Küchentisch und klappte ihr Tagebuch auf. Sie zog den Regenbogenflummi aus der Hosentasche, legte ihn neben das Tagebuch. Er rollte weg. Sie legte ihn wieder in die Mitte. Er rollte. Da nahm sie ihn in die Hand und malte mit dem Kugelschreiber zwei kleine Kreise auf den gelben Streifen. »Fritz, wie schön es ist, deine Bekanntschaft zu machen. Ich muss aber jetzt Tagebuch schreiben. Du darfst gerne bleiben und mir zusehen.«

Der Flummi rollte nur ganz wenig, es sah aus wie ein Nicken.

Ich bin tot und verschollen. Ich bin unsichtbar. Oder wir, Hilde und ich. Was kam bei unseren Bemühungen heraus? Dass wir nicht mehr die Besitzerinnen des Lindenstübchens sind, dass wir darüber keine Entscheidung mehr zu treffen haben. Dann ließen wir uns zu einem Video überreden. Das Video befindet sich jetzt in diesem Internet und jeder kann es sehen. Dieser Mitarbeiter von Grünfeld hat es gesehen, die Exfrau von Grünfeld hat es gesehen und Grünfeld wahrscheinlich auch. Irgendwie war das ja auch Sinn der Sache, aber mir geht es nicht gut damit. Als der Mann eben aggressiv wurde, dachte ich, dass er uns wehtun würde. Dass er vielleicht ein Messer zückt und uns etwas antut. Wir sind doch eh schon tot und verschollen, wen würde es denn interessieren? Würde es überhaupt jemand bemerken, wenn zwei alte Frauen umgebracht werden? Die Exfrau von Grünfeld meinte auch, dass er unberechenbar ist und immer bekommt, was er will. Ich habe Angst. Vor Hilde wollte ich sie nicht zeigen, sie ist so erkältet, das hätte sie nicht auch noch gebraucht. Hoffentlich kommt sie schnell wieder auf die Beine. Eben sah sie nicht gut aus, war leichenblass. Sie wiederholt ständig, dass ich schuld an der Misere sei. Weil ich die Briefe weggeworfen hätte. Wäre ich doch bloß nicht so ehrlich gewesen. Es waren nur Werbebriefe! Briefe vom Amt sehen doch komplett anders aus, nicht bunt, sondern farblos. Ist je so ein Amtsbrief bei uns angekommen? Wenn nicht, warum? Ach, ich bin keine Detektivin. Liebes Tagebuch, ich glaube, ich will nur noch Ruhe. Hier oder im Dorf bei Theo. Vielleicht haben sie dort noch eine Jurte frei. Aber Hilde würde nicht mitkommen wollen, da bin ich mir sicher. Ob ich mich von ihr trennen könnte?

Der Flummi kullerte vom Tisch, hüpfte über den Küchenboden und rollte in den Flur.

– 14 –

Hilde.

Michael setzte sich auf die Couch, wischte auf seinem Tablet hin und her. »Sieh mal, was hier los ist. Euer Video wurde über fünfzehntausend Mal angesehen!«

»Was bedeutet das?«, fragte Hilde. Endlich konnte sie wieder richtig sprechen, Halsschmerzen, Schnupfen und Husten waren innerhalb der letzten Woche abgeklungen. Trotzdem fühlte sie sich noch geschwächt.

»Das heißt, dass ihr Aufmerksamkeit bekommt. Die Kommentare in den sozialen Medien werden immer mehr. Und es ist offenbar eine Demo geplant. Für nächsten Samstag!«

»Eine Demonstration?«

»Ja, jemand hat das vor ein paar Tagen vorgeschlagen und etliche sind drauf angesprungen.«

»Aber wir wollten doch keine Demonstration.« Hilde schüttelte vehement den Kopf. »Steht da, wo sie stattfinden soll?«

»Am Lindenstübchen.«

»Oh nein!«

»Ich glaube nicht, dass ihr daran noch etwas ändern könnt.«

»Wir müssen Theo anrufen. Vielleicht kann er die Demonstration noch verhindern. Wir haben ihm doch gesagt, dass wir das nicht wollen!«

»Glaub ich nicht.«

»Was denn?«, fragte Hilde.

»Dass er die Demo verhindern kann.«

»Ich rufe ihn sofort an.« Hilde holte das Telefon. Sie wählte. Wartete.

»Hallo?«

»Theo?«

»Ja?«

»Hilde hier.«

»Hilde! Wie geht es euch?«

»Wieder besser, danke. Ich war erkältet. Aber das tut jetzt nichts zur Sache. Es geht um etwas anderes. Kannst du bitte das Video aus dem Internet verschwinden lassen?«

»Das Video? Das geht leider nicht.«

»Du musst das aber machen.«

»Warum denn? Es läuft doch super. Nächsten Samstag findet am Lindenstübchen eine Demo statt und dann wird Grünfeld zittern.«

»Aber Lore und ich wollen keine Demonstration!«

»Ihr wollt wohl auch nicht, dass man euch hilft, oder? Hin und her geht das bei euch. Ihr könnt keinen Rückzieher machen!«

Hildes Magen krampfte. »Theo, das geht doch nicht. Wir haben dir klipp und klar gesagt, dass wir keinen solchen Auflauf wollen.«

»Es ist, wie es ist. Und es geht nicht nur um euch. Die alte Winterlinde! Die drohende Bodenverdichtung! Feinstaub und Lärm! Da gibt es bei weitem genug, wofür es sich zu demonstrieren lohnt. Das Einkaufszentrum muss mit allen Mitteln verhindert werden.«

»Ich fühle mich nicht wohl dabei.«

»Das wirst du leider aushalten müssen. Kommt am Samstag vorbei oder eben nicht.«

»Aber Theo …«

»Ich hab noch zu tun, Hilde. Werdet euch darüber bewusst, was ihr wirklich wollt.« Er legte auf.

So kannte sie ihn gar nicht. Sie dachte, dass er alles für sie tun würde, wenn sie ihn nur freundlich genug darum bat. Den Eindruck hatte er zumindest seit ihrem Wiedersehen gemacht.

Hilde und Lore.
»Das hörte sich nicht sehr erfolgreich an«, sagte Michael.

»Er nimmt das Video nicht aus dem Internet. Er behauptet, dass ginge nicht.«

»Da hat er recht. Das Video ist nicht mehr löschbar. Vielleicht an der ein oder anderen Stelle, aber durch das Internet geistert es nun auf ewig. Damit muss man zurechtkommen.«

»Das wussten wir nicht«, sagte Lore.

»Aber so was weiß man doch.«

»Wie bitte? Woher sollen wir denn so etwas wissen?«, fragte Hilde.

»Das Internet gibt es ja nicht erst seit gestern.« Michael zuckte mit den Schultern.

»Uns gibt es länger. Und wir mussten uns nie mit diesem Internet beschäftigen. Jetzt zeigt sich auch, warum das gut war.«

»Könnt ihr trotzdem nicht mehr ändern. Ich sag's, wie es ist.«

»Ich habe kein gutes Gefühl bei der Sache. Diese Demonstration wird uns nicht helfen. Es hörte sich bei Theo nicht so an, als wenn es um das Lindenstübchen ginge. Er hat andere Gründe aufgezählt.«

»Wenn es am Ende darauf hinausläuft, dass das Lindenstübchen stehen bleibt, kann euch das doch egal sein.«

»Aber was ist, wenn Grünfeld uns wieder bedroht?«, fragte Lore.

»Dann ruft ihr die Polizei.«

Hilde.
Nicht die Polizei. Nicht die Polizei. In ihrem Kopf rasselte es, als würden Reiskörner in einem Glas geschüttelt. Gedanken, die durcheinanderschossen.

»Ich könnte euch am Samstag begleiten. Möchtet ihr, dass ich mitkomme?«, fragte Michael. »Vielleicht fragt ihr auch Heinz. Dann habt ihr Unterstützung.«

»Ich weiß nicht, ob wir hingehen sollten«, sagte Hilde.

»Doch. Natürlich geht ihr hin.«

Hilde fühlte sich zerrissen. Theo zog zur einen Seite, Grünfeld zur anderen. Sie und Lore hingen dazwischen. An ihnen wurde gezogen, gezerrt, gerüttelt. Und jetzt mischte sich Michael auch noch ein.

»Lore, sag du doch auch mal was dazu.«

Die zuckte nur mit den Schultern.

»Es ist nicht der richtige Zeitpunkt, um wieder zu schweigen. Könntest du bitte deine Meinung kundtun?«

LORE.

Ihre Meinung sollte sie sagen. Eigentlich wollte sie abtauchen, das Thema umschwimmen und wegfließen lassen. Ja. Doch. Sie hatte für das Lindenstübchen kämpfen wollen. Für die Erinnerung an schöne, alte Zeiten. Für ihren Vater, der einen Abriss niemals genehmigt hätte.

Bis der Mitarbeiter von Grünfeld mit seinen Drohungen bei ihnen aufgetaucht war. Seitdem mied sie das Thema, beschäftigte sich lieber mit einer neuen Fernsehserie, mit extra komplizierten Kreuzworträtseln und dem Umräumen ihres Kleiderschranks, suchte ständig nach Ablenkung, damit die Angst nicht wieder überhandnahm.

»Ich weiß es nicht.«

HILDE.

»Das kann nicht dein Ernst sein. Es ist immer das Gleiche mit dir! Dann entscheide ich. Mal wieder.« Sie verdrehte die Augen. »Wir gehen hin. Aber wir schauen nur von außen zu.«

Sie schloss die Augen. Im Kopf rasselten keine Reiskörner mehr. Aber trotzdem war da kein klar fassbarer Gedanke. Ein Korn wie das andere. Sie blickte nicht durch. Hell und weiß. Dazwischen ein paar dunkle Stellen. Reis reist um die halbe Welt, ohne seine Struktur zu verändern. Kommt er dann aus der Packung, kocht man ihn, man legt ihn bei, unter oder oben auf, vermischt ihn, färbt ihn ein. In seiner Gesamtheit wird er zu etwas Einzigartigem. Gedanken sind bunt, stehen nicht isoliert und sind doch individuell. Sie reisen und reisen oder warten und warten, können entfesselt in einer neuen Mischung überraschen und auftrumpfen. Hilde dachte sich die eigenen allerdings eher als Milchreis, auf dessen perfekten Garpunkt man ewig wartet, bis er plötzlich verbrennt, weil man nicht genug gerührt hat, und den man schimpfend entsorgt. Dann stellt sich die übergeordnete Frage, ob der Topf geschrubbt oder gleich in die Tonne geworfen werden soll. Und schon geht es nur noch um den Topf und nicht mehr um den Reis.

Ihre Assoziationsketten liefen ins Leere. Ob sie wieder Fieber bekam?

»Ich muss jetzt los«, sagte Michael.

Hilde brauchte heute einen Psycho-Thriller. Sie wollte sich vollkommen ablenken lassen. Lesen funktionierte bei ihr besser als fernsehen.

Lore.

Während der Reis kochte – Hilde hatte sich welchen gewünscht –, ließ sie in der Küche ihren Flummi springen. Zweimal, dreimal fing sie ihn. Beim vierten Mal nicht. Er kullerte aus der Küche hinaus. Sie konnte nicht hinterherlaufen, der Reis drohte anzubrennen.

– 15 –

Lore und Hilde.
Eine Frau umarmte die Linde. Mit geschlossenen Augen und seichtem Lächeln schmiegte sie ihre Wange an die Borke. Ihre Arme reichten kaum zur Hälfte um den furchigen Stamm. Sie ließ los. Dann trat ein Mann heran und tat es ihr nach. Wieder andere wiederholten das Schauspiel. Als fünfter umarmte Waldemar den Baum, streichelte und küsste ihn sogar.

»Was machen die denn da?«, fragte Michael.

Lore zuckte mit den Schultern.

»Ich habe keine Ahnung, was das soll«, sagte Hilde.

»Habt ihr schon mal mit eurer Linde gekuschelt?«, fragte er.

Hilde lachte. »Nein.«

Ein Tross von etwa vierzig bis fünfzig Menschen kam die Straße herauf. Etliche von ihnen trugen Schilder. Natur und Klima schützen! Stoppt den Flächenfrass! Stoppt den Kapitalismus. Rettet die Umwelt! No Planet B. Eine Frau trug eine große Trommel vor sich her, wie in einer Marschkapelle. Auch quer übers Feld stapften immer mehr Leute heran. In Wellen und Wogen. Beim Lindenstübchen waren mittlerweile vielleicht zweihundertfünfzig Personen versammelt und es schien kein Ende zu nehmen. Auch die Baumumarmungen liefen weiter. Offenbar gab es kaum jemanden, der die Linde nicht berühren wollte.

Lore
ging ein paar Schritte. »Ich mache das jetzt auch.«

»Was machst du?«, fragte Heinz.

»Na, die Linde umarmen.«

»Warum überrascht mich das nicht?« Hilde verdrehte die Augen.

Lore reihte sich ein. Sie fand das Baumkuscheln ganz entzückend. Warum war sie nicht schon selbst darauf gekommen?

Hilde.

»An unserem Tod änderst du dadurch auch nichts!«, rief sie Lore hinterher.

»Was meinst du bitte damit, Hilde?«, fragte Michael.

»Na, das wir für tot und verschollen erklärt worden sind. Um das zu ändern, hilft das Umarmen von Bäumen wenig.«

»Bist du nicht ein bisschen unfair?«, fragte Heinz.

»Wie bitte? Ich trage nicht die Schuld an der Misere!«

»Als ob Lore daran schuld hätte. So ein Unfug!«

»Oh doch! Sie hat Briefe weggeworfen. Ohne den Inhalt zu kennen. Schuldiger geht's kaum.«

»Ich dachte, ihr hättet das geklärt?«, fragte Michael.

»Langsam verliere ich die Hoffnung, dass sich das zwischen uns überhaupt noch einmal klären lassen wird.«

»Hilde, jetzt gehst du zu weit!«, sagte Heinz.

»Finde ich nicht. Vielleicht gehst du jetzt lieber auch den Baum kuscheln.« Sie hatte sich in Rage geredet und kam gewiss nicht runter, wenn Heinz ihr weiterhin Paroli bot.

»Mit dir ist nicht zu reden heute.« Er trottete in Lores Richtung.

»Du bist aber wirklich wütend, Hilde«, sagte Michael.

»Gut erkannt. Und noch was: Weiter darauf herumzureiten, macht es nicht besser!«

Michael hob abwehrend die Hände. »Gut, ich schaue mich mal um und lasse dich einen Moment alleine. Vielleicht beruhigst du dich dann wieder.«

Hilde zuckte mit den Schultern. Der Groll polterte in ihr hin und her, während sie Michael davonschlurfen sah.

»Entschuldigen Sie?« Eine Frauenstimme.

Hilde drehte den Kopf.

»Ich habe eben mitbekommen, wie du etwas über den Tod

gerufen hast. Du scheinst darüber sehr verzweifelt zu sein. Ich kann Verbindungen herstellen.« Während des letzten Satzes legte sie den Kopf in den Nacken, schloss die Augen, hob die Arme, streckte die Hände nach oben, so weit sie konnte, atmete tief ein und sehr laut wieder aus, ließ Hände, Arme, Schultern fallen, öffnete die Augen wieder und fixierte Hildes Blick wie eine Schlange kurz vor Ergreifen des Beutetiers.

Hilde löste die Bremse und wich zurück.

»Aua! Passen Sie doch auf, wo Sie hinfahren!«, schrie es hinter ihr. Der Mann, in den sie gefahren war, rieb sich an der Stelle, wo ihn der Rollstuhlgriff erwischt hatte.

Wie unangenehm ihr das war. »Entschuldigung, das wollte ich nicht. Ich hatte Angst.«

»Angst vor Irmgard? Die tut keiner Fliege was zuleide. Nicht wahr, Irmgard?«

Irmgard winkte und lächelte. »Ich wollte dich nicht erschrecken. Das war eine Verbindungsgeste. Ich kopple mich dadurch mit den Kräften des Universums und nehme sie in mich auf.«

Da saß Hilde nun und wusste nicht vor, wusste nicht zurück.

Die Frau kramte in ihrer Tasche. Sie zog einen Gegenstand heraus, teils Metall, teils Fell. »Reich mir mal deine Hand.«

Hilde zögerte.

»Ich möchte sie mir gerne ansehen, wenn ich darf.«

Hilde betrachtete ihre Hände. Diese Hände hatten angepackt, mit viel Kraft. Sie konnten greifen und heben, sie konnten zupfen, ziehen, zerren und reißen, sie konnten reichen und stützen, sie konnten ertasten, berühren und streicheln, sie konnten anweisen und zeigen. Die Worte sind Schwingungen, sie transportieren das Wissen, dass Hände Handlung umsetzen, dass sie die Ausführenden sind, ohne explizit benannt zu werden. Hände mischen mit. Hände sind im Spiel.

Die Frau strich sich mit dem Fellstück über die Unterarme. Es sah nach einer Hasenpfote aus. Dann ergriff sie Hildes rechte

Hand, fuhr erst über den Handrücken, dann über die Innenseite. Hilde überlief ein Schauer, sie schüttelte sich, bekam Gänsehaut.

»Viel hast du erlebt.« Sie hob Hildes Hand näher an ihr Gesicht heran. »Warst in deinem Leben dem Tod wiederkehrend nahe, musstest ihm leiblich aber noch nie ins Auge blicken. Du trägst den Schmerz deiner Familie in dir. Unverarbeiteter Schmerz der Mutter und besonders des Vaters, aus vergangenen Zeiten. Er steckt tief in dir, wie die Wurzeln eines alten Baumes.«

LORE

schmiegte ihre Wange an die Rinde. Die Oberfläche der Linde war warm und rau. Es fühlte sich an, als würde sie von der Mutter berührt, warm, geborgen, aber auch mit einer gewissen Strenge. Sie nahm den Kopf zurück und legte die andere Gesichtshälfte an den Stamm.

Jemand tippte ihr auf die Schulter. »Andere wollen auch.«

Mit Bedauern ließ sie die Linde los und ging zu Heinz hinüber. Er hatte auf sie gewartet.

»Lore, dein Gesicht.«

Sie betastete erst die eine, dann die andere Wange, fühlte die Abdrücke. Kicherte und massierte sich kräftig das Gesicht.

»Unglaublich, was hier los ist«, sagte Heinz.

Es war kaum noch zu überblicken, wie viele Menschen sich um das Lindenstübchen herum und auf dem angrenzenden Feld versammelt hatten. Es mussten einige hundert sein, aber Lore war schlecht im Schätzen. Sie stellte sich auf die Zehenspitzen und versuchte Hilde zu entdecken, aber zwischen all den Leuten war kein Rollstuhl auszumachen. Wo steckte sie nur? Lore fasste Heinz bei der Hand und zog ihn im Zickzack durch die Zwischenräume.

HILDE

zog ihre Hand zurück. »Das ist doch alles Unfug! Solche Allgemeinheiten kann sich doch jede ausdenken. Himmelskräfte sollen mir bald helfen? Ich glaube nicht an Gott.«

»Ich habe dir nur gesagt, was ich sehen und spüren konnte. Wenn du nun so nett wärest und mir eine Münze als Lohn geben würdest?«

»Wie bitte? Dafür wollen Sie Geld haben?«.

»Glaube mir, ich habe dir einen Gefallen erwiesen.«

»Nichts haben Sie! Sie haben mich nicht in Ruhe gelassen. Ich gebe Ihnen keinen Cent.«

»Geizig und verbittert bist du!« Die Frau verschwand.

Hilde saß in ihrem Rollstuhl einsam in der Menge. Sie blickte auf Rücken und halb weggedrehte Körper, niemand wandte sich ihr zu, niemand sprach sie an, niemand nahm sie überhaupt wahr.

Hinter sich schnappte sie ein Gespräch auf. »Wer braucht denn bitte noch so eine Kneipe?«, fragte ein Mann. »Ein Italiener im Einkaufszentrum reicht auch, oder ein Biobistro, da isst man obendrein gesund. Oder Thai oder Sushi oder so.«

»Es geht doch um die Erhaltung von Kultur und um die Existenz derer, die sie betreiben. Um die Wurzeln«, sagte eine Frau.

»Wer hat denn heute noch Wurzeln? Du? Also ich geb da keinen Deut drauf. Wir sind doch keine Pflanzen«, sagte der Mann.

»Und die ganzen Leute? Warum sind die wohl hier?«

»Die kümmern sich doch nicht um die verlassene Kneipe. Hast du auf irgendeinem Schild bisher was von Kneipe gelesen?«

»Nee.«

»Siehst du. Hier wird oberflächlich für Umwelt und Klima demonstriert. Mehr nicht. Es geht doch gar nicht um Einzelschicksale.«

»Und was macht dich da zum Experten?«

»Gar nichts. Ich bin nur hier, weil ich die ganzen Leute gesehen habe und neugierig war. Ich wohne da hinten. Find's spannend, dass hier mal was los ist in der langweiligen Gegend. Das wollte ich nicht verpassen.«

»Ist das nicht ein bisschen schäbig?«

»Na, warum bist du denn hier?«

»Weil meine Freundin mich mitgeschleppt hat. Sie engagiert sich für Umweltthemen.«

»Also sind wir beide hier nur hineingestolpert. Find's aber nett, dass wir uns mal wiedersehen. Die Schulzeit ist ja schon 'ne ganze Weile her.«

Vor Hilde tat sich eine Lücke auf. Durch die kam Lore direkt auf sie zu. Hinter ihr Heinz.

»Da bist du ja!«

»Wo soll ich sonst sein? Ich zumindest habe mich kaum vom Fleck bewegt«, sagte Hilde und legte den Kopf schief. »Baum gekuschelt?«

Lore nickte. »Sollen wir uns einen anderen Platz suchen? Vielleicht drüben beim Lindenstübchen?«

Lore und Hilde

bahnten sich ihren Pfad durch die Menschen. Lore schob den Rollstuhl versehentlich einem jungen Mann in die Hacken, der sich lautstark beschwerte, von einem anderen aber schnell beruhigt wurde. Die Strecke war nicht weit, zog sich jedoch durch das ständige Hin und das lästige Her.

Michael saß auf der Steinstufe und wischte auf seinem Handy herum. »Wusste ich's doch, dass ihr irgendwann hierherkommt. Hier ist ja mords was los! Dass die sozialen Medien so viele Menschen herlocken, ist echt der Wahnsinn.«

»Ich weiß auch nicht«, sagte Hilde.

»Und die sollen alle zur Rettung des Lindenstübchens gekommen sein?

»Ich habe eben ein Gespräch mitbekommen. Die meinten, dass es hier gar nicht um das Lindenstübchen gehe, sondern um Umwelt und Klima ganz allgemein. So wie Theo das auch schon am Telefon meinte.«

»Also sind die Leute hier nur für die Linde und nicht fürs Lindenstübchen«, brachte Heinz es auf den Punkt.

Hilde nickte, Lore seufzte.

Trommelschläge. Klatschen. Tröten. Ratschen. Rufen. Johlen. Grölen. Viel zu hören und doch nicht auszumachen, warum und wogegen sich der ganze Lärm erhob. Alles durcheinander, alles überlagert, allerlei und allerhand.

»Ach was«, sagte Michael.

»Was?«, fragte Hilde.

»Na da!« Er deutete auf einen Mann.

»Na so was.« Sie hatte verstanden.

Der Mann schrieb hastig. In seine Kladde. Stellte sich auf Zehenspitzen, um die Menschenmasse überblicken zu können. Den Kugelschreiber tippte er wieder und wieder gegen seine Wange. Hätte er die Tintenseite des Stifts dafür benutzt, wäre seine Gesichtshälfte blau gepunktet gewesen. Als er sich umsah und dabei Hilde, Lore, Heinz und Michael entdeckte, stampfte er auf und auf sie zu.

»Sie!« Sein Kuli zog in der Luft Kreise um Hilde und Lore. »Sie sind daran schuld! Ich habe Sie gewarnt! Sie wissen nicht, welche schlafenden Löwen Sie geweckt haben.«

»Hunde«, sagte Lore.

»Wie bitte?!«

»Hunde, nicht Löwen. Schlafende Hunde, wissen Sie?«

»Sie wissen gar nichts!«

»Sei bloß vorsichtig!«, sagte Michael. »Sonst baller ich dir wirklich noch eine. Beim letzten Mal war's schon knapp.«

»Das kommt direkt zur Anzeige, sollten Sie das versuchen!« Der Mann fuchtelte mit seinem Kugelschreiber herum.

»Und bei dir. Hausfriedensbruch zum Beispiel?«

»Ich habe stets im Rahmen der Legalität gehandelt.«

»Aber höchst unmoralisch!«, sagte Hilde.

»Wen interessiert noch Moral? Sie sind wirklich von vorgestern!«

»Was wollen Sie von uns?«, fragte Heinz.

»Dass Sie das Theater hier auflösen. Die beiden alten Frauen haben den Mist mit ihrem Video verursacht!«

»Wir haben diese Versammlung nicht organisiert. Uns hat doch nur jemand gefilmt«, sagte Hilde.

»Mit diesem extremen Typen organisiert haben Sie das, diesem Umwelt-Theo! Als ob Sie nicht gewusst hätten, was passieren würde. So dumm können Sie gar nicht sein.«

»Umwelt-Theo?«, fragte Lore.

»Wo waren Sie die letzten Jahrzehnte? Haben Sie von der Welt gar nichts mitbekommen? Ach, ich vergaß, Sie sind ja verschollen.« Er lachte mit weit aufgerissenem Mund, zeigte Zähne.

»Sie stecken also dahinter!«, rief Hilde.

»Hinter was?«

»Dahinter, dass wir verschollen sein sollen.«

»Haltlose Unterstellung!« Der Mann wehrte mit beiden Händen ab.

»Sie haben sich doch gerade selbst verraten«, sagte Hilde.

»Weil ich Sie verschollen genannt habe? Das sagt man so. Das beweist gar nichts.«

Klack, klack, klack. Klack. Klack, klack. Klack. An ihnen ging ein Mann vorbei, der sich mit Löffeln rhythmisch auf die Schultern, Wangen, Bauch und Oberschenkel trommelte wie auf ein Schlagzeug.

Der Kopf des Kladdenmanns verschwand zwischen anderen.

»Jetzt läuft er weg«, sagte Lore.

»Gut so«, sagte Hilde.

»Unangenehmer Mensch«, sagte Heinz.

Ein Pferd wieherte.

Hilde sah sich um, Heinz sah sich um, Michael sah sich um, Lore zupfte an einem Faden, der vom Knopf ihrer Bluse abstand.

Ein Pferdekopf, darüber ein riesiger Cowboyhut auf dem Kopf des Reiters. Die Menschen auf der Straße vor dem Lindenstübchen wichen zur Seite, um dem Berittenen Platz zu machen. Er winkte nach links, winkte nach rechts.

HILDE.
Als er den Kopf hob und die Hutkrempe sein Gesicht freigab, war sie entsetzt. Dass dieser Mann hier zu Pferde auftauchte; dass er auf diese Weise Aufmerksamkeit suchte; dass er so ganz und gar anders war, als sie dachte! Theo auf einem Schimmel. Der große Weiße hatte einen schwarzen Fleck ums linke Auge, wie ein Pirat mit Augenklappe. Das Pferd kaute auf dem Trensengebiss, Theo kaute auf der Innenseite seiner Wange.

Sie winkte. Ruderte mit den Armen und rief seinen Namen, bis er sie auch sah. Fuhr ein Stückchen; er ritt ein Schrittchen. Dann trafen sie aufeinander.

Von ihr aus gesehen, thronte Theo in schier unerreichbarer Höhe. Sie musste ihre Augen mit der Hand von der Sonne abschirmen. Theo war von einem Sonnenstrahlenkranz umgeben, als wäre er ein Heiliger. Ein Heilsbringer zu Pferde, ein Verkünder göttlicher Nachrichten. Hilde aber verspürte kein Heil, sie fühlte sich betrogen.

»Theo! Was soll dieser Zirkus! Dieser ganze Aufmarsch hier! Was hast du angerichtet? Du bringst uns damit in noch größere Schwierigkeiten!«

»Ich bringe euch in Schwierigkeiten? Ich helfe euch!«

»Das hier ist keine Hilfe!«

»Ach Hilde, es gibt Dinge, die sind größer und wichtiger als der Mensch. Wichtiger als du und ich und alle hier. Die Natur steht und wacht über allem. Ihr gegenüber müssen wir uns rechtfertigen, ihr sollen wir huldigen. Das Lindenstübchen war gestern. Schau auf die alte Winterlinde und ihr zyklisches Leben, ihren Raum für andere Wesen. Darin liegt ein Sinn.«

»Aber du warst doch so entsetzt über die Schließung!«

»Richtig, aber das ist ewige Jahre her. Ich habe mich verändert.«

»Wenn dir das Lindenstübchen gar nicht mehr wichtig ist, warum hast du uns dann zum Amt begleitet?«

»Hilde, verstehst du es denn immer noch nicht? Ich kämpfe

für eine größere Sache. Und dafür muss man kleine Schlachten schlagen und unterschiedlichste Waffen wählen.«

»Nichts weißt du von Schlachten und Kriegen.«

»Du kennst mich nicht.«

»Das denke ich mittlerweile auch«, murmelte Hilde.

»Ich werde jetzt aufs Feld reiten und unsere Freunde der Natur begrüßen. Wenn du willst, kannst du mir folgen. Du kannst aber natürlich auch an eurem alten Gemäuer festhalten.« Das Pferd schritt los. Die Menschen machten den Weg frei, gingen dann hinter Ross und Reiter her. Sie drängten sich aneinander, die Masse rückte weit auf den Acker vor. Trommeln hämmerten, Trillerpfeifen schrillten, Stimmen wellten. Auf und ab.

Hildes Gefühle brandeten an felsige Klippen. Die tosenden, schäumenden Wellen brachen sich daran.

Lore

teilte sich einen Müsliriegel mit Heinz. Die Schokolade hatte durch die Wärme ihre Konsistenz verloren, umhüllte pappig die glänzenden Haferflocken und Knusperkugeln.

»Lässt du Hilde da jetzt ganz alleine stehen?«, fragte Michael.

Lore zuckte mit den Schultern.

»Interessiert dich gerade nicht?«

Lore schüttelte den Kopf.

»Ihr seid beide so stur.«

Sie kaute. Gemächlich. Zucker und Fett ließen sie für einige Sekunden nichts denken, nichts anderes mehr spüren als süße, cremige Klebrigkeit an Gaumen und Zunge. Für einen Moment schrumpfte die Welt und stülpte sich nach innen.

»Hallo? Lore?«

»Hm?«

»Ob wir zu Hilde rübergehen sollen. Sie bewegt sich nicht mehr vom Fleck.«

Lore schüttelte den Kopf. Warum sollte sie ihrer Schwester schon wieder nachlaufen? Hilde geschah in Sichtweite doch nichts.

Was sollte daran falsch sein, dass sie den Abstand gerade genoss? Sie war nicht ihre ewige Aufpasserin.

Michael sah auf sein Handy. »Lore, Heinz, ich muss gehen. Meine Schicht fängt bald an. Bitte grüßt Hilde von mir. Und geht mal zu ihr hin.«

Lore nestelte an Heinz' Hemdkragen. Sie fuhr links und rechts mit Daumen und Zeigefinger den Bruch nach, streifte dabei ganz sachte seinen Hals. Ihre Fingerkuppen prickelten, das Prickeln krabbelte ihre Arme hoch, stellte die Härchen auf, kletterte bis zu den Schultern, verteilte sich im Oberkörper, rutschte warm in den Bauch und sprang von da wie auf einem Trampolin hoch in ihr Gesicht und die Mundwinkel. Sie wurden breit und zittrig. Der ganze Körper flatterte. Lore fühlte sich, als würde sie abheben.

Heinz ergriff ihre Hände. Drückte sie fest an seine Brust. Schaute ihr in die Augen.

Sie schaute nicht weg. Sie hielt den Blick. Flatterte. Sah ihn die Nase rümpfen. Er nieste. Hatte den Kopf schnell weggedreht. Nieste erneut. Ließ Lore los. Nieste in seine Hand. Zog ein Taschentuch aus der Hosentasche und schnäuzte sich.

Lore stand weiterhin reglos, Hände in Brusthöhe. Sie hatte Angst, dass sonst das Flattern verschwände, dass die Schwerelosigkeit der Erdanziehungskraft weichen würde.

Heinz steckte das Taschentuch weg, griff erneut Lores Hände, platzierte sie an seiner Hüfte, berührte ihre Wangen, sanft und leicht.

Als sie seine Lippen spürte, war alles andere weg. Nichts mehr da. Keine Existenz um sie herum. Es gab nur noch Lippen. Zwei Paar. Ihr Körper bestand allein aus Prickeln und Hitze. Sie hörte nichts, sie sah nichts. Die Fernsinne pausierten. Die Nahsinne tasteten und schmeckten.

Heinz löste seine Lippen von ihrem Mund. Er schloss sie fest in die Arme. Sie spürte ihn an sich. Sie spürten einander.

Das Stakkato der Trommel schwoll an. In das rhythmische

Schlagen mischten sich Jubelgesänge. Lore ließ Heinz los, wandte den Kopf der Menschenmeute zu.

Davor fehlte etwas.

Hilde war fort.

Hilde

krallte sich an den Armlehnen des Rollstuhls fest.

Waldemar schob sie mit Schwung durch jede Mulde, über Stock und Gestrüpp, über Stein und Brocken. »Nimm es ihm bitte nicht übel. Theo ist ein Idealist. Er wünscht sich eine heile Welt. Und auf dem Weg dorthin duldet er keine Hindernisse.«

»Dafür betrügt er uns und inszeniert sich als Heilsbringer?«, fragte Hilde.

»Na ja, Betrug war das nicht, wenn du ehrlich bist. Er hat einen Termin beim Amt herausgeschlagen, hat euch dorthin begleitet und große Aufmerksamkeit verschafft. Dass er nicht komplett selbstlos handelt, musste euch klar sein, oder?«

Hilde zuckte mit den Schultern.

»Ihr sprecht später einfach nochmal miteinander. Dann wird das schon wieder.«

»Wenn er von seinem hohen Ross heruntergestiegen ist.«

»Wie bitte?«, fragte Waldemar.

»Ach, nichts. Ich habe bloß laut gedacht.«

»Du wirst sehen, wie sehr er die Leute begeistern kann. Das konnte er damals in eurer Kneipe noch nicht, oder?«

»Da hat er kaum geredet.«

»Gleich haben wir es geschafft. Es schüttelt dich ordentlich durch, nicht wahr?«

»Ja, das tut es.«

Theo saß fest im Sattel. Er winkte, er deutete, er versuchte den Leuten in die Augen zu sehen und sie zu begrüßen. Neben ihm stand die Frau mit der großen Trommel. Er gab ihr ein Zeichen. Sie schlug schnell und kräftig. Theo hob die Arme. Die Menschen wurden leise, schauten zu ihm hin und auf.

»Hallo! Ihr seid viele! Ihr seid wunderbar! Kämpft für eure Ziele! Lasst uns gemeinsam laut werden! Laut gegen Kapitalismus! Laut gegen Konsum! Wir überlassen dieses Gelände nicht kampflos einem korrupten Halsabschneider! Erhebt eure Stimmen und schützt die Umwelt!« Er riss den Mund noch weiter auf und brüllte, die Fäuste in der Luft. Die Meute brüllte, Arme streckten, viele Fäuste reckten sich, das Pferd stand still und starr.

»Siehst du, wie großartig er das macht?«, fragte Waldemar. Er tätschelte Hildes Schultern.

Hilde verzog das Gesicht. Sie wollte weg. Warum hatte sie sich von Waldemar hierherschieben lassen? Warum war sie nicht einfach zu Lore gefahren? Sie hätte sich das Ganze vom Rand aus angucken können, nicht umzingelt von Gedränge und Lärm.

»Könntest du mich vielleicht zurückbringen?«

»Zurück zur Straße?«, fragte Waldemar.

»Ja.«

»Wir haben uns doch eben erst hierher durchgearbeitet. Außerdem will ich jetzt in Theos Nähe sein.«

Hilde hielt es nicht länger aus. Sie drehte den Rollstuhl.

»Du fährst wirklich auf und davon?«

Sie nickte.

»Dann kann ich als Vermittler zwischen Theo und dir aber nichts mehr tun.«

»Das muss ich wohl akzeptieren«, sagte Hilde.

Waldemar trat zur Seite, mehrere andere Menschen gaben für Hilde die Bahn frei. Sie fuhr ein paar Meter und blieb hängen. Stand vorsichtig auf, rüttelte am Rollstuhl, ließ sich mit zitternden Beinen wieder hineinfallen und holperte weiter. Die meisten Menschen machten ihr Platz. Sie fuhr und fuhr. Stand auf, zerrte am Rollstuhl. Holperte und eierte weiter. Bis zur Straße konnte es nicht mehr weit sein. Sie schob sich mühsam voran. Menschen ringsherum. Lauter Leute. Laute Leute. Der Boden immer noch alter, staubiger Acker. Noch ein paar Meter, dann war die Kraft in den Armen verschwunden. Sie musste stoppen, ließ die Hände in den Schoß sinken und seufzte. Ihr schossen Konjunktive durch den Kopf. Hätte, könnte, wäre, würde. Aber das, was hier gerade vor sich ging, war real und nicht bloß eine Möglichkeit. Sie schüttelte ihre Arme aus, legte die Hände an die Greifreifen und starrte vor sich hin.

»Hallo Hilde!«

Der helle Overall musste einst weiß gewesen sein, nun trug er den erdigen Staub des Feldes in seinen Fasern. Der Brustbereich war mit grünen und roten, unterschiedlich großen Steinchen besetzt, der unverhältnismäßig große Kragen und die Ärmel mit goldenen Sternen. Es musste Zeiten gegeben haben, in denen diese Elemente gefunkelt hatten, in denen dieser Overall seinen Träger im besten Licht hatte dastehen lassen. Auch der Mann, der drin steckte, war in die Jahre gekommen. Sein Körper passte nicht mehr in das Kleidungsstück. Es spannte über der Brust und am Bauch, schlackerte dagegen um die Beine. Der Mann trug graue Fellpuscheln über den Ohren, die sich auf den zweiten Blick als struppige Koteletten in Größe und Umfang eines Tennisballs entpuppten. Das lichte, helle Kopfhaar war zu einer Tolle aufgedreht, dünn und hoch und schmierig glänzend. Dieser Elvis-Imitator war ein Schatten seiner selbst. Alte Haut, die abgestreift, getrocknet, zerbröckelt und vergessen worden war. Aber wie er lächelte, wie er Hilde anstrahlte, wie er kicherte … löste etwas in ihr, das lange festgebunden geschlummert hatte. Irgendwas wie Liebe.

»Weißt du, wer ich bin?«, fragte er.

Hilde nickte. »Ja.« Sie hauchte den Konsonanten und den Vokal. Ohne das Nicken hätte Kurt ihre Antwort wahrscheinlich nur erraten können.

»Ich hatte gehofft, dass ich dich hier treffen würde. Habe dich und Lore im Internet gesehen. Wo ist sie eigentlich?«

»Weiß ich nicht.«

»Bist du ganz alleine?«

»Kann man hier alleine sein?« Sie schaute sich um.

»Auch unter noch so vielen Menschen geht das.«

»Dann bin ich es wohl.«

»Wolltest du gerade weg?«

»Ja.«

»Wohin denn?«

»Irgendwohin.«

»Darf ich dich begleiten?«

»Wenn du möchtest.«

»Darf ich den Rollstuhl schieben?«

»Ja, das wäre nett.«

Kurt schob vorsichtiger als Waldemar. Er entschuldigte sich und bedankte sich fortwährend, wenn Menschen ihnen den Weg freimachten. Nach ein paar Minuten hatten sie den Acker hinter sich. Die Stelle, an der sie auf den Feldweg trafen, lag bestimmt drei- bis vierhundert Meter vom Lindenstübchen entfernt. Hilde war in dem Menschenmeer weit abgetrieben, hatte kein Land mehr gesehen, war stur geschwommen, bis sie nicht mehr konnte.

»Du bist immer noch eine sehr schöne Frau, Hilde.«

»Was sagt denn deine Gattin, wenn du anderen Frauen solche Komplimente machst?«

»Ich bin seit elf Jahren geschieden.«

»Aber ihr wart doch ein Herz und eine Seele. Niemand hat dich damals so bejubelt wie deine Frau.«

»Dinge ändern sich. Außerdem jubelte damals jemand genauso sehr wie sie.«

»Aha?«

»Ach, Hilde. Ich wusste das doch.«

»Was wusstest du?«.

»Dass du ein Auge auf mich geworfen hattest.«

»Du warst ein adretter Mann. Und ich liebte Elvis.«

»Ich fand dich auch sehr adrett.« Er kicherte. »Finde ich immer noch.«

»Ach nein.«

»Doch, doch. Diese funkelnden Augen, dieses zauberhafte Lächeln.«

Sie fühlte sich gestreichelt, umgarnt.

Er beugte sich nah zu ihr herunter, strich lächelnd über ihre Wange. »Diese Haut.«

Sie zuckte und schluckte. Seinem Mund entwichen unangenehme Gerüche. Fäulnis. Und eine Fahne. Seine Zähne waren gelb und braun und schwarz. Als er sich wieder aufrichtete, blieb Schweißgeruch in der Luft. Hilde hielt den Atem an.

»Alles in Ordnung?«

»Ja, ja, es geht gleich wieder.« Sie musste husten.

»Selbst wenn du hustest, bist du entzückend.«

Es reichte. Seine Komplimente fühlten sich nicht mehr gut an.

Hilde räusperte sich kräftig. »Ich fahre zurück zum Lindenstübchen und sehe nach, ob Lore dort ist.«

»Ich begleite dich.«

»Das musst du nicht.« Das musste er wirklich nicht. Er sollte es sogar unbedingt sein lassen. Aber das konnte sie ihm nicht sagen. Sie brachte es nicht heraus.

»Ich bin doch wegen dir gekommen. Jetzt werde ich dich so schnell nicht mehr verlassen.«

Früher wäre sie bei diesen Sätzen vor Freude in Ohnmacht gefallen. Nun wurde sie die Gerüche nicht mehr los. Sie überlagerten die Gefühle, die bei seinem Anblick in ihr erwacht waren. Vielleicht waren es auch nur die Geister der Vergangenheit gewesen. Vielleicht waren sie in diesem Moment nicht mehr echt. Nur noch das schlechte Imitat eines toten Ideals.

»It's now or never, come hold me tight, kiss me, my darling, be mine tonight.« Seine Stimme war dünn geworden, er traf auch nicht mehr jeden Ton. Er schob und sang nach Kräften. »The time is here at last.«

Hilde verstand nur wenig Englisch, wusste aber, dass das Lied übersetzt *Jetzt oder nie* hieß und von der Liebe erzählte.

»Your lips excite me.«

Nicht weit vom Lindenstübchen standen Mannschaftswagen. Polizisten und Polizistinnen in Schutzausrüstung säumten die Straße, beobachteten, warteten.

»Ey, wie siehst du denn aus? Elvis für Arme, oder was?« Eine Gruppe Männer ging plötzlich neben Hilde und Kurt her.

»Wie geil is' das bitte? Elvis-Opi schiebt Krüppel-Omi neben 'ner Demo entlang«, grölte einer.

»Aus welchem Altersheim seid ihr ausgebrochen?«, rief ein anderer.

»Die kommen aus 'ner Rentner-Klapse.« Alle lachten.

Kurt schob schneller.

Hildes Herz pumpte panisch.

»Wo wollt ihr Süßen denn hin?«

»Ein Nümmerchen schieben.« Pfiffe.

»Sing doch noch mal was, Opi. Haste eben doch auch gemacht. War richtig herzzerreißend.«

Hilde presste die Lippen aufeinander. Warum sahen die Schutzleute nicht, dass sie belästigt wurden? Warum kam keiner von ihnen herüber?

»Ey Alder, ich hab mit dir geredet!«

Gleich hatten sie die Polizei erreicht, dann waren sie in Sicherheit.

Kurt schob im Sturmschritt. Hilde hielt die Armlehnen umkrallt.

Die Pöbler blieben auf ihrer Höhe.

Die Polizei starrte weiterhin auf die Menschenmenge.

Kurt hielt neben einer Polizistin an. »Bitte helfen Sie uns!«, flehte Hilde.

Die Polizistin drehte den Kopf. »Wobei?«

»Diese Männer belästigen uns.«

»Hallo? Wir haben doch nur Spaß gemacht. Darf man heutzutage nicht mehr lustig sein, oder was?«, dröhnte einer und ging einen Schritt zurück.

»Die haben sicher nur Spaß gemacht«, sagte die Polizistin und drehte den Kopf wieder weg.

»Bitte! Das war kein Spaß. Sie haben sehr gemeine Dinge gesagt.«

Die Polizistin schnaufte. »Und was, meinen Sie, soll ich da jetzt machen? Handschellen raus und alle abführen?«

»Das wäre gut!«, sagte Kurt.

Die Polizistin kicherte.

Die Männer kicherten.

»Kennen Sie das Sprichwort: Hunde, die bellen, beißen nicht?«

Hilde nickte.

»Also. Genau das ist hier der Fall.« Die Polizistin wandte sich wieder den Menschenmassen zu.

Kurt setzte den Rollstuhl in Bewegung und schob Hilde weiter in Richtung Lindenstübchen.

»Opilein, soll ich deine süße Omi ein Stück schieben? Siehst aus, als wärst du echt im Arsch.«

Kurt schwieg.

»Ey Opi, wir wollen dir helfen.«

»Nein, danke!«, sagte Hilde. In hohem Ton. Fiepend.

»Ah, Opi will Omi für sich alleine haben. Is' klar.«

»Langsam wird's langweilig, Jungs. Lasst uns lieber die vielen Vollidioten auf dem Feld aufmischen.«

»Genau.«

»Tschüss Omi, dein Elvis-Opi macht es dir bestimmt gleich ganz fein.« Lachen, Lachen, Lachen.

Hilde und Kurt hatten das Lindenstübchen erreicht.

»Sie sind weg«, flüsterte Kurt an ihrem Ohr. Seinen Mundgeruch meinte sie sogar an ihrer Wange zu spüren.

Auf der Stufe saß ein Pärchen und knutschte. Es waren nicht Lore und Heinz.

LORE.

Hinter dem Lindenstübchen war zum Glück Schatten. Wegen der prallen Sonne schmerzte Lore der Kopf. Sie hatte nach Hilde Ausschau gehalten, aber sie nicht entdeckt.

»Ich gehe gleich noch einmal zur Straße. Und du brauchst etwas Ruhe«, sagte Heinz.

Sie ließ sich auf den Boden sinken, direkt unter dem Haselnussstrauch, neben dem Küchenfenster. Die Schläfen pulsierten. Sie musste sich konzentrieren, damit sie sich nicht übergab. Sie riss ein Haselnussblatt ab, strich über den zarten Flaum, fuhr die Adern entlang, betastete den gesägten Rand. Dann riss sie ein zweites ab, legte die Blätter aneinander und fächerte sich Luft zu.

»Geht es dir schon etwas besser?«, fragte Heinz.

Lore zuckte mit den Schultern.

»Was machen die denn da oben?«

Es war offenbar nicht nur der Schmerz in ihrem Kopf, über ihr hatte es tatsächlich gepoltert. Sie blinzelte zu Heinz hinauf.

»Da sind welche aufs Dach geklettert«, sagte er.

Sie hatte das auch einmal getan. Die Kneipe war brechend voll gewesen, man konnte kaum einen Fuß vor den anderen setzen. Damals war sie jung und wollte lieber Sterne gucken, als volltrunkene Männer bedienen. Neben dem Gebäude standen Holzkisten gestapelt. Innerhalb von zwei, drei Augenblicken war sie auf dem Flachdach gewesen. Legte sich hin und blickte in alles und in nichts. Begrenzte ihren Blickwinkel mit den Händen, sodass sie nur noch das gesprenkelte Dunkel sah. Flackernde Punkte, weiß, bunt, verwischtes Hell. Milliarden Möglichkeiten zum Anhalten in der Galaxis, die doch niemals jemand erreichen könnte. Sie schon gar nicht. Sie war an diesen Ort gebunden, an den Vater, an die Schwester, an die Kneipe unter ihr. Gerade hatte sie ihnen den Rücken zugekehrt. Nur für einen Moment. Als Wolke um Wolke den Himmel bedeckten, war sie wieder hinuntergeklettert und zurück in die Wirtschaft gegangen. Danach war sie nie wieder auf dem Dach gewesen.

Ein Knall. Kreischen, Jubeln, Schreien, Johlen, Grölen.

»Was war das?«, fragte Heinz. Er stellte sich auf die Zehenspitzen. »Ich sehe nichts.« Dann sah er zu Lore. »Was tust du?«

Sie stand, klopfte sich den Staub von der Hose, duckte sich durch das Gebüsch. Vor der Außenwand des Lindenstübchens standen keine Kisten mehr, aber jemand hatte eine Strickleiter aufgehängt. Lore setzte einen Fuß in die unterste Schlaufe, legte probeweise ihr Körpergewicht darauf. Wie auch immer die Leiter befestigt sein mochte, sie hielt der Belastung stand.

»Lore?«

Sie setzte den anderen Fuß in die zweite Schlaufe, stemmte sich hoch, zog gleichzeitig mit beiden Händen. Es wackelte.

»Lore! Oh nein, tu das bitte nicht.«

Nächste Schlaufe. Stemmen und ziehen. Wackeln ausbalancieren.

»Das kannst du doch nicht machen!«

Schlaufe. Hoch. Balance.

»Komm wieder runter! Ich bitte dich!«

Schlaufe.

»Lore!«

Schlaufe.

Auf dem Dach standen zwei junge Frauen. »Hey, komm, wir helfen dir.« Sie packten sie an den Oberarmen und hievten sie über die Regenrinne. Schnaufend sah Lore sich um.

Es waren noch viel mehr Menschen auf dem Feld, als sie erwartet hatte. Mindestens tausend. Das Dach war nicht hoch genug, um die ganze Ansammlung überblicken zu können. Aber einer stach aus der Menge heraus: Theo auf seinem Pferd, der offenbar nun Schwierigkeiten hatte, es im Zaum zu halten. Die Menschen wichen vor dem tänzelnden Tier zurück, drängten sich aneinander, gaben Boden frei.

Knall.

Das Pferd stieg panisch, ruderte mit den Hufen. Theo zerrte am Zügel.

Knall.

Einige Männer waren in den freien Kreis getreten. Sie lachten und grölten und brüllten. Einer warf etwas.

Knall.

Theo ging zu Boden.

Das Pferd tat einen Satz rückwärts, stieß einige Menschen um.

»Hilde!?« Lore lief zur Dachkante und hielt die Hand über die Augen. Nirgendwo ein Rollstuhl.

Nun stürmten Polizisten in die Masse.

Die Menschen schoben und pressten und quetschten und stießen. Manche schubsten, hauten um sich, schlugen.

Hilde, Hilde, Hilde, Hilde. Ob sie überhaupt zu sehen war zwischen all den Stehenden? Köpfe über Köpfe. Hilde? Hilde?

Ein Polizist packte das verängstigte Pferd. Drei andere die lauthals lachenden Männer.

Wo um alles in der Welt war Hilde?

Ein Martinshorn.

»HILDE!« Seit ihrer Kindheit hatte Lore nicht mehr so laut geschrien. »HILDE!« Sie erkannte die eigene Stimme nicht mehr. Was da aus ihrer Kehle kam, klang so fremd wie die Töne eines alten, vergessenen, verstimmten Instruments.

In ihrem Kopf polterte es wieder. Die riesige Linde ragte zwar weit in die Höhe, spendete aber beim derzeitigen Sonnenstand keinen Schatten mehr. Lore kniff die Augen zu, hob die Hände an die Schläfen. Massierte. Pochen, Pochen, Pochen. Ihr wurde kalt, aber der Kopf fühlte sich heiß an. Die Ohren glühten. Es fiepte. Hinter den geschlossenen Augenlidern tanzten blitzende Punkte. Sie zitterte. Ihre Beine bebten.

Knall.

Lores Knie knickten ein.

»Die Kante!«, brüllte jemand.

Pochen. Punkte. Puls.

Halt. Verloren.

– 16 –

Lore
konnte die Augen nur einen Spalt öffnen. Es war zu hell. Sie schloss sie schnell wieder. Konnte riechen, dass sie nicht zu Hause war. Spürte im Rücken, dass dies nicht ihr Bett war. Erinnerungsfetzen, diffus und nur schwer einzufangen.

Hilde
saß neben dem Bett und blätterte in einer Zeitschrift. Draußen klapperten die Geschirrwagen in den Fluren. Das Frühstück war kein großer Genuss gewesen, das Brot pappig, bei der Marmelade erkannte man nur an der Beschriftung, um welche Sorte es sich handeln sollte, und der Käse war eine Pampe mit Kräutern. Gegen das Magenknurren hatte es geholfen. Gegen Hildes Appetit nicht. Sie hatte noch Glück. Hätte Lore nicht den ganzen Morgen durchgeschlafen, wäre ohnehin nichts von dem Frühstück übrig geblieben. Essen teilte Lore nicht.

Jetzt wartete Hilde gespannt auf das Mittagessen. Nach dem Frühstück konnte es nur eine Steigerung geben. In jedem Fall warm. Königsberger Klopse. Die wären was. Die hatte sie hier sogar gern gegessen. Aber ihr eigener Krankenhausaufenthalt war mittlerweile zwanzig Jahre her und das Küchenpersonal sicherlich nun ein anderes.

Die Tür wurde geöffnet, eine junge Frau kam mit zwei Tabletts herein.

»Ach stimmt, Frau Bettler ist heute Morgen entlassen worden. Möchten Sie vielleicht das zweite Essen haben?«

»Gerne.«

Die Krankenschwester stellte ein Tablett auf den Besuchertisch, das andere auf die bewegliche Ablage am Bett. Da Hilde direkt davor saß und Lore schlief, entschied sie sich für das Menü in Reichweite. Sie lüftete die Deckel. Hellgelber Klops, hellbrauner Klops, grasgrüner Klops in dunkelbraunem Soßensee. In der Dessertschale etwas Weißliches. Sie würde nicht auf den Zettel schauen, sondern alleine herausfinden, um welche Lebensmittel es sich hier handelte. Skeptisch teilte sie von dem hellgelben Klops einen kleinen Happen ab. Testete. Kartoffelpüree. Ganz klar. Grün. Spinat? Brokkoli? Kohlrabi? Aber Kohlrabi waren doch nicht so grün. Vermutlich eine Mixtur.

»Warum isst du mein Essen?«

Hilde sah in Lores hellwaches Gesicht.

Lore

fixierte Hildes Blick. Ihr Bewusstsein klarte auf, Schläfrigkeit und Schwindel verschwanden. Sie orientierte sich kurz, erinnerte sich wieder an den Sturz. An den Krankenwagen, die Ärztin und den Pfleger. Zum Glück war sie nur umgekippt, nicht auch noch vom Dach gefallen. Ihr trockener Mund forderte Flüssigkeit, aber der knurrende Magen war schlimmer.

»Das ist mein Essen!« Lore riss ihr das Tischchen weg.

»Lore!«

»Das ist mein Essen! Gib mir die Gabel.«

»Da vorne steht noch ein zweites Menü. Beruhige dich!«

Hilde tauschte die beiden Tabletts aus. Dann vermengte sie Kartoffelpüree und Soße. »Dir scheint es wieder gut zu gehen, wenn du mich anmeckern kannst.«

»Es geht.«

»Warum bist du auf das Dach geklettert?«

Lore stürzte ein Glas Wasser hinunter. »Hm?«

»Was hast du auf dem Dach gewollt?«

»Dich suchen.«

»Mich suchen?«

»Du warst schon so lange weg und dann knallte es noch.«

»Als es knallte, war ich schon wieder am Lindenstübchen. Mit Kurt.«

Lore ließ die Gabel sinken, schluckte den Breiklumpen so hastig, dass er kaum rutschte. Sie kippte einen Schluck Wasser direkt aus der Flasche hinterher. Zog die Brauen hoch. »Kurt? Elvis-Kurt?«

»Ja. Er stand plötzlich vor mir. Mitten in der Menge. Hat mich gar nicht mehr alleine lassen wollen. Aber Lore, er ist nicht mehr der alte. Ein unangenehmer Geselle.«

Lore widmete sich dem hellbraunen Klops. Er sah aus wie Katzenfutter aus der Dose, roch aber nicht so intensiv. Als sie den Klops halbiert hatte, fiel eine Hälfte um und platschte in die Soße. Nun war die Bettdecke braun getupft.

Hilde und Lore.

Es klopfte an der Tür. Ein großer Blumenstrauß auf leinenbehosten Beinen trat ein, kam näher, stellte sich neben Lores Bett. Dann sank der Strauß.

»So eine Überraschung!«, sagte Hilde in sarkastischem Tonfall.

»Hallo Theo«, sagte Lore.

»Was ist mit deinem Arm geschehen?«, fragte Hilde.

»Ich bin vom Pferd gefallen. Hansi hatte Angst vor den Knallern, obwohl er im Grunde stoisch ist.« Er reichte Lore die Blumen.

»Hansi heißen doch eigentlich Wellensittiche«, sagte Hilde.

»Eigentlich heißt mein Pferd ja auch Hans-Dieter Klepper.« Theo grinste verschmitzt.

»Du verschaukelst mich.«

»Ja, ein bisschen. Ich wollte die Situation etwas auflockern. Tut mir leid.«

»Was alles?«

»Ach Hilde.«

»Ich empfinde das als eine völlig legitime Frage nach dem gestrigen Tag.«

»Weder für die Knallkörper noch für Lores Sturz bin ich verantwortlich. Und die Demonstration hat viel Aufmerksamkeit gebracht.«

»Aufmerksamkeit. Das stimmt wohl.«

Lore schob den Blumenstrauß ans Bettende. Wenn sie mit den Füßen zappelte, raschelte es.

»Ich entschuldige mich nicht für eine gelungene politische Aktion. Das habe ich noch nie getan und das werde ich auch nicht. Für eine Handvoll Idioten kann ich nichts.«

»Du hast uns damit völlig überrannt. Woher sollten wir denn wissen, dass ein Video diese Folgen haben würde? Lore liegt jetzt hier und wir sind kein Stück weitergekommen.«

»Grünfeld wird auf die Demo reagieren, da bin ich mir sicher.«

»Wahrscheinlich schickt er wieder seinen Handlanger vorbei«, sagte Hilde.

»Das kann ich mir nicht vorstellen«, sagte Theo.

»Gestern war der Kerl doch auch da.«

»Egal.«

»Wie kann das egal sein?«

»Weil es wichtigere Dinge gibt, Hilde. Das habe ich dir schon gesagt. Es geht um etwas Größeres.«

»Aber uns liegt das Lindenstübchen am Herzen. Unser Vater hat es gebaut, unsere Wurzeln stecken darin.«

»Dann hättet ihr es vor zwanzig Jahren vielleicht lieber nicht im Stich lassen sollen. Dann wäre das alles wahrscheinlich nicht passiert. Ihr hattet eure Chance. Ich weiß gar nicht, was du von mir willst. Ich bin nicht der Sündenbock für eure Fehler.«

»Frechheit!«, sagte Hilde.

»Ihr seid zu stur und zu geizig, euch einen Anwalt zu nehmen. Ihr denkt, dass jeder euch Auskunft zu geben hat. Dass eure geschlossene Kneipe irgendeine Relevanz hätte. Aber die interessiert niemanden!«

»Du gehst jetzt besser!«

»Weil ich euch die Wahrheit vor Augen führe?«

»Weil du unmöglich bist«, sagte Hilde.

»Welch ein Argument.«

»Bitte geh«, sagte Lore ganz leise.

»Keine traute Dreisamkeit, die Herrschaften? Das sah ja mal anders aus.« Ein Mann stand in der Tür.

»Wer sind Sie?«, fragte Hilde.

»Friedrich. Vom *Bellberger Tagesboten*. Mich interessiert Ihre Geschichte.«

»Friedrich?«, wiederholte Hilde.

»Ganz genau.«

»Sie interessiert unsere Geschichte?« Hilde lachte künstlich.

Er nickte, kräuselte währenddessen aber die Stirn.

»Jetzt also interessieren Sie sich plötzlich! Weil etwas Aufregendes passiert ist. Als ich Sie vor ein paar Wochen anrief und um Informationen bat, haben Sie mich auf unfreundlichste Weise abgewimmelt.«

»Da hatte ich einen sehr schlechten Tag. Dafür entschuldige ich mich in aller Form.« Er deutete einen Diener an.

»Berichtet ihm doch. Da habt ihr eure Chance«, sagte Theo.

»Gar nichts tun wir«, sagte Hilde mit Nachdruck.

»Euch ist echt nicht mehr zu helfen.« Theo stampfte aus dem Zimmer. Die Tür blieb offen stehen.

»Eventuell kann ich Ihnen tatsächlich behilflich sein«, sagte der Redakteur.

»Gehen Sie auf der Stelle!« Hilde schrie beinahe.

Lore zuckte zusammen, die Blumen raschelten.

»Was ist denn hier los?« Eine Krankenschwester spähte mit strenger Miene ins Zimmer.

»Dieser Herr belästigt uns«, sagte Hilde.

Er hob die Hände. »Also hören Sie mal! Ich wollte Ihnen bloß meine Unterstützung anbieten.«

»Verlassen Sie bitte das Krankenzimmer«, sagte die Krankenschwester.

Der Redakteur hob abwehrend die Hände und kam der Aufforderung nach. Im Türrahmen drehte er sich noch einmal um und reckte den Zeigefinger. »Den Artikel können Sie nicht verhindern.«

»Das tut nichts mehr zur Sache«, sagte Hilde. Sie schnaufte.

Die Krankenschwester schob ihn an der Schulter hinaus auf den Flur.

LORE

ging zur Toilette. Im Spiegel sah sie eine blasse, alte Frau. So fühlte sie sich auch. Schwach und dünnhäutig. Hildes schnippische Antworten hatte sie nur schlecht ausgehalten. Erst recht diese sture Abwehr. Sie hätten sich mit Theo versöhnen können, sie hätten die Möglichkeit nutzen sollen, dem Redakteur von ihrer vermeintlichen Verschollenheit zu erzählen. Stattdessen hatte Hilde beide verjagt. Und ihr selbst fehlte wieder das letzte Quäntchen Mut, um ihre Stimme zu erheben. Sie brauchte die Blockflöte, aber die lag neben den Steinen auf der Fensterbank im Schlafzimmer. Hoffentlich würde Hilde gleich gehen und sie in Ruhe lassen. Seit zwei Jahrzehnten hatten sie keine Nacht ohneeinander verbracht, niemals alleine im Bett geschlafen. Nun aber, hier im Krankenhaus, hatte sie erstmals die Chance, Abstand zu gewinnen, für sich zu sein und nicht fortwährend Zwilling. Sie wünschte sich keinen Bruch, aber vielleicht eine kleine Falte, in der sie sich dann und wann verstecken konnte, in der sie ein eigenes Individuum war, nicht die Hälfte von Hilde und Lore oder Lore und Hilde oder den Brüggemann-Schwestern. Ein Selbst, bei dem Hilde nicht grundsätzlich mitgedacht war. Seltsam, dass dieses Bedürfnis erst im fortgeschrittenen Alter hervortrat.

Sie würde ins Bett zurückgehen und Hilde bitten, sie alleine zu lassen. Sie würde das schaffen und würde Hildes Reaktionen aushalten und kein Aber dulden. Lore tätschelte sich die Wangen, biss sich vorsichtig auf die Lippen, bis die Frau im Spiegel etwas weniger blass aussah.

Hilde
klappte die Karte auf.

Liebe Frau Brüggemann, ich wünsche Ihnen gute Besserung. Bleiben Sie standhaft. Viele Grüße, Monika Grünfeld. P.S. Ich bin aufgeflogen.

Lore
schlurfte zum Bett, kletterte hinein, schob die Beine unter die Decke. Auf ihrem Tischchen stand ein weiterer Blumenstrauß.

»Hilde …«

»Lilien. Schön, oder? Blumen der Hoffnung. Hab ich zumindest mal gehört. Weißt du, von wem die sind?«

Sie schüttelte den Kopf. Sie wollte nicht über Blumen reden. »Hilde …«

»Die Krankenschwester hat den Strauß eben hereingebracht. Mit einer Karte. Weißt du, was drinsteht?«

»Hilde. Ich will über etwas ganz anderes sprechen.«

»Das muss kurz warten. Hier. Lies!« Sie hielt ihr die Karte unter die Nase.

»Aufgeflogen?«

»Ja.«

»Was denn?«, fragte Lore.

»Du bist äußerst schwer von Begriff manchmal. Grünfeld weiß jetzt, dass die Uhr nicht im Lindenstübchen ist! Vielleicht geht nun alles ganz schnell.«

»Ist mir egal.«

»Wie bitte?!«

»Ist mir gerade nicht wichtig.«

»Wie kann dir das nicht mehr wichtig sein? Das Lindenstübchen, unsere Wurzeln!«

»Ach Hilde! Hör doch auf! Ich kann es nicht mehr hören. Ich will jetzt meine Ruhe. Bitte geh!«

»Ich soll gehen?«

Lore nickte.

»Du musst dich wirklich erholen. Du bist wegen des Sturzes ganz durcheinander. In zweiundachtzig gemeinsamen Jahren hast du mich kein einziges Mal gebeten, dich alleine zu lassen. Vielleicht sollten sie dein Gehirn noch einmal gründlich untersuchen. Da stimmt was nicht.«

»Bitte! Geh!«

Hilde

rollte zur Tür. »Deinen Zwilling wirst du nicht los. Und bald wirst du auch wieder verstehen, dass das gut ist.«

Lore

schmiss die Karte auf den Boden und schloss die Augen. Sie hoffte, dass Heinz noch einmal käme.

– 17 –

LORE

war nach zwei Tagen entlassen worden. Sie hatte keinerlei Symptome gezeigt, wurde zunehmend agiler und hatte einen gesunden Appetit. Um weiterhin Zeit für sich zu haben, täuschte sie gelegentlich Schwindel und Kopfschmerzen vor. Nachdem Hilde beim letzten Mal aber kurz davor gewesen war, sie wieder ins Krankenhaus zu bringen, musste sie sich etwas anderes einfallen lassen.

Heinz war nicht ans Telefon gegangen. Wahrscheinlich hatte er zu tun.

Seitdem saß sie am Küchentisch, bei geschlossener Türe, blätterte um und beschrieb die zehnte Seite ihres Tagebuchs. Die Wörter flossen nur so aus ihr heraus, sie wagte es kaum, den Kugelschreiber abzusetzen. Die blaue Spur lief in weiße Vertiefungen aus. Lore kritzelte am unteren Seitenrand. Nur noch Vertiefungen. Kein Blau. In der Küchenschublade fand sie einen anderen Kugelschreiber. Testete ihn. Auch kein Blau. Sie hauchte auf die Spitze der Mine. Kritzelte. Nichts.

In ihrer Bauchgegend kribbelte es vor Ungeduld.

Sie ging ins Wohnzimmer.

»Na, kommst du auch mal wieder aus der Küche raus?«, fragte Hilde.

Lore öffnete die oberste Schublade im Wohnzimmerschrank.

»Gleich ist es Zeit fürs Abendbrot«, sagte Hilde.

Drei Kugelschreiber. Dreimal Hoffnung.

»Wärst du so nett und würdest irgendeine Reaktion zeigen?«

Nichts durfte ihren Schreibfluss länger unterbrechen. Kein Gespräch, kein Abendbrot, kein leerer Kugelschreiber. Sie verließ das Wohnzimmer, schloss die Küchentür hinter sich.

Gleich der erste funktionierte. Sie zitterte, als sie weiterschrieb. Konnte kaum so schnell schreiben, wie die Wörter hinauswollten.

Die Tür ging auf.

Lore hob abwehrend die linke Hand, während sie weiterzuschreiben versuchte. Das Tagebuch verrutschte ihr.

»Können wir bitte vernünftig miteinander reden?«

Sie schüttelte den Kopf.

»Vielleicht, wenn du fertig bist?«

Sie zuckte mit den Schultern.

Hilde zog die Tür wieder zu.

Unablässig flog Lores Hand über die Zeilen, brachte Auf und Ab hinter sich. Sie ließ die Dinge stehen. Auf der fünfzehnten Seite wurde sie langsamer, der Druck schwand. Da endlich klappte Lore das Tagebuch zu, strich mit der flachen Hand darüber, versenkte mit einem Klick die Mine im Kugelschreiber. Sie war ausgelaugt, aber zufrieden. Eine schöne Leere. Raum für Neues.

Sie brachte das Tagebuch ins Schlafzimmer, griff nach ihrer Flöte, und dann ging sie ins Wohnzimmer.

Hilde und Lore.

»Bist du mir böse?«, fragte Hilde.

Lore zuckte mit den Schultern, strich über die Blockflöte. Dann nickte sie zögerlich.

»Was habe ich getan, womit ich dich so sehr verärgert habe, dass du mich erst aus dem Krankenzimmer hinauswirfst und dann tagelang kaum auf mich reagierst?«

»Wie du mit Theo und dem Redakteur geredet hast.«

»Wie habe ich denn mit ihnen geredet?«

»Du hast sie kaum zu Wort kommen lassen.«

»Theo hat sich unmöglich verhalten. Er hat uns hintergangen! Und der Redakteur hatte doch auch nichts Gutes im Sinn.«

»Woher weißt du das?«

»Er hatte mich damals am Telefon sehr unfreundlich abgewimmelt.«

»Aber vielleicht hätte er diesmal helfen können. Vielleicht wollte er das wiedergutmachen.«

»So naiv kannst auch nur du sein.«

Lore seufzte. »Siehst du? Jetzt bist du wieder so.«

»Wie?«

»Du lässt keine andere Meinung zu.«

»Wenn die Dinge doch offensichtlich sind.«

»Sind sie das?«

»Für mich sind sie das.«

»Genau das meine ich. Für dich ist das der Fall. Es gab Zeiten, in denen hast du nach meiner Sicht gefragt. Derzeit sprichst du einfach für mich mit, ohne zu wissen, wie es mir damit geht.«

Hilde verknotete die Finger, senkte den Blick. Sie trennte sie wieder, rieb sich über die Oberschenkel.

»Und ich brauche mehr Zeit für mich allein«, sagte Lore.

»Widerspricht sich das nicht? Du willst, dass ich dich öfter frage, und zugleich weniger mit mir zusammen sein?«

»Das wünsche ich mir beides, ja. Und es fiel mir wirklich nicht leicht, das anzusprechen.«

»Gut«, sagte Hilde.

»Gut?«

»Ich werde mir Mühe geben. Versprechen kann ich aber nichts. Ich kann mich nicht mehr umkrempeln, dazu fehlt mir die Kraft. Und die Lust.«

»Zumindest ist das ein Anfang.« Lore umarmte ihre Schwester.

Als sie einander losgelassen hatten, deutete Hilde auf den Couchtisch. »Schau mal, wir haben eine Karte bekommen.«

»Was steht drin?«

»Lies selbst.«

»Einladung zum Abendessen. Liebe Lore, liebe Hilde, bitte wartet am Sonntagabend um neunzehn Uhr vor eurer Haustür. Ihr werdet abgeholt. Mit freudigen Grüßen, Verehrer«, las Lore vor. Sie drehte die Karte, beschaute den Umschlag. »Kein Name.«

»Es kann doch eigentlich nur Heinz dahinterstecken. Was meinst du?«

»Gut möglich.«

»Lassen wir uns darauf ein?«

Lore reckte die Hand in die Luft, hielt sie Hilde flach entgegen.

Hilde stutzte.

»Schlag ein.«

»Wie bitte?«

»Na du sollst deine Handfläche auf meine schlagen.«

»Ach, Lore.«

Lore.
Drei Tage später saß sie wieder am Küchentisch. Sie pinselte so gleichmäßig wie möglich über den Daumennagel. Zeigefinger, Mittelfinger, Ringfinger, kleiner Finger. Dann steckte sie den Pinsel zurück ins Fläschchen und hob die gespreizten Finger in die Luft. Sie war mit ihrer Arbeit zufrieden.

Hilde öffnete die Tür. »Puh! Wie das hier stinkt! Du musst unbedingt lüften.«

Lore präsentierte ihre Nägel.

»Schön, schön. Wie eine Sechzehnjährige.«

Lore pustete auf den Lack, schüttelte locker die Handgelenke, stand auf und drehte den Fenstergriff.

»Hast du meine weiße Bluse gesehen?«

»Nein.« Sie streckte ihre Hände aus dem Fenster. In der Sonne glitzerten die Partikel in unterschiedlichen Farben. So was machte Lore glücklich.

Hilde
fuhr ins Schlafzimmer zurück, stellte sich vor den geöffneten Kleiderschrank. Wenn sie nun schon mal zum Essen eingeladen wurden, wollte sie das Hübscheste anziehen, was sie besaß. Und das war die seidenweiche Bluse mit dem feinen Spitzenkragen, die irgendwo hängen musste. Eine halbe Ewigkeit hatte sie die

nicht mehr getragen, mindestens fünfundzwanzig Jahre. Sie schob die Kleiderbügel an der Stange nacheinander von rechts nach links. Am Ende. Nichts. Auf dem Einlegeboden, in den Schubladen, im Wäschekorb, unterm Bett, unter dem Kissen. Keine weiße Bluse. Ihr Blick fiel auf Lores Kleiderschrank. Darin waren die meisten Kleiderbügel frei, nur zwei Jacken hingen an der Stange. Auf dem Einlegeboden zwei große Kleiderhügel. Hilde griff mit weiten Armen in den linken Berg, lagerte ihn auf ihrem Schoß zwischen und beförderte ihn auf das Bett. Hosen, Shirts, Pullover, Hemdchen, Socken, Pullunder.

Es folgte Berg Nummer zwei. Ein Herrenhemd, eine Krawatte, eine Herrenhose. Lore hatte anscheinend Kleidungsstücke ihres Vaters behalten. An die geschmacklose Krawatte konnte Hilde sich sogar erinnern, Hemd und Hose waren zu beliebig, um ein konkretes Bild in ihr wachzurufen. Da war sie! Ihre Bluse. Ein Auffrischen mit dem Bügeleisen würde ausreichen. Sie schmiss die Kleidungsstücke zurück in den Schrank, gab sich keinerlei Mühe, die beiden Berge wieder zu trennen. In welcher Form auch immer, Chaos blieb Chaos.

Hilde und Lore.

Viertel vor sieben. Lore wippte. Ferse, Ballen, Zehen. Vor, zurück. Vor, zurück. Sie balancierte auf den Fersen. Drei Sekunden, vier, fünf, sechs. Verlor das Gleichgewicht, kippte, hielt sich reflexartig am Rollstuhl fest, der einen Satz machte.

»Lore! Musst du so zappeln? Beinahe wäre ich hinausgefallen und in der Gosse gelandet.«

»Entschuldige.« Sie knibbelte an der Armlehne.

»Was ist denn nun wieder!«

»Da ist Dreck dran.«

»So was stört dich doch sonst nicht. Lass das jetzt!« Hilde schlug ihre Hand weg.

Lore stellte sich gerade hin, sah geradeaus, Arme an den Körper gepresst. Wie eine Soldatin.

Hilde blickte die Straße hinab.

Ein schwarzer Wagen bog um die Ecke, fuhr auf sie zu und blieb vor ihnen stehen. Es hätte die Limousine der Kanzlerin sein können. Groß und luxuriös.

Ein elegant gekleideter, sehr kleiner Mann stieg aus.

»Guten Abend, die Damen, mein Name ist Adamski, ich bin heute Abend Ihr Fahrer. Darf ich Ihnen beim Einsteigen behilflich sein?«

Hilde winkte ab. »Danke. Ich steige selbst ins Auto. Vielleicht könnten Sie den Rollstuhl zusammenklappen und in den Kofferraum legen.«

»Selbstverständlich.«

Der Fahrer öffnete die Tür, Hilde stieg ein.

Lore bog währenddessen um das Heck und stieg auf der anderen Seite in den Wagen.

Nachdem der Chauffeur sich auf dem Fahrersitz niedergelassen hatte, schaute er in den Rückspiegel. »Wir werden etwa eine halbe Stunde fahren. Falls es Ihnen zu warm oder zu kalt werden sollte, geben Sie bitte Bescheid.«

»Wohin geht es denn?«, fragte Hilde.

»Das darf ich nicht verraten. Aber es ist ein sehr spezieller Ort.«

»Und wem haben wir diese Einladung zu verdanken?«

»Auch das bleibt noch geheim.«

Lore kicherte ganz leise. Und zappelte mit den Füßen im Fußraum.

»Danke, Herr Adamski, ich übernehme ab hier«, sagte die Frau, deren hellgelbes Kostüm ihnen schon von weitem entgegengeleuchtet hatte.

Der Chauffeur stieg wieder ein und fuhr davon.

»Herzlich Willkommen, die Damen, ich heiße Bintu Mané und bin die Restaurantleiterin. Bitte folgen Sie mir doch.«

Durch die Schaufenster starrten von links ein Luchs und von rechts ein Wolf Richtung Tür. Lore sah dem Luchs in die Augen, sie waren auf der gleichen Höhe wie ihre. Hildes Kopf befand sich auf Pfotenhöhe. Sie duckte sich ein bisschen, als sie durch den Eingang fuhr.

»Die sehen wahnsinnig echt aus«, sagte Hilde.

»Ja, mein Chef legt viel Wert auf präzise Arbeit. Bitte hier entlang.«

An jeder Wand, in jedem Regal, auf jedem Tisch gab es etwas Besonderes zu entdecken. Präparierte Greifvögel, Dutzende Herrenhüte und Zylinder, Gesichter in Holzvertäfelungen, Wandteppiche, abstrakte Malereien. Von überallher starrte es. In einer Nische saß ein hell angestrahltes weißes Riesenkaninchen mit einer Taschenuhr in der Pfote.

»Wir haben für Sie unseren exklusivsten Bereich reserviert«, sagte die Restaurantleiterin und führte sie in einen fensterlosen Raum. In der Mitte ein ovaler Marmortisch, daran sieben Stühle, von denen nun einer entfernt wurde, um für Hilde Platz zu schaffen.

»Unsere Mitarbeiterin Frau Schukow wird Sie heute Abend bedienen. Ich wünsche Ihnen einen guten Appetit.«

»Danke«, sagte Hilde und sah der Dame in Gelb nach, die von einer klassisch gekleideten Kellnerin abgelöst wurde.

Lore versuchte in dem massiven Schalenstuhl näher an den Tisch heranzurücken, scheiterte jedoch.

»Was darf ich Ihnen zu trinken bringen?«

»Sollten wir nicht noch warten, bis wir komplett sind?«, fragte Hilde.

»Ich wurde angewiesen, Ihnen bereits ein Getränk zu servieren. Sofern Sie mögen.«

»Eine Apfelschorle, bitte«, sagte Lore.

»Bedauere, das führen wir nicht. Stattdessen empfehle ich eine Schorle von der Rosétraube.«

Lore zuckte mit den Schultern. »Gut.«

»Und was hätten Sie gerne?« Die Bedienung sah zu Hilde.

»Eine Weißweinschorle bitte.«

»Sehr gern. Wünschen Sie einen trockenen oder eher lieblichen Wein?«

»Eine Spätlese vielleicht?«

»Gerne«, sagte die Bedienung und verließ den Raum.

»Lore, das ist hier aber verrückt. Wie kommt Heinz denn auf solch ein Restaurant? Und ist er heimlicher Millionär?«

»Gute Frage.« Sie zeigte auf die Wände. »Das sind doch alles Handspiegel, oder?«

»Sieht so aus. Aber ist dir schon aufgefallen, dass alle kaputt sind?«

Die Spiegel waren zerkratzt oder zerbrochen, milchig oder silbrig-matt. Und sie hingen mit den Griffen in Richtung Decke, gemeinhin falsch herum. Die Hängelampen waren unregelmäßig geformt, als hätten sie zu lange in der prallen Sonne gelegen und wären geschmolzen. Die Zimmerdecke war mit einem Spiralmuster bemalt, das sich zu den Lampen hin eindrehte. In der Ecke hing ein Kauz, der die Flügel ausgebreitet hatte und sich scheinbar jeden Moment auf den Tisch stürzen wollte.

Die Bedienung trat wieder ein und servierte die Schorlen. »Bitte werfen Sie doch auch schon einmal einen Blick auf unsere Karte.«

Sie bekamen Brettchen gereicht, an denen an goldlackierten Holzringen zwei schwarze Pappen befestigt waren.

»Links finden Sie unsere Speisen, rechts unser Getränkeangebot.«

Hilde klappte die Pappe um und zog die Augenbrauen hoch.

Lore klappte die Pappe um und lachte.

»Die Damen?«, fragte die Bedienung verwundert.

»Wir können das nicht lesen«, sagte Hilde.

»Darf ich Ihnen etwas empfehlen?«

»Ja, gerne«, sagte Hilde. Sie warf Lore einen Blick zu.

»Dann empfehle ich Ihnen *Foie de veau avec des raisins et*

moutarde de Dijon oder als etwas leichtere Speise *Loup de mer avec fenouil.*«

»Ich nehme das zweite«, sagte Lore überzeugt.

»Gut, dann nehme ich das erste.«

»Darf es zudem eine Vorspeise sein?«

»Etwas Brot vielleicht?«, fragte Lore.

»Und eine leckere Kleinigkeit?«, fragte Hilde.

»Dann bringe ich Ihnen die *Escargots à la sauce à l'estragon* und dazu frisches Baguette.«

»Fantastisch«, sagte Hilde.

Die Bedienung ging hinaus.

»Alles auf Französisch, Lore! Wie kann Heinz sich das leisten? Und wo bleibt er überhaupt?«

»Eigentlich ist er immer pünktlich.«

»Lass uns trotzdem anstoßen, sonst werden die Getränke warm.«

Die Gläser klirrten.

Ein Mann trat ein. Sehr groß, an die zwei Meter wahrscheinlich. Sehr lange, dünne Beine, ein kurzer, kugelrunder Oberkörper, auf dem der haarlose Kopf direkt aufsaß.

Lore

dachte an eine Figur aus einem Kinderfilm, der vor ein paar Wochen im Fernsehen gelaufen war. Da war ein großer Mann, der ständig den gleichen Schal trug und kleine gelbe Kerlchen als Freunde hatte, die sehr seltsam redeten und immer nur Unfug trieben.

Lore fand den Film lustig, Hilde hatte sich geweigert, ihn mit anzusehen.

Hilde

dachte an eine Stehlampe.

»Guten Abend, die Damen.« Er zog einen Stuhl vom Tisch ab, setzte sich, rückte mit Schwung heran.

Die Kellnerin füllte einen funkelnden Rosé in sein Glas.

»Vielen Dank! Für mich bitte die *Canard aux échalotes*. Die Damen haben schon gewählt? Die Küche ist hier vorzüglich.«

»Sie haben uns eingeladen?«, fragte Hilde.

»Mit Verlaub, die Adresse würden Sie sich wohl kaum leisten können.«

»Wir vielleicht nicht, aber Heinz«, sagte Lore.

»Ihr Gefährte ist vermögend? In dem Fall hätte ich ihn gleich mit herbringen lassen sollen.«

»Wie bitte?«, fragte Hilde.

»Wieso hat er Sie beide dann aber nicht finanziell unterstützt bei der Rettung des Lindenstübchens?«

Hilde schluckte. Ihr dämmerte allmählich, wer dieser Mann war. Und Heinz würde sicherlich nicht mehr auftauchen.

Lore leerte ihr Glas.

»Bringen Sie mir bitte den Karton, Frau Schukow«, bat der Mann.

Im Nu war die Bedienung mit einer großen Pappschachtel zurück. Er schob sie in die Mitte des Tisches.

»Das ist für Sie.«

Hilde hatte keinerlei Lust, zu öffnen. Sie schüttelte sachte den Kopf.

Lore

stand auf und warf einen Blick in die Schachtel. Bilderrahmen. Sie erkannte Elvis-Kurt, Barfuß-Theo und die Skat-Brüder.

»Ich dachte, dass Sie diese Bilder vielleicht behalten mögen.«

»Grünfeld«, sagte Lore.

»So lautet mein Name, ganz richtig. Schön, Sie endlich persönlich kennenzulernen! Ständig kam mir etwas dazwischen. Termine. Wie gerne hätte ich Sie schon früher getroffen. Dann wären die Dinge sicher entspannter gelaufen.«

Lore ließ sich auf den Stuhl fallen.

»Ich stelle den Karton für Sie vorerst zur Seite. Nun wollen wir gemeinsam essen«, sagte Grünfeld. »Sie haben mir noch gar nicht gesagt, ob Sie schon gewählt hatten.«

»Haben die Damen«, sagte die Bedienung aus dem Hintergrund.

»Wunderbar! Wünschen Sie noch ein Getränk?«

Lore schwieg. Was enttäuschte sie mehr, der nicht erscheinende Heinz oder das Auftauchen dieses miesen Kerls? Die Vorstellung, dass Heinz eine Überraschung plante, hatte sie entzückt. Aber spätestens beim Eintreten in dieses skurrile Restaurant hätte sie stutzig werden müssen. Möglicherweise servierten ihnen gleich kleine gelbe Kerlchen. Oder sie waren das Essen. Heute würde Lore sich über nichts mehr wundern.

Hilde.

Jetzt war dieser Mensch greifbar, den sie seit Wochen mit Fragen löchern wollte. Wo nur war ihr Zettel geblieben? Sie hatte sich vorgenommen, Grünwald zu kritisieren, zu rügen, zurechtzuweisen, zu ermahnen, auszuschimpfen, anzumeckern, zu zerpflücken, ihn zu zerfetzen und in kleine, feine Stücke zu zerschneiden. Und jetzt machte sie. Nichts. Zumindest nichts, was ihren Vorsätzen auch nur annähernd entsprach. Sie betrachtete das goldene Besteck. Sie sah Grünfeld nicht an und sie sah auch Lore nicht an. Sie schaute nicht nach links und nicht nach rechts. Sie suchte nicht mal einen Ausweg. Sie ergab sich der Situation. Würde so lange warten, bis Lore aktiv wurde oder bis man sie herausschob oder. Sie wusste nicht weiter.

Der Kauz

hing in der Luft. Konnte nicht vor und nicht zurück.

Lore und Hilde.

Die Bedienung stellte einen Brotkorb und eine Servierplatte auf den Tisch.

»Danke, Frau Schukow«, sagte Grünfeld. »Darf ich Ihnen auftun?«

Hilde schwieg und regte sich nicht.

Lore nickte.

Dem Besteck wurden jeweils eine zweizinkige Gabel und eine Zange hinzugefügt.

Lore.
Wie aß man Schnecken?

Hilde
starrte auf ihren Teller. Gewundene Gehäuse. Grün gefüllt. Das konnte sie nicht essen. Weder wollte sie austesten, wie man die herausbekam, noch wollte sie ihren Geschmack probieren. Die Konsistenz stellte sie sich gummiartig und schleimig vor.

Lore.
Das Häuschen rutschte wieder aus der Zange. Zum vierten Mal versuchte sie es nun in eine handhabbare Position zu bringen. Jetzt aber. Sie stocherte in der Öffnung des Schneckenhauses herum, Butter und Kräuter quollen heraus. Anscheinend erfolgreich. Vorsichtig zog Lore das Fleisch hervor. Es flutschte von der Gabel und rutschte durch die Fettpfütze auf dem Teller. Ein brauner Brocken. Sie legte die Zange zur Seite, stach hinein und steckte ihn sich in den Mund. Kaute und freute sich, dass ihr die Vorspeise schmeckte. Dann nahm sie ein Stück Baguette und wischte die flüssige Kräuterbutter auf.

Hilde
beobachtete Lore, wie sie Schnecken aß. Ihr war klar, dass ihre Schwester auch diese Dinger mögen würde. Lore kostete und aß fast alles. Sie mochte Innereien, Sülze, Schimmelkäse, Harzer Käse, Belegkirschen und Rosinen. Das einzige, was Lore verabscheute, war Marzipan. Das blieb Hilde auf ewig ein Rätsel.

Sie rührte weder eine Schnecke noch das Baguette an.

Lore.
Als die Bedienung abräumte, klackerten sechs leere Schneckenhäuser gegeneinander.

»Ich sehe, dass es Ihnen geschmeckt hat«, sagte Grünfeld zu Lore.

Sie nickte.

Der Hauptgang wurde serviert.

»Das sieht fantastisch aus!« Grünfeld fächerte sich den vom Fleisch aufsteigenden Dampf zu, nahm den Duft in sich auf, atmete lautstark wieder aus.

»Einen gesegneten Appetit wünsche ich Ihnen beiden.«

Lore sah mit weit geöffneten Augen auf ihr Gericht, das Gericht sah mit trüben Augen zurück. Auf ihrem Teller lag ein kompletter Fisch. Gebräunt und knusprig.

Hilde.
Grünfeld wedelte mit dem Messer in die Richtung von Hildes Teller. »Sie sind ja eine wahre Feinschmeckerin. Jetzt weiß ich auch, warum Sie keine Schnecken gegessen haben. Sie wollten sich Ihren Appetit für die feine Leber aufsparen.«

Leber. Das hatte sie nun davon, dass sie ins Blaue hinein gewählt hatte, ohne ein Wort Französisch zu verstehen. Außer Baguette. Das verstand sie. Gut, dann verstand sie kaum ein Wort Französisch. Jetzt hatte Hilde genau das auf dem Teller, was sie am wenigsten mochte. Die Leber bildete offenbar die unterste Etage des elegant drapierten Stapels. Drei weitere Etagen saßen obendrauf. Drumherum Soße. Ihr Magen knurrte, sie würde von oben nach unten essen und die Leber liegen lassen.

Hilde und Lore
legten fast zeitgleich das Besteck hin.

Grünfeld zog zwei Bündel gelbe Geldscheine hervor, schob eines Hilde und eines Lore zu. »Für Ihre Unannehmlichkeiten.«

»Wir möchten Ihr Geld nicht«, sagte Hilde.

»Doch, das möchten Sie.«

Hilde schob das Geld zurück. »Nein. Danke.«

»Sie nehmen das Geld, freuen sich endlich darüber, dass Sie die Bruchbude los sind, und pfeifen Ihre protestierenden Hippies zurück. Dieses unsägliche Video lasse ich Ihnen gerade noch einmal durchgehen, da Sie wahrscheinlich nicht wussten, was Sie taten und was die Konsequenz daraus sein würde. Ich müsste Ihnen keinerlei Geld anbieten, Sie haben ohnehin keinen Besitzanspruch mehr. Der Grundbucheintrag konnte geändert werden, weil Sie über Jahre nicht mehr aufzufinden waren. Einfach verschollen. Wo waren Sie nur?«

Hilde schlug mit beiden Fäusten auf den Tisch.

»Na na, bleiben Sie friedlich«, sagte Grünfeld.

»Sie haben uns bestohlen!«

»Nichts dergleichen habe ich getan. Es lief alles über die üblichen formellen Wege. Offenbar konnte Ihnen wichtige Post über längere Zeit nicht zugestellt werden.« Er grinste.

»Sie sind ein Halunke!«, rief Hilde.

»Sie bekommen sich sofort wieder in den Griff, Frau Brüggemann, sonst …«

»Sonst was?«, schrie Hilde.

»Sonst weiten wir die Verschollenheitserklärung aus, die ich auf das Grundstück habe begrenzen lassen. Dann sind auch Ihre Konten weg, Ihre Krankenversicherung, Ihre Rente, Ihre Wohnung. Alles. Ich kann Ihnen alles nehmen. Nicht nur Ihre Kneipe. Glauben Sie mir!«

»Ihre Exfrau hatte recht«, sagte Hilde.

»Ach was? Hat sie Ihnen etwa von ihrem miesen Trick erzählt?« Er holte eine Taschenuhr aus seinem Jackett. »Sehr weitblickend war sie noch nie. Mein Antiquitätenhändler rief mich vorgestern an und verriet mir, dass er eine Entdeckung gemacht habe. Siehe da, mein Erbstück ist wiederaufgetaucht! Vermutlich hatte sie es niemals in Ihrer Bruchbude versteckt. Dafür wird sie noch die Quittung erhalten.«

»Sie sind ein Ekel!«, sagte Lore. »Wir hätten die Polizei rufen sollen. Von Anfang an.«

»Das hätten Sie natürlich tun können. Genützt hätte es Ihnen nichts. Ich habe ein ausgezeichnetes Netzwerk.«

»Aaaaah!« Hilde stemmte sich im Rollstuhl hoch, zitternd vor Wut hielt sie Grünfeld ein Messer entgegen.

»Sie wollen mich mit einem Tafelmesser erstechen?« Er lachte dröhnend.

Hilde ließ erst das Messer, schließlich sich selbst fallen.

»Am besten gehen Sie jetzt. Der Fahrer bringt Sie selbstverständlich zurück nach Hause. Vergessen Sie Ihr Geld und Ihre Bilder nicht. Und denken Sie daran: Ich will nicht einen Ökofuzzi mehr auf meinem Gelände sehen!« Er griff die Geldbündel, warf sie in den Karton mit den Bilderrahmen und erhob sich vom Tisch.

Bis sie zu Hause angekommen waren und sich die Wohnungstür hinter ihnen schloss, sprachen Hilde und Lore kein einziges Wort mehr. Sie verabschiedeten sich weder im Restaurant noch gaben sie dem Chauffeur Antwort, der sich nach dem Essen erkundigte.

Es war Hilde, die die Stille durchbrach. »Lore, es tut mir leid, dass ich dich wegen der Briefe verdächtigt hatte. Dass Grünfeld auch da seine Finger im Spiel haben könnte, ist mir nie in den Sinn gekommen.«

Lore umarmte sie, drückte sie ganz fest an sich. »Wie war die Leber?«

Hilde schubste sie sanft zurück. »Du bist unmöglich.«

Kichernd ging Lore ins Bad.

– 18 –

Lore.

Es klopfte. Sie verschluckte sich an der Hausmacherwurst, die sie gerade aus dem Glas löffelte. Als hätte sie jemand erwischt. In letzter Zeit klopfte und klingelte es wirklich häufig an der Tür.

Es klopfte schon wieder. Dann hämmerte eine Faust gegen die Wohnungstür.

Sie hastete durch den Flur und öffnete einen Spalt.

»Lore, mach schon auf. Es ist soweit!«, rief Michael.

»Was ist soweit?«

»Die Bagger kommen! Lässt du mich kurz rein?«

Lore führte ihn ins Wohnzimmer.

Er schaute sich um. »Wo ist denn Hilde?«

»Noch im Bad.«

»Hast du mal einen Schluck Wasser für mich? Die Hitze ist heute wieder unerträglich.«

Hilde.

»Guten Morgen, was machen Sie denn so früh hier, Herr Krischke?«

»Michael«, sagte Lore und zog dabei die Vokale lang. Sie reichte ihm ein Glas.

Hilde winkte ab.

»Ich komme gerade von meiner Schicht.« Das Wasser trank er in einem Zug, wischte sich den Schweiß von der Stirn. »Auf dem Rückweg bin ich am Lindenstübchen vorbeigefahren, ich hatte so ein Gefühl. Und siehe da, es wurden Bauzäune aufgestellt, zwei Bagger fuhren aufs Feld, Hütten und Zelte wurden abgebaut, Leute diskutierten mit den Fahrern.«

»Hütten und Zelte?«, fragte Hilde.

»Ja, da stehen Zelte, Hütten und Wohnwagen auf dem Feld.«

»Na so was. Und worüber haben die Menschen diskutiert?«

»Weiß nicht. Ich bin nicht aus dem Auto ausgestiegen, habe nur gesehen, wie wild gestikuliert wurde. Ich dachte, dass ihr das sofort wissen müsst, also habe ich direkt geklopft.«

»Danke«, sagte Lore.

»Dann naht jetzt wohl das Ende«, sagte Hilde.

»Geht und schaut, ob ihr noch etwas ändern könnt«, sagte Michael.

»Wie sollten wir etwas ändern können?«, fragte Hilde.

»Ich weiß es nicht, aber wollt ihr es nicht wenigstens versuchen?«

Was sollten sie jetzt noch tun? Sie waren so viele Schritte gegangen und hatten sich über Grenzen hinausgewagt. Hilde hatte ihr Selbstvertrauen und Lore ihre Stimme wiedergefunden. Sie hatten gemerkt, dass sie mit dem Lindenstübchen verwachsen waren, dass auch eine jahrzehntelange Trennung keine Wurzeln ausriss. Aber Grünfeld schien stets im Vorteil zu sein, er zog die Fäden im Hintergrund. Und dennoch: Sie waren nicht seine Marionetten. Was also konnten sie tun?

Hilde sah Lore an. In ihrem Gesicht stand keine Antwort.

»Lore, lass uns dem Lindenstübchen wenigstens in seinen letzten Stunden zur Seite stehen. Das sind wir unserem Vater schuldig, oder?«

Lore nickte.

»Ich muss gehen, brauche unbedingt Schlaf. Falls ihr am Nachmittag wieder zu Hause sein solltet, könnt ihr mich ja auf den neuesten Stand bringen.«

»Gerne. Noch einmal vielen Dank, Michael!«

Hilde und Lore.

Zwei junge Männer mit prall gefüllten Wanderrucksäcken kamen ihnen entgegen.

»Ich hatte eh keinen Bock mehr«, sagte der eine.

»Nee, ich brauch auch mal wieder 'ne Nacht in 'nem richtigen Bett. Passt schon.«

Die Straße zum Lindenstübchen war komplett zugeparkt. Baufahrzeuge, Polizeiwagen, private Pkw. Auf dem Feld standen zwei improvisierte Hütten aus Holzplatten, Brettern und Latten mit Planen, Decken und Netzen. Daneben ein verrotteter Wohnwagen mit bunten Vorhängen. Weiter weg vier Zelte. Vor jeder Behausung sprachen Polizistinnen und Polizisten mit Leuten. Drei Frauen marschierten stumm auf dem Acker im Kreis, hielten Schilder in die Luft. Schilder, die schon auf der Demonstration zu sehen gewesen waren. Mit jedem Schritt wirbelten sie Staub auf, ihre Füße waren kaum erkennbar. Sie schienen auf Wolken zu laufen.

Fünf Menschen verließen eine Hütte. Manche nickten, andere zuckten mit den Schultern, einer drehte sich um und löste eine Plane, der nächste eine Abdeckung, zwei bauten Bretter ab. Einer redete auf einen Polizisten ein. Gestikulierte. Zeigte auf das Lindenstübchen, reckte die Arme zum Himmel, faltete die Hände. Der Polizist schüttelte den Kopf. Dann nahm der Mann eine Holzplatte und trug sie zum Straßenrand.

»Heinz!«, rief Lore.

LORE

hastete auf ihn zu und blieb keuchend vor ihm stehen. Die Luft drang heute kaum in die Lungen, sie war feucht, hitzig, schwer. Schweißtropfen saßen auf Lores Oberlippe. Sie lächelte Heinz an, vergaß den Zweifel und die Verwirrung und den Ärger der letzten Tage.

»Was machst du denn hier?«

»Ach Lore, ich wollte euch helfen, das Lindenstübchen zu retten. Aber ich bin gescheitert.«

»Warum hast du dich nicht mehr gemeldet?«

»Nachdem Hilde mir im Krankenhaus gesagt hatte, dass dir nichts Schlimmes passiert ist, bin ich hierhin zurück. Die ersten beiden Nächte habe ich im Lindenstübchen auf einer Bank geschlafen, danach kam ich mit ein paar jungen Leuten ins Gespräch und habe mit ihnen zusammen eine Hütte gebaut.«

»Du warst die ganze Zeit hier draußen?«

»Zweimal bin ich nach Hause duschen gegangen, ich hielt mich selbst nicht mehr aus.«

»Heinz!«

»Guten Tag, Hilde.«

»Er war die ganze Zeit hier!«

»Wie bitte?«

»Er hat in der Hütte gewohnt.«

»Da drin?«

Heinz nickte.

»Und wir haben uns gewundert, wo du steckst.«

Es krachte. Die Hütte war zusammengebrochen. Eine Staubwolke trieb über Feld und Straße. Menschen hielten sich die Arme vors Gesicht, drehten sich weg, liefen hustend davon. Es schien niemand verletzt zu sein.

Hilde.

Ein paar Arbeiter trugen Bauzäune auf den Gehweg. Die Metallstreben klapperten, klimperten, klirrten. Wie beschrieb man das am besten? Worte warfen ihre Schatten voraus, wurden aber nicht klar genug, um sagen zu können, was hörbar war. Klirrendes Rasseln. Klimperndes Rappeln. Klapperndes Rascheln. Wort und Sinn kamen für Hilde hier nicht zusammen.

»Machen Sie bitte Platz, wir sperren das Gelände.«

Sie fuhr ein Stück zur Seite. »Auch die Kneipe?«

»Ja, die wird abgerissen.«

»Bitte lassen Sie uns noch einmal kurz rein.«

»Wo rein?«, fragte der Mann.

»In die Kneipe.«

Er kratzte sich am Kopf.

»Dauert nicht lange«, sagte Hilde.

»Warum wollen Sie denn da rein?«

Weil es ihr Recht war, weil dieses Häuschen ihnen gehörte, weil sie nicht tot und verschollen waren, weil sie es verdient hatten und weil sie es wollten. Aber was sollte diesen Mann das interessieren? Der tat hier bloß seine Arbeit.

»Weil wir den Großteil unseres Lebens darin verbracht haben. Wir möchten uns verabschieden.«

»Ich weiß nicht. Dafür kann ich Ärger kriegen.«

»Bitte.«

Er schaute um sich. »Fünf Minuten.«

»Die reichen. Danke!«

Hilde und Lore.

Der rote Pfannenwender lag immer noch auf dem Tisch. Sonnenstrahlen durchbrachen das dreckige Fenster und beleuchteten ihn wie in einer Werbesendung.

»Ich will einen Barhocker mitnehmen«, sagte Hilde.

»Einen Barhocker?«, fragte Heinz. »Wofür brauchst du den denn?«

»Als Tisch für einen Blumentopf oder als Buchablage. Mal sehen. Den da möchte ich.«

Heinz stellte ihn in die Mitte des Raums.

»Möchtest du auch etwas mitnehmen, Lore?«, fragte Hilde.

Lore griff den Pfannenwender und legte ihn auf den Stuhl.

»Ein komisches Gefühl, dass dieser Raum bald fort sein wird, dass hier niemand je wieder ein Bier trinkt, redet und Spielkarten durch die Luft wirft.«

Lore seufzte.

»Wenn ich die Zeit zurückdrehen könnte, würde ich vielleicht anders entscheiden. Erst habe ich mich nicht getraut, das Lindenstübchen weiterzuführen und dann war ich zu stur, um hier etwas ändern zu lassen«, sagte Hilde.

»Du hast die Entscheidungen doch nicht alleine getroffen«, sagte Lore.

»Meinst du?«, fragte Hilde. »Ich habe doch eigentlich immer alles über deinen Kopf hinweg entschieden. Das hast du mir vor Kurzem erst vorgeworfen.«

»Wenn ich mit der Schließung nicht einverstanden gewesen wäre, hätte ich mich bemerkbar gemacht.«

»Das beruhigt mich ein wenig.«

»Die fünf Minuten sind rum«, rief der Mann durch die Eingangstür.

»Wir sind gleich soweit«, rief Hilde.

Lore ging zur Theke, strich darüber und drückte ihr einen Kuss auf. »Mach's gut. Wir hatten schöne Zeiten mit dir.«

»Könnt ihr mich noch eine einzige Minute alleine lassen?«, fragte Hilde.

»Natürlich«, sagte Heinz. Er trug den Barhocker hinaus.

Lore folgte ihm.

Hilde
ließ ihren Blick umherwandern. Links, geradeaus, rechts. Nach oben und nach unten. Sie wollte noch ein letztes Mal nachspüren, wie sich ihr Leben hier angefühlt hatte.

Einst war eine Amsel in den Gastraum geflattert. Wie sie gelacht hatte, als der Vater den Vogel weder zu greifen bekam noch verscheuchen konnte. Die Mutter hatte es mit ihrer bedachten Art schließlich geschafft, ihn zur Tür herauszulocken. Sie setzte nie unter Druck, sondern motivierte und verführte.

Jahre später der große Schreck, als ein Aschenbecher Feuer fing. Ihr Vater reagierte prompt und kippte eine volle Spülschüssel über dem Tisch aus. Der alte Metzger Kowalski hatte sich vor lauter Angst nicht mehr von der Stelle gerührt. Durchnässt und mit Schaum dekoriert, saß er triefend auf seinem Stuhl, starrte auf den rußigen Schmodder und sagte: »Danke. Danke. Danke. Danke. Danke.«

Hilde nahm den Geruch in sich auf, nahm auch heute wieder dessen tiefe Vertrautheit wahr. An keinem anderen Ort der Welt roch es wie hier. Sie rollte langsam zur Tür. »Tschüss alte Dame. Ein Teil deiner Wurzeln wird bleiben, auch wenn an der Oberfläche bald nichts mehr von dir übrig ist.«

Lore

balancierte ihren Regenbogenflummi auf dem Pfannenwender. Kurz bevor sie die Wohnung verlassen hatten, hatte sie den kleinen Fritz im Flur wiedergefunden und ihn in die Hosentasche gesteckt. Er rollte auf den linken Rand zu, Lore kippte den Wender, nun rollte er nach vorne, sie machte einen Schritt.

»Sie müssen weg hier. Wir sperren jetzt«, sagte der Arbeiter. Er gestikulierte hektisch.

»Ich muss noch auf meine Schwester warten.«

»Ich bin schon da!«, rief Hilde.

Lore nahm den Flummi in die Hand.

»Bitte gehen Sie auf die andere Straßenseite.«

»In Ordnung.« Hilde fuhr los. »Lore, ich fahre zu dem abgesenkten Bordstein da hinten und komme dann rüber zu dir.«

Lore legte den Flummi wieder auf, schaute links und rechts, ob kein Auto kam, ging dann balancierend über die Straße. Huch. Sie verschätzte sich beim letzten Schritt, stolperte über den Bordstein, fing sich gerade eben ab. Der Flummi flog und hüpfte und hüpfte und hüpfte. Er landete in einem offenen Cabrio. Sie lief hinterher, schaute in das Auto, konnte ihn aber nicht mehr finden.

Lore und Hilde.

»Was suchst du denn in dem Wagen?«

»Fritz ist verschwunden.«

»Wer ist Fritz?«

»Mein Flummi.«

»Du hast dem Ball einen Namen gegeben?«

»Ja, warum nicht?«

»Wie heißt denn der Pfannenwender?«

»Sehr witzig.«

»Ich fand mich lustig«, sagte Hilde und kicherte.

»Ich hatte ihn heute erst wiedergefunden.«

»Dann besorgst du dir halt einen neuen.«

»Dieser Flummi war etwas Besonderes.«

»Ist das dein Ernst?«

»Er hat mir beim Schreiben geholfen.«

»Zum Sprechen brauchst du eine Flöte und zum Schreiben einen Flummi.«

Lore zuckte mit den Schultern.

»Wo ist denn eigentlich Heinz?«

»Schon vorgegangen.«

»Und mein Hocker?«, fragte Hilde.

»Den trägt er uns nach Hause.«

»Den ganzen Weg zu Fuß?«

»Ja.«

»Jetzt habe ich ein schlechtes Gewissen.«

»Ach was.«

»Na, gefällt Ihnen mein Cabrio?« Grünfeld stand auf der anderen Straßenseite hinter dem Bauzaun und winkte.

»Nein!«, rief Lore und streckte ihm die Zunge raus.

»Mir gefällt diese Bruchbude hier nicht. Da müsste man mal etwas gegen tun. Na, das wird ja in Kürze geschehen.« Er lachte und wandte sich ab.

»Ihnen wird das Lachen noch vergehen!«, schrie Lore.

Grünfeld lachte absichtlich lauter und gekünstelt. Dann setzte er sich einen Baustellenhelm auf und stapfte über das Feld.

Graue Wolken plusterten sich auf, manche sahen wie zerrupfte Felldecken aus. Langsam zogen sie heran. Sie türmten sich auf, schlugen Blasen, schienen zu zerplatzen, fransten aus. Donnergrollen.

Sachen flogen übers Feld.

Sie eilten davon.

Hilde
schloss die Tür auf und Lore trug den Barhocker in die Wohnung. Heinz hatte ihn neben der Haustür abgestellt.

Das Gewitter kam nicht ganz heran, streifte ihre Gegend nur. Es regnete, Blitze waren am Horizont zu sehen. Es donnerte. Schlimm war das jedoch nicht. Da hatten die Wetterfrösche am Morgen wohl etwas übertrieben mit den Unwetterwarnungen.

Bald klarte der Himmel wieder auf und die Sonne heizte die schwüle Luft. Am späten Nachmittag war ihre Kraft derzeit am größten.

Lore lutschte Eis um Eis.

Hilde trank Wasser um Wasser.

Sie kühlten sich mit Waschlappen und mit Miniventilatoren, die Lore erst vor ein paar Tagen im Supermarkt gekauft hatte. Lores Ventilator drehte sich allerdings nicht mehr mit voller Kraft, zu gern und zu oft hatte sie mit dem Finger die Rotorblätter gestoppt. Hilde genoss die kleinste Brise auf höchster Stufe.

Lore.
»Das Brot ist verschimmelt.«

Hilde sah auf. »Das hast du doch vorgestern erst gekauft, oder?«

Lore nickte.

»Ich habe eh keinen Appetit bei dem Wetter«, sagte Hilde und las weiter.

Lore jedoch hatte Appetit. Sie öffnete den Küchenschrank. Schob das kaputte Porzellankätzchen, die alte Tüte Colaflaschen und das Geschirr zur Seite. Vor ein paar Wochen hatte sie sich im Angebot eine Konservendose mitgenommen und für den Notfall versteckt.

Sie erwärmte den Inhalt im kleinen Topf und schlurfte damit ins Wohnzimmer.

»Was hast du da?«

Lore neigte den Topf in Hildes Richtung.

»Bei der Hitze isst du allen Ernstes Königsberger Klopse?«

Lore steckte sich den beladenen Löffel in den Mund und nickte.

»Dir ist aber auch nichts fies.« Hilde fuhr zum Fenster und kippte es. Sie schlug es direkt wieder zu, als eine Schnake hereinzappeln wollte.

Lore löffelte. Sechs Klopse waren gerade genug für eine Person mit gesundem Hunger.

HILDE

schaltete das Licht ein. Stockduster war es draußen geworden. Sehr ungewöhnlich Ende Juni abends um acht. Der Wind blies durch die sonst dichten Fensterritzen. Es flackerte.

»Lore, was ist denn da draußen los?«

Hagelkörner in der Größe von Weintrauben knallten auf die Basaltsteine. Zwei Mülltonnen wurden die Straße entlanggefegt, als wären sie aus Papier. Regen rauschte herab und nach links und nach rechts, er schien sogar wieder nach oben zu steigen. Die Platane hinter dem Haus auf der anderen Seite tauchte unter und auf und unter und auf, schleuderte ihre belaubten Glieder. Ein Ast war auf einmal fort. Zischen, Brausen, Rauschen, Fauchen, Tosen. Ein Sturm auf hoher See. Hell, dunkel, hell, heller, dunkel, grell. Blitz. Blitz. Blitz. Die Fenster und die Tür von gegenüber verschwanden fast gänzlich hinter einem Regen- und Hagelschleier, den es in alle Richtungen zerrte.

Krachen. Bei jedem Donnerschlag bebte das Haus.

Hildes Herz pochte wie wild. Sie konnte sich nicht erinnern, wann sie das letzte Mal ein solches Unwetter erlebt hatte, ob sie jemals eines dieser Stärke erlebt hatte.

Es knallte.

Dachziegel waren auf den Gehweg gestürzt.

Es klatschte.

Ein Zweig schlug hart gegen die Fensterscheibe, wurde von einer Böe erfasst und vom Nichts verschluckt.

Hilde schrie. Sie schrie, als Lore ihr die Hände auf die Schultern legte.

»Ich bin's doch nur«, sagte Lore sanft.

»Es fühlt sich an wie der Untergang«, sagte Hilde zittrig.

»Die Welt geht nicht unter.« Lore streichelte ihr über den Kopf. »Ein sehr heißer Tag mit sehr labiler Luft endet mit kräftigen Paukenschlägen. Das haben sie vorhergesagt.«

»Aber doch nicht so.« Hilde schluchzte.

»Es war zu vermuten, dass es heute noch ordentlich krachen würde. Wie hart, ist vielleicht etwas überraschend.«

»Ich will keine Überraschungen mehr. Ich will Ruhe.«

»Die Wolken werden sich schnell wieder verziehen und dann ist es vorbei. Bald wirst du dich ausruhen können.«

»Hast du gar keine Angst?«

»Nein. Ich habe Vertrauen. Es wird sich alles fügen.«

Fritz Flummi
rastete im Cabrioverdeck.

– 19 –

Lore
studierte die Zeilen. Spalte für Spalte. Eine Fruchtfliege lief erst über die Zeitung, setzte sich dann auf ihre Hand, lief bis zur Zeigefingerspitze, hob wieder ab. Flog in den Flur.

»Hilde?«

»Was gibt's?«

Lore schob die Zeitung über den Tisch und deutete auf den Text.

Hilde rollte zum Tisch und begann zu lesen.

Lore drehte ihre Tasse hin und her. Sie wischte über den Aufdruck. Verblasst war er. Dinge behielten nicht ewig ihre Farbe.

Die Fliege kam zurück und landete auf einem Apfel in der Obstschale. Sie gesellte sich zu drei anderen, die sich an einer braunen Stelle auf dem Elstar zu schaffen machten. Wie lange es wohl dauern würde, bis die vier kleinen Fliegen den großen Apfel vertilgt hätten?

Hilde
legte die Hände flach auf den Tisch und las vor: »Extremes Unwetter. Drei Menschen kamen ums Leben.

Am Abend des dreißigsten Juni zog ein Schwergewitter über den Westen Deutschlands hinweg. Wassermassen fluteten Keller, Tiefgaragen und U-Bahn-Schächte. Die Kanalisation konnte die Regenmengen in der kurzen Zeit nicht aufnehmen, Straßen wurden zu Flüssen. Heftige Orkanböen entwurzelten Bäume, die auf Gebäude und Fahrzeuge fielen. Bahnstrecken und Straßen sind immer noch blockiert. Die Schäden werden auf dreistellige Millionenhöhe geschätzt.

Es gab drei Todesopfer und etwa fünfzig Verletzte. Zwei Menschen suchten in ihrer Gartenlaube Schutz, eine umstürzende Pappel wurde ihnen zum Verhängnis. Zwar konnte die Frau einen Notruf absetzen, jedoch erreichte die Feuerwehr den Schrebergarten nur schwer, da die Zuwegungen bereits durch Äste und kleinere Bäume versperrt waren. Tragischerweise konnte vor Ort nur noch der Tod beider Personen festgestellt werden. Bei dem dritten Opfer handelt es sich um den Großmolkereibetreiber G., der am Morgen leblos in seinem offenen Cabriolet gefunden wurde. Die Feuerwehr vermutet, dass das Dach des Wagens blockierte. ›Die Blitzdichte mit mehr als 3000 Blitzen pro Stunde war während des Unwetters extrem hoch‹, berichtete die Einsatzleiterin Yildiz, ›bei offenem Verdeck war ein Überleben nahezu unmöglich.‹«

HILDE UND LORE
falteten gleichzeitig die Hände.

– 20 –

Die Winterlinde.
Ein Rotkehlchen huschte hektisch durch das Laub. Es schnickerte und tickste. Es lugte mal hier, mal dort zwischen den Blättern hervor. Den kleinen grünen Herzen. Manche standen noch aufgerichtet, voller Hoffnung auf Sonne und Lust auf Licht, auf hohe Sommerzeit. Die meisten jedoch lagen auf der Erde, geknickt, zerdrückt. Ihnen drohte ein vorzeitiger Herbst, bald danach der endlose Winter. Er würde der Linde keine Ruhepause mehr verschaffen.

Die Zeit für einen neuen Zyklus war gekommen. Sichanschmiegen an den Boden, Beherbergen von Insekten, Pilzbewuchs, Zerfallen und Zergehen bis zu einem Irgendwann.

So lagen Krone und Stamm auf dem Boden, sie waren nicht auf das Gebäude gefallen. Und doch war es zerstört. Bis unters Dach war das Stübchen aufgeschlitzt, der Putz abgesprengt, das Innere einsehbar.

Das Herzgeflecht des Wurzelwerks steckte teils im aufgerissenen Gemäuer, teils ragte es aus der Erde.

Die Winterlinde hatte ihre Wurzeln weit und breit und fest und fein unter das Häuschen getrieben, den Grund tief erschlossen, über ein Jahrhundert gegraben und sich Saft und Kraft geholt.

Die eine Hand unten, die das Lindenstübchen behutsam trug.

Die andere Hand oben, weit ausgestreckt, die es abschirmte.

Seite an Seite hatten sie gestanden.

Die eine behütend, flexibel und hungrig.

Die andere bodenständig, gerade und entschlossen.

Sie hatten Raum geboten.

Für Gespräche und Geschichten,
Tänze und Gesänge,
für Recht und Unrecht,
Liebe und Leid.

Stürzt
die eine,
zerreißt
die andere.

JULIA HOCH ist 1982 in Solingen geboren und lebt in Bochum. Sie studierte Kulturwissenschaften in Hagen und Prosaschreiben bei »Textmanufaktur«. Derzeit absolviert sie ein Zusatzstudium der Neueren deutschen Literatur. Julia Hoch veröffentlichte bereits in Anthologien, auf Literaturwebseiten und in Literaturblättern. Sie ist Mitglied der »Bochumer Literaten«, des »Bundesverbandes junger Autorinnen und Autoren« und der »Prosa:ist:innen«. Neben dem Schreiben liebt sie alternative Rockmusik und lange Spaziergänge, versucht sich dann und wann im Schlagzeug spielen und würde sehr gerne häkeln können.

Printausgabe gedruckt auf säurefreiem,
alterungsbeständigem Werkdruckpapier.

ISBN 978-3-8974-453-2

Covergestaltung: Atelier KatarinaS / NL
unter Verwendung einer Zeichnung von
© Мария Шаламова / Adobe Stock
Druck und Bindung: cpi, Leck

www.ulrike-helmer-verlag.de